MARIE-BERNADETTE DUPUY

Originaire d'Angoulême, Marie-Bernadette Dupuy charme ses lecteurs depuis plus de trente ans déjà grâce à ses histoires empreintes de sensibilité et à ses personnages authentiques. *L'Emprise du destin* est la première œuvre qu'elle a offerte à son public. Traduite jusqu'en Russie, elle est notamment l'auteure de captivantes sagas comme *L'Enfant des neiges*, *Le Moulin du Loup*, ou encore du roman *Le Chant de l'océan*. Le premier tome de son nouveau cycle *Le Château des secrets* a paru aux éditions Calmann-Lévy en février 2023.

Retrouvez l'auteure sur son groupe Facebook :
Les Amis de Marie-Bernadette Dupuy

LES ENFANTS
DU PAS DU LOUP

ÉGALEMENT CHEZ POCKET

MARIE-BERNADETTE DUPUY

LES ENFANTS
DU PAS DU LOUP

Les Presses de la Cité

© Éditions JCL, 2003 place des éditeurs
© Presses de la Cité, un département 2005,
et 2014 pour la présente édition
ISBN 978-2-266-25458-8

Je suis heureuse de dédier ce livre à monsieur Albert Beaumard qui s'est éteint avant la parution de cet ouvrage, qu'il attendait pourtant avec impatience, sachant qu'il y retrouverait beaucoup de ses souvenirs et de ses documents.

Descendant de gabariers, cet homme attachant, dynamique et d'une rare gentillesse a marqué les pages de ce roman, grâce à sa mémoire du fleuve. Il a su m'offrir maintes anecdotes, et faire revivre par la parole un temps révolu. Avec lui ont disparu tout un passé et tant de personnages dont il était le seul à évoquer encore les noms.

Ainsi qu'à deux de mes lectrices et amies, Viviane Dubois et Brigitte Verniolle qui m'ont une fois de plus soutenue dans mon action littéraire. Qu'elles trouvent ici le témoignage de ma profonde reconnaissance.

S'il m'est permis de dédier cet ouvrage à mon éditeur, Marc Guillard, je voudrais qu'il trouve ici l'assurance de toute ma reconnaissance. C'est grâce à lui, à son aide et à sa confiance, que ce livre a pu voir le jour.

1

Un cri dans la nuit

Septembre 1863

Hugo venait de passer la soirée au Grand Café du Port, un établissement où les matelots comme lui trouvaient à boire et à manger sans trop écorner leur maigre pécule. C'était, pour cette raison, une des tavernes les plus fréquentées de Tonnay-Charente.

Le jeune homme en sortit un peu ivre. Avant de prendre la direction des quais, il respira à pleins poumons l'air tiède de la nuit.

Si Colin n'a pas fini ses comptes et qu'il me voit marcher de guingois, je suis bon pour le sermon ! pensa-t-il, l'esprit un peu flottant.

L'idée fit sourire Hugo, car certains jours ses deux oncles, surtout Alcide, ne craignaient pas de vider plusieurs verres de vin blanc, dans les ports situés le long du fleuve.

Allons, je ferai celui qui n'entend rien ou je leur rafraîchirai la mémoire...

D'un pas quelque peu hésitant, Hugo s'éloigna de la taverne. Il longeait le mur d'un entrepôt quand un cri étrange l'arrêta, qui semblait venir d'une ruelle toute proche.

Sûrement un chat… songea-t-il en avançant encore.

Mais un second cri, plus rauque, lui parvint, accompagné de jurons incompréhensibles et de rires gourmands. Le jeune matelot reconnut l'accent des marins hollandais. Cela ne l'étonna guère car, à Tonnay, plusieurs bateaux arboraient des pavillons étrangers. Colin lui-même leur livrait deux fois par an du papier de qualité, fabriqué dans les moulins de Charente.

Allons bon, ils doivent encore se battre pour je ne sais quoi, une partie de cartes qui a mal tourné… Et ils ont sans doute bu bien plus que moi !

Il allait s'éloigner sans se mêler de la querelle quand un appel au secours vibrant de terreur le saisit aux tripes. C'était une voix de femme.

Hugo s'élança sans plus réfléchir. La ruelle lui parut très sombre, malgré le halo d'un quinquet accroché au-dessus d'une porte. Cela lui suffit cependant pour découvrir un inquiétant spectacle. Une fille se débattait sous le poids d'un colosse haletant, tandis qu'un autre homme tentait de la maintenir, le dos sur les pavés, en lui bloquant les bras en arrière. Si la malheureuse ne pouvait pas hurler aussi fort qu'elle l'aurait voulu, c'était pour une raison bien simple : son agresseur lui écrasait les lèvres sous des baisers d'ivrogne.

Certes, Hugo ne faisait pas le poids face à ces deux gaillards solidement bâtis, mais il ne supportait pas ce spectacle et fonça, les poings serrés. Il eut le temps de voir une longue jambe féminine qui s'agitait, puis il cogna franchement.

Les marins hollandais, furieux d'être dérangés, cherchèrent à se débarrasser du trouble-fête. Les coups volèrent. Hugo trébuchait, reculait, repartait à l'attaque. La douleur le rendait enragé. Un de ses adversaires s'écroula, touché en plein nez. Il restait le second, qui d'une main attrapa le jeune matelot par le col et, de l'autre, le frappa au menton, à la tempe.

Hugo, mal en point, eut alors une idée. Il se mit à hurler comme un fou :

— Police, police, ils arrivent ! À l'aide ! Je l'ai vu ! La police de l'empereur !

Le mot police n'avait pas besoin d'être traduit. Les marins de n'importe quel pays le comprenaient très bien.

Il y eut alors un silence, des marmonnements inquiets. Enfin une fuite en direction du port.

— Ils sont partis ! fit une petite voix tremblante de peur et de larmes contenues.

La fille s'était relevée. Dans l'ombre, pendant la lutte entre les trois hommes, elle avait pu arranger un peu ses vêtements. Hugo devina sa silhouette. Il se rapprocha du quinquet, sortit un mouchoir de sa poche et commença à tamponner le sang qui coulait de ses lèvres.

— On peut dire que vous êtes courageux… Seul contre ces sales brutes ! Vous les avez fait fuir. Merci, mille fois merci !

L'inconnue l'avait rejoint sous la lampe. Cette fois, Hugo la regarda. Elle lui parut d'une pâleur mortelle, dotée de grands yeux aussi noirs que ses cheveux, qui se répandaient sur ses épaules.

— Vous êtes blessée aussi… murmura-t-il doucement.

Elle effleura sa bouche du bout des doigts. Le jeune homme remarqua alors combien elle était jolie. Il vit également qu'elle tremblait de la tête aux pieds, agitée de sanglots muets.

— Ce n'est pas prudent de se promener si tard ! dit-il tout bas.

Et la voyant au bord des larmes :

— N'ayez pas peur, pleurez un bon coup, cela vous soulagera…

— Ma mère m'avait prévenue ! souffla-t-elle d'un air tragique. Je n'avais jamais eu d'ennuis jusqu'à ce soir. Je suis serveuse dans une auberge du port. Je rentrais chez moi. Les Hollandais… ils m'ont suivie. J'ai pris la ruelle pour gagner du temps. Je ne croyais pas qu'ils oseraient me toucher…

Elle hoqueta, incapable de se calmer. Hugo hocha la tête. Il n'était pas du genre beau parleur, même si à l'occasion il savait conter fleurette aux filles. Mais celle-là l'impressionnait. Les efforts manifestes qu'elle faisait pour se contenir, pour rester digne, le bouleversèrent.

— Vous habitez dans le quartier ? osa-t-il demander. Sinon, je peux vous accompagner ! Vous serez plus tranquille.

— Non, ce n'est pas la peine, j'habite juste derrière l'église ! Regardez, on voit le clocher… J'ai eu très peur, mais cela me servira de leçon. Je ferai attention, à l'avenir. Je ne passerai plus par cette ruelle, plus jamais. Mon Dieu, quand je pense à ce qui aurait pu m'arriver…

Elle ne parlait pas comme une fille d'auberge, elle n'en avait pas les manières franches et souvent teintées de coquetterie. Hugo la dévisagea avec curiosité, puis il revit la scène qui l'avait mis en furie, ces deux marins voulant la forcer.

— Mademoiselle ! bredouilla-t-il. Vous n'arrêtez pas de trembler, vous pleurez encore… Ils ne vous ont rien fait, au moins ? Vous savez, à Saint-Simon, c'est mon village, il y a une gamine que j'aime comme ma petite sœur, et l'année dernière un des forçats de Rochefort qui travaillent au dépôt de sel l'a emmenée derrière le bâtiment, il a essayé de la… enfin, vous

14

comprenez ! C'est mon père qui a évité le pire, mais si j'avais été là, cette brute, je l'aurais tuée de mes propres mains.

L'inconnue écoutait, en resserrant son châle sur sa poitrine ; elle frissonnait encore… Malgré tout, la tension retombait et elle guettait avec une attention extrême chaque expression du jeune homme. Quand il se tut, elle murmura :

— J'ai appelé au secours, parce que j'avais entendu des pas ! Je me disais : peut-être que c'est un policier… Pourtant je sais bien que le lieutenant de police et ses hommes n'osent pas s'aventurer dans ces ruelles, à minuit passé. Les Hollandais ne sont pas au courant, heureusement pour nous deux !

Hugo se mit à rire, ce qui le fit grimacer, car sa mâchoire le faisait souffrir.

— J'espère qu'ils ne m'attendent pas deux pâtés de maisons plus loin ! avança-t-il.

— Moi aussi ! dit-elle d'une voix plus douce et sensuelle. Oh ! Je ne sais vraiment pas comment vous remercier. J'étais si choquée, tout à l'heure, je n'arrivais pas à rassembler deux mots ! Vous m'avez sauvée du déshonneur, de la pire violence… Je vous en prie, soyez prudent !

— Vous aussi !

Ils restèrent un instant immobiles, face à face, puis la fille recula, tourna les talons et courut presque jusqu'au bout de la ruelle. Hugo se sentit soudain très seul.

— Quel idiot je fais ! Je ne lui ai pas demandé son nom, ni dans quelle auberge elle travaille… et nous repartons demain !

Il se décida à rentrer à bord de la *Vaillante* amarrée le long du quai réservé aux gabares. Son oncle Alcide fumait sa pipe, assis à la proue.

— Eh alors ! Hugo ! Tu as vu l'heure ? Je t'attendais,

figure-toi. Colin s'est couché, mais il avait bien envie de te parler du pays… On s'est fait du mouron, tous les deux !

Le jeune homme soupira, soudainement agacé. Il en avait assez d'être traité en gamin.

— J'ai dix-neuf ans, mon oncle ! Traitez-moi comme un matelot, pas comme un gosse…

Alcide se leva. Plus court sur jambes que son frère Colin, il arborait une grosse moustache et un chapeau de cuir brun.

— Hugo, maintenant ça suffit ! Ton père nous a demandé de veiller au grain… Si tu n'es pas content, c'est pareil !

Hugo baissa la tête. Il n'arrivait pas à chasser de ses pensées l'image de la fille aux yeux noirs et il se dit qu'une fois au lit il pourrait rêver tranquille. C'est pourquoi il coupa court à la discussion :

— J'ai sommeil ! marmonna-t-il en se dirigeant vers la cabine de toile installée à l'arrière de la gabare qu'il partageait avec le mousse, un gamin surnommé Théo.

Son oncle n'insista pas. Il croyait avoir vu du sang séché sur le menton de son neveu.

Bah ! songea-t-il. Nous causerons demain.

La *Vaillante* était prête pour la remonte. Colin et Alcide, levés à l'aurore, discutaient à voix basse tout en vérifiant le mât de charge et l'état de sa poulie.

— M'est avis que le gamin, hier soir, il s'est bagarré ! disait Alcide avec une grimace. Tu devrais essayer de lui tirer les vers du nez, Colin. D'autant qu'il avait bu, ce qui ne lui ressemble pas.

Colin, long et maigre, les cheveux couleur de filasse, eut une moue sévère :

— T'en fais pas, Alcide. Je l'ai à l'œil, le neveu.

Que veux-tu aussi, nous l'avons pris comme mousse à douze ans, mais du temps a passé. C'est un homme maintenant, qui se réchauffe le cœur en sirotant une goutte et qui court les jupons… Un matelot, quoi !

Hugo apparut à cet instant précis, frappé par la lumière rose du matin. Torse nu, ses cheveux noirs en bataille, il s'étira en bâillant. Avisant ses oncles en plein conciliabule, il plaisanta :

— Je parie que vous parlez de moi ! Je le vois à vos mines de conspirateurs…

— Approche un peu ! lui cria Colin.

Le jeune homme s'exécuta. Au soleil, son visage présentait des traces de coups, à la pommette, au menton, tandis que sa lèvre inférieure affichait une vilaine couleur mauve.

— Eh ben, te voilà beau ! commenta Alcide. Qui t'a arrangé de la sorte ?

Hugo savait qu'il était inutile de mentir à ces deux hommes dont il partageait l'existence errante depuis longtemps.

— D'accord ! À minuit, en quittant le Grand Café du Port, j'ai secouru une jeune fille, que des marins hollandais violentaient. Si je les tenais, ces pourceaux, je les mettrais en pièces !

Colin remarqua les traits tendus de son neveu, les poings serrés comme prêts à frapper encore. Il avait rarement vu Hugo en colère et cela l'étonna :

— Dis-moi, petit, qu'est-ce qui te prend ? Cela ne te ressemble pas. Elle t'a remercié au moins, cette gueuse ?

Hugo lança un regard noir à son oncle. Comment osait-il traiter sa belle inconnue de ce terme insultant ? Furieux, il enfila une chemise, prit sa veste et s'en alla. Ses pas ébranlèrent la passerelle. Alcide et Colin en restèrent bouche bée, puis l'un d'eux cria, agacé par ce comportement inhabituel :

— Oh ! Hugo ! Nous levons l'ancre à midi ! Où vas-tu donc ?

— Me dégourdir les jambes ! répondit le jeune homme en se faufilant entre les caisses, les tas de cordages et les barriques qui encombraient le quai.

Il marcha vers la ville, les yeux rivés au clocher de l'église. Le visage de cette étrange fille rencontrée la veille le hantait. Il rêvait d'elle tout éveillé, sans bien comprendre ce qui le fascinait ainsi. Il revoyait sans cesse le pli gracieux de ses lèvres meurtries par des baisers ignobles, la pâleur de sa peau et surtout le timbre grave et caressant de sa voix. C'était plus fort que lui !

À cette heure matinale, les rues de Tonnay étaient très animées. Hugo croisa des femmes, des pêcheurs, des marins quittant leur fiancée, mais une fois arrivé sur le parvis de l'église, il se sentit un peu stupide. Derrière quelle porte, à l'abri de quelles fenêtres se cachait la jeune fille ?

Il fit demi-tour, alla flâner devant les tavernes et les auberges.

Si seulement je lui avais demandé son prénom ! songea-t-il. Pourtant, la ville n'est pas si grande…

Hugo continua à déambuler, de plus en plus triste. Il avait l'impression que sa beauté brune avait disparu. Dépité, il revint sur ses pas et ses oncles le virent arriver sur le quai, alors que l'église sonnait midi.

— Dépêche-toi, tire-au-flanc ! Nous avons fait tout le travail sans toi ! hurla Colin au comble de l'énervement.

La *Vaillante* hissa la voile, qui utilisait le vent venu de l'océan tout proche pour remonter le fleuve jusqu'au premier poste de halage. Hugo s'enferma dans un silence boudeur. Il se passerait plus de six semaines avant de revoir le port de Tonnay. Des jours et des jours à subir les ordres, les bavardages de ses oncles, les jérémiades et maladresses du mousse. Ces choses-là faisaient partie de sa vie et, d'ordinaire, le jeune homme les appréciait, mais le souvenir de l'inconnue, en l'obsédant, commençait à changer l'heureux caractère dont il faisait preuve depuis l'enfance. Les marques bleuâtres qu'il portait au visage s'estomperaient vite, l'épine plantée dans son cœur la veille, au fond d'une ruelle, y avait semé un poison aussi délicieux que douloureux.

La fougue et l'impatience dues à son jeune âge s'opposaient à la lourdeur et à la nonchalance de la gabare.

Jamais la remonte de son fleuve, cette Charente qu'il aimait tant, n'avait semblé si morne à Hugo. Bien sûr, il avait hâte de revoir son village de Saint-Simon et son père François Roux, un des meilleurs charpentiers-calfats du chantier Meslier. Cependant, pour la première fois, il aurait préféré rester plusieurs jours à Tonnay.

La *Vaillante* poursuivit donc son chemin, au rythme lent du pas des chevaux qui tiraient le lourd bateau dont les flancs abritaient une grosse cargaison de bois merrain, servant à la fabrication des tonneaux.

— Nous livrons tout ça à Jarnac ! déclara Colin, un matin que le temps se mettait à la pluie.

— Après, la gabare sera plus légère, nous serons vite au pays ! ajouta Alcide.

Mais passé la cité de Jarnac, le ciel se couvrit de gros nuages noirs. Pendant quatre jours, les gabariers durent subir de véritables déluges et des rafales de vent.

— Bon sang, rageait Alcide, je n'ai plus un poil de sec !

Théo, le mousse, n'arrêtait pas d'éternuer, si bien que Colin lui conseilla de rester dans la cale, près du brasero servant à cuire le sempiternel plat de haricots au lard. Heureusement, Saint-Simon approchait, où chacun pourrait se réchauffer au coin du feu et boire un coup à la taverne du Bouif.

Ils arrivaient en vue de leur port d'attache, mais la tempête ne faiblissait pas et la gabare filait trop vite.

— Oh ! L'homme ! Ralentis tes bêtes, sacrebleu ! Nous allons heurter la berge ! Il faut l'éviter à tout prix.

Colin criait à tue-tête, mais il ventait si fort que le grand rouquin qui menait les chevaux sur le chemin de halage ne l'entendit pas. Hugo, hors de lui, se précipita à la proue, en hurlant plus fort que son oncle :

— Arrêtez tout, le courant nous pousse à gauche !

Le jeune homme se cramponna à la coursive. Le choc lui paraissait inévitable.

— Hugo ! Prends une perche, la plus solide ! s'époumona Colin d'une voix rauque. Ce fichu haleur veut nous noyer, ma parole.

Sur le rivage, les chevaux, excités par l'aiguillon de leur meneur, marchèrent plus vite, comme poussés en avant par la bourrasque.

— Et par-dessus le marché, il continue à tomber des cordes ! Bon sang ! Un vrai déluge ! pesta le jeune matelot en attrapant une perche pour la piquer dans le talus qui se rapprochait à toute vitesse. Cette manœuvre, il la connaissait. C'était le seul moyen d'éviter une violente collision qui pourrait être fatale à la gabare. Elle était leur gagne-pain et ils avaient à cœur de la ménager et de l'entretenir.

Colin, ruisselant malgré son épais caban, se campa à ses côtés. Il roulait des yeux effarés :

— Tiens bon, Hugo ! Sinon notre *Vaillante* va faire le bonheur du chantier Meslier.

Mais c'était trop tard. Les chevaux avaient pris de l'avance, entraînant les câbles qui les reliaient à la gabare et la drossant vers la berge. La perche se brisa en deux, si rapidement que Hugo faillit passer par-dessus bord.

Son oncle le tira en arrière par le col de sa veste. Ils roulèrent ensemble sur le tillac tandis que la *Vaillante* heurtait la terre ferme dans un sinistre craquement. Le mât de charge frémit, se brisa et s'abattit sur la cabine de toile située à la poupe.

— Malheur de malheur ! rugit la voix d'Alcide. Voilà ce que c'est que d'utiliser des chevaux. Les bœufs ne s'emballaient pas comme ça. Qui va payer les dégâts ?

Hugo se releva, le ventre noué par une peur rétrospective. Encore choqué, il se fit la réflexion que c'était la première fois qu'un retour à leur port d'attache se soldait par un accident.

Ils venaient juste de franchir l'écluse du père Suraud, en aval du Pas du Loup. Celui-ci, témoin de la scène, avait alerté ceux de Saint-Simon à l'aide d'une corne de brume – souvenir de son passé dans la marine, du côté de Rochefort –, et déjà on venait à leur secours.

Les gens du fleuve se moquaient du vent du nord et de la pluie torrentielle. Les charpentiers-calfats furent les premiers sur place.

— Oh ! Colin ! Qu'est-ce qui est arrivé, mon gars ? Le chantier de radoub était un peu plus loin…

La plaisanterie ne fut pas du goût du gabarier qui répliqua, rouge de colère :

— Demande à ces vauriens de haleurs ! Ils n'ont pas ralenti leurs bêtes et nous ont menés droit sur la rive ! Dix ans que je remonte le fleuve sans faire naufrage, sans pépins quoi, à part cette voie d'eau, un jour à Cognac. Et voilà ! Autant dire que les sous que j'ai gagnés à l'aller, je les dépenserai en réparations...

Hugo sauta sur la berge détrempée. Il examinait les dégâts, quand une bourrade amicale le surprit :

— Alors, fiston ! Un peu plus, tu rentrais à la maison à la nage !

Tout heureux, Hugo se retourna pour embrasser son père.

— P'pa ! Une chance que tu sois là si vite !

En bon charpentier-calfat, François Roux évalua la gravité des avaries. Enfin, il cria à Colin :

— Il n'y aura pas de voie d'eau ! La brèche est au-dessus du niveau du fleuve. Faudrait rafistoler le plus gros ici, ensuite remorquer la *Vaillante* jusqu'au chantier.

Colin et Alcide, après avoir jeté l'ancre, rejoignirent François, leur frère aîné, sur la berge. Comme beaucoup de familles ici, les Roux vivaient du trafic fluvial. Deux des garçons étaient devenus gabariers, le troisième avait préféré rester au bourg, dans la confrérie des charpentiers-calfats, qui construisaient les bateaux et les remettaient en état régulièrement.

Alcide, de nature belliqueuse, alla s'en prendre au haleur responsable du drame. Hugo, tête nue sous la pluie, s'apprêtait à remonter à bord, quand une fillette d'une dizaine d'années s'accrocha à sa manche :

— Hugo ! Tu n'as rien ? demanda-t-elle d'un air affolé. On m'a dit que tu as failli être écrasé entre la coque et le talus !

— Ma petite Louisette ! s'écria le jeune homme en la soulevant de terre. Je parie que tu guettais mon arrivée au Pas du Loup.

— Oui ! Et j'ai eu bien peur !

Hugo poussa un léger soupir. Il se réjouissait de rentrer au pays, après deux mois à longer le fleuve, mais ce retour mouvementé le contrariait. Louise, ses cheveux blonds foncés par l'humidité, attendait près de lui, comme décidée à ne plus le quitter.

— Tu devrais retourner à la ferme, Louisette ! lui souffla-t-il à l'oreille. Ce soir, je n'ai pas le temps de bavarder. Nous nous verrons demain. Eh ! Je ne blague pas ! Avec cet accident, nous allons être obligés de demeurer au bourg au moins trois jours.

Louise saisit Hugo par la main. Elle ne cachait pas sa joie de le revoir, avec l'enthousiasme innocent de son âge.

— Dis, Hugo, tu me raconteras encore les grands bateaux, dans l'estuaire de la Charente… et les mouettes qui se posent sur votre mât !

— Oui, Louisette, c'est promis ! À présent, je dois absolument aider mes oncles. Tu salueras tes parents de ma part !

Le matelot s'éloigna à grands pas, sous le regard doré de la fillette. Celle-ci vouait à Hugo une véritable adoration. Elle le trouvait beau, le plus beau garçon de Saint-Simon. Mais surtout il était l'ami, le grand frère qu'elle n'avait pas, son protecteur. Pourtant ils se voyaient rarement, car les gabares ne faisaient que de courtes haltes au village.

Louise s'en alla à regret.

D'habitude, Hugo a le temps de me parler ! Là, c'est à peine s'il m'a regardée… se disait-elle en marchant vers le village.

Elle devait acheter du fil de coton à la mercerie et une carotte de tabac pour son père à l'épicerie en face de l'église.

2

L'enfant du fleuve

Hugo rentra à Saint-Simon en bonne compagnie, entre son père et ses oncles. Les quatre hommes discutaient avec animation.

— Quelle poisse ! tempêtait Colin. Je devais charger du bois pour un négociant de Cognac dès demain matin. Une cargaison à livrer dans quatre jours.

— Si je comprends bien, s'étonna François, si vous n'aviez pas eu cet accident, je n'aurais vu mon gamin que ce soir ! Enfin, c'est le métier qui veut ça ! Ne t'inquiète pas, Colin, ta brèche sera réparée pour lundi. Tu peux compter sur moi !

Alcide ajouta, en crachant sur les pavés du quai :

— Au diable ces haleurs ! Ils nous gâchent le métier ! Faut dire qu'avec ce vent et cette pluie, on s'entendait pas... Enfin, ça ne m'empêchera pas de vous payer un coup à la taverne ! François... ?

Le charpentier-calfat hésita, une main posée sur l'épaule de son fils.

— Je préfère ramener Hugo à la maison ! J'avais hâte de le revoir, mon gosse.

Hugo eut un sourire de petit garçon.

— C'est gentil à vous, mais papa a raison ! Nous allons manger la soupe et causer tous les deux.

Le père et le fils habitaient une petite maison, près de la forge du père Gauthier. François s'arrêta à la boucherie pour acheter une tranche de grillon.

— Ce n'est pas souvent qu'on soupe ensemble, alors… commença le charpentier d'un ton gêné.

— Alors, tu veux me gâter, comme si je crevais de faim sur la *Vaillante* ! plaisanta Hugo, un peu ému par l'embarras de son père.

Quelques instants plus tard, ils poussèrent la porte dont le jeune homme connaissait chaque détail, de la serrure capricieuse aux clous qui la constellaient. Le logement se composait d'une pièce au rez-de-chaussée, et de deux petites chambres à l'étage.

— Je ranime le feu ! déclara Hugo, retrouvant tout de suite les gestes familiers.

Un de ses plaisirs, pendant les escales à Saint-Simon, c'était cette grande cheminée, le cantou, abritant un petit banc. Il aimait s'y asseoir, attiser les braises, faire monter de grandes flammes dans l'âtre et jouer avec les tisons.

— Demain, après le chantier, on pourrait taquiner le goujon une petite heure ! proposa François en soulevant le couvercle de la marmite. J'ai mis à cuire des haricots, à midi. Ils sont à point.

— Ils seront sûrement meilleurs que ceux d'oncle Alcide ! répliqua Hugo. Il les assaisonne chichement, de peur que, le mousse et moi, on finisse la gamelle !

François éclata de rire en contemplant son fils. Les voyages sur le fleuve avaient donné au teint du jeune homme un hâle doré que les frimas ne parvenaient pas à ternir. Le sourire généreux révélait des dents blanches et régulières, tandis que le regard sombre, assorti à une chevelure de bohémien, gardait une douceur d'enfant.

— Tu dois en faire courir, des filles, gamin ! marmonna-t-il.

— Penses-tu, du Pas du Loup à Rochefort, elles se jettent à l'eau quand la gabare passe ! s'exclama Hugo.

Ils cachaient sous une bonne humeur un peu fausse leur bonheur d'être là, tous deux. François mit le couvert et fit signe à son fils.

— À table, fiston ! Les monghettes nous attendent, parfumées à l'ail et à la tomate, comme tu les aimes…

Ces mots-là, Hugo les avait entendus alors qu'il apprenait à marcher et bien des soirs ensuite, car les haricots constituaient la base de l'alimentation, à terre et à bord des gabares.

Après le repas, le jeune homme étendit ses longues jambes en soupirant :

— Ce soir, papa, si tu te couches tôt, j'irais bien faire une partie d'aluette au Bouif.

Le charpentier fronça les sourcils. Son fils était à l'âge de tous les rêves, celui où le sang, vif et neuf, bat plus vite à chaque jupon croisé, mais ils avaient si peu de temps ensemble qu'il se vexa un peu.

— Tiens donc ! Tu n'en as pas assez des tavernes et des tripots ! En bon matelot, tu ne dois pas t'ennuyer, lorsque vous mouillez dans un port !

— Pas tant que ça ! On jette l'ancre, et après, la soupe, et au lit. Écoute, papa, j'ai surtout besoin de marcher un peu sur la terre ferme… Juste un petit tour !

Un silence suivit. François se gratta le menton. Hugo ne semblait pas dans son état normal.

— Si tu veux sortir, fiston, sors ! J'en sais plus d'une qui sera contente…

Hugo baissa la tête puis, sans préambule, il posa une question à son père :

— Comment tu l'as rencontrée, maman ?

Du coup, François faillit s'étrangler avec sa gorgée de vin. Hugo l'observa sans sourire. Ces temps-ci, des regrets le tenaillaient, surtout au sujet de son enfance.

Il avait su très tôt la triste histoire de sa naissance. Celle qui aurait dû se trouver entre eux, au bout de la table, celle qu'il venait d'appeler maman du bout des lèvres était morte en couches après l'avoir mis au monde… Cela n'avait rien d'exceptionnel. Mais Hugo en gardait un vague chagrin, comme si c'était lui qui avait coupé court à la vie de la jeune femme. François, d'une nature tendre, affectueuse, se montrait discret au sujet de Marie-Flavie, son épouse. Ainsi, lorsqu'il eut retourné plusieurs fois dans sa tête la question de son fils, il se contenta de dire :

— Je ne sais plus… Au bal, sans doute ! Elle était très belle, ça oui. Tu lui ressembles ! Allez, va danser si ça te tente. Je monte me coucher. Si je ne suis pas au chantier au chant du coq, Colin et Alcide vont se ronger les sangs. Tu comprends, la *Vaillante*, je l'ai bâtie de mes mains, en partie. C'est à moi de surveiller les réparations.

Hugo n'insista pas. Son père détournait la conversation, comme d'habitude, en évitant d'évoquer longuement la défunte. On ne touche pas à une blessure qui ne cicatrisera jamais. Les femmes du village ne tarissaient pas d'éloges sur ce veuf inconsolable. Il avait élevé seul son fils, avec douceur et affection, sans regarder les autres filles prêtes à remplacer la disparue.

— Ne rentre pas trop tard ! murmura François.

Hugo promit et sortit. Une nuit pluvieuse régnait sur le bourg, mais il s'en moquait. C'était son pays, sa terre natale. Il marcha jusqu'à l'auberge du Bouif, ainsi nommée parce qu'elle était tenue par l'épouse du cordonnier, une femme dotée d'une barbe opulente.

Cette étrange personne n'en jouissait pas moins d'une vive sympathie car, chez elle, on mangeait bien et dans une joyeuse ambiance. Les bateliers, sans méchanceté, aimaient à déclarer :

— On va chez la femme à barges !

Le jeu de mots les faisait rire et la patronne ne s'en offusquait pas.

Hugo, en entrant, fut accueilli par des camarades d'école, la plupart matelots comme lui, mais un peu saouls. Le soir, on s'autorisait un verre de fine, puis deux, puis trois. Les tables du fond étaient occupées par des joueurs de cartes qui fumaient avec un air de profonde concentration. Ils entamaient une énième partie d'aluette, un jeu à quatre partenaires.

L'atmosphère enfumée et bruyante apaisa les nerfs du jeune homme. Il resta un moment debout, accoudé à un pilier.

Puis quelqu'un entonna un air bien connu de tous les mariniers.

> *C'sont les filles de La Rochelle*
> *Qui ont armé un bâtiment* (bis)
> *Pour aller faire la course*
> *Dedans les mers du Levant*[1]...

La gaîté de l'air, l'enthousiasme du chanteur furent communicatifs. On tapait du pied, on frappait des mains. Bientôt une ronde se forma au milieu de la pièce. Hugo s'y jeta, les doigts aussitôt captifs d'autres doigts. Sur le parquet, les talons claquaient, faisant vibrer les planches lissées par des centaines de danses.

— Oh ! Hugo ! Enfin de retour au pays ! clama une voix aiguë.

Il vit à ses côtés la rousse et généreuse Catherine. Les joues rouges, les lèvres mouillées, elle riait en renversant sa gorge ronde. Il n'était pas surpris, car à chacun de ses séjours à Saint-Simon la jeune femme semblait l'attendre, toujours prête à lui céder s'il le désirait.

---

1. Chant anonyme du XVIIe siècle.

— Viens… souffla-t-il.

Elle cessa de pouffer, le suivit dehors. Il ne pleuvait plus, mais l'herbe était mouillée. Hugo l'entraîna sous l'auvent de l'écurie. Depuis son arrivée à Saint-Simon, il ne parvenait pas à ressentir les petites joies coutumières. Ce malaise bizarre dont il souffrait, il voulut le vaincre, l'extirper de son corps. Catherine contre lui, dans ses bras, bouche donnée, saurait peut-être le guérir.

Ils partagèrent un plaisir rapide, brusque. Hugo s'écarta aussitôt de la jeune femme, qui, assise sur la paille, le scruta d'un air railleur. La clarté bleuâtre de la lune qui filtrait entre deux nuages donnait à ses traits une dureté insolite.

Hugo lui jeta un coup d'œil méfiant. Cette fille de vingt ans n'avait pas sa pareille pour se moquer des garçons. Il était loin de penser qu'elle pouvait éprouver à son égard un peu de sentiment.

— Tu te souviens, souffla-t-elle, la première fois ? Tu étais puceau, tu ne savais pas comment t'y prendre… Mais tu me plaisais, va ! Et tu me plais de plus en plus. Maintenant, on voit que tu as coutume de trousser les belles !

Catherine eut un rire voluptueux. Hugo se releva, gêné. Il regrettait déjà ce qui venait de se passer.

— Je dois rentrer chez moi ! marmonna-t-il en remettant sa veste.

— Ne te sauve pas comme un voleur ! Viens donc boire une goutte, ça te donnera des forces. Tu ne vas pas me fausser compagnie si vite.

Catherine tendit la main à Hugo. Il hésita avant de répondre à son geste, mais son caractère aimable reprit le dessus. Après tout, il pouvait se montrer galant avec elle. Dès qu'elle fut debout, le visage près du sien, elle l'enlaça :

— Hugo, tu me feras danser, tout à l'heure ? Devant les autres. Dis, tu le feras ?

— Non, je te l'ai déjà dit, je m'en vais ! marmonnat-il en l'embrassant sur le front. J'ai le cœur gros, tu sais ! Je me suis conduit comme le matelot que je suis, à t'emmener dehors pour mon bon plaisir. Pardonne-moi. Je n'aurais pas dû.

La jeune femme eut une moue déçue et desserra son étreinte. Hugo lui plaisait, cela ne datait pas d'hier. Furieuse, elle tapa du pied :

— Eh bien, va-t'en ! Je croyais que tu serais mon promis, un jour… Je t'aime, moi !

Stupéfait, Hugo la dévisagea. Une parole malheureuse lui échappa :

— Toi, ma promise ! Enfin, Catherine, ce n'est pas possible. Quand j'aurai une bonne amie, je l'aimerai bien fort et j'espère qu'elle n'aura pas la cuisse aussi légère que toi !

Il ne pensait pas à mal en s'exprimant aussi franchement. Pourtant la gifle qu'il reçut ne l'étonna guère. Catherine s'éloigna de sa démarche féline. Il ne vit pas ses joues rouges d'humiliation, ni ses yeux brillants de larmes.

François s'était assis au coin de l'âtre. Il avait renoncé à se coucher, préférant mettre à cuire la soupe du lendemain, tout en attendant Hugo. Quand il n'y a pas de femme pour veiller au repas, on est tenu d'être prévoyant…

Songeur, le charpentier semblait écouter, comme une chanson familière, le bouillonnement chuintant des légumes qui mijotaient dans le coquemar posé sur un trépied de fonte. Il se contentait juste de gratter les braises rougeoyantes pour activer la cuisson.

Ce soir-là, il pensait à toutes ces années écoulées que son fils avait égayées de ses rires, de ses premiers mots, de ses bêtises, de ses jeux et de ses questions.

— Nous n'avons pas été malheureux, mon gamin et moi ! soupira-t-il à l'adresse du chat, installé en face de lui sur la pierre tiède du foyer.

Il revit Hugo lorsqu'il apprenait à marcher sur la place. Les voisines s'esclaffaient devant les pas hésitants du petit, mal fagoté par le jeune père dont tout le village respectait le deuil. C'était un jour d'hiver qu'il était revenu à Saint-Simon, François Roux, son enfant sur les bras. Aux interrogations, il avait opposé un visage grave, un regard nostalgique. Son frère Colin lui avait demandé :

— Et ta femme ? La Marie-Flavie ? Où est-elle ?

— Morte en couches !

Pas un mot de plus. Un grand silence avait suivi, un silence qui durait encore. La Faucheuse, personne ne tenait à en parler. Les vieilles s'étaient signées, Colin avait ôté sa casquette. Et puis, il y avait le petit, avec son grand sourire de bébé, ses fossettes et ce duvet noir sur le crâne. François, dont chacun connaissait le talent de charpentier, avait tout de suite trouvé du travail au chantier Meslier. Il avait pu élever son fils décemment, d'autant plus que ses grands-parents lui avaient laissé une petite maison, ainsi que des terres, vers Saint-Simeux.

Le chat cligna des paupières, l'air indifférent, quand François haussa les épaules en ajoutant :

— Maintenant, le fils, y voyage toute l'année sur une gabare ! M'est avis qu'il a ça dans le sang ! Déjà que je ne le vois pas souvent, il faut qu'il aille danser…

Un bruit de pas dans la rue le fit sursauter. Hugo ouvrit la porte doucement.

— Me revoilà, papa ! J'étais sûr de te trouver à cette place, dans la cheminée, à te creuser la tête...

François haussa les épaules :

— Eh ! Si tu n'as bu qu'une goutte et que tu rentres avec le sourire, je ne dirai rien.

— Dis, elle sent bon, ta soupe ! J'ai oublié les haricots, j'en prendrais bien une assiette ! J'ai encore faim, vois-tu !

— À ta guise, gamin, mais tu n'auras que du bouillon, le reste doit être trop ferme sous la dent... répondit son père, qui s'empressa, soudain joyeux.

Il tailla une large tranche de pain, frotta de l'ail dessus.

Hugo se remit à table, avala sans un mot. Quand il eut terminé, François lui servit un verre de vin. Le jeune homme, l'air gêné, se gratta le menton, puis ébouriffa ses cheveux.

— Papa ? dit-il enfin. Tes terres de Saint-Simeux, tu ne les vendrais pas ? Peut-être que le père de Louise t'en donnerait un bon prix. Tu connais le père Figoux, il n'a jamais assez de parcelles.

— Vendre mes terres ! Qu'est-ce qui te prend ? Tu sais bien que je les ai louées...

Hugo s'écria, saisi d'une sorte d'impatience :

— Papa, cet argent, je ne veux pas le gaspiller. Je voudrais avoir ma gabare bien à moi ! J'en ai assez d'être matelot. Les oncles sont gentils, mais ce sont eux qui empochent les sous, pas moi. Tiens, si j'avais mon bateau, je t'emmènerais voir l'océan, toi qui n'as presque jamais quitté Saint-Simon.

François fixa son fils avec méfiance.

— Tu en sors, des âneries ! Saint-Simon, vois-tu, pour mon malheur, pour mon plus grand malheur, je l'ai quitté une fois de trop ! Je me demande quelle mouche t'a piqué. À ton dernier passage, tu me semblais content de ton sort...

Un autre soir, Hugo aurait abandonné, mais la déception l'étouffait. Il avait soif de liberté, et d'autre chose d'indéfinissable.

— Papa ! Jusqu'à quel âge je vais servir les autres ? Une gabare, la plus belle du pays, qu'on baptiserait la *Marie-Flavie*, ça ne te plairait pas, à toi ?

François détourna son regard pour déclarer, d'une voix dure :

— Non, ça me dirait rien du tout ! Ta mère non plus, si elle était encore de ce monde, ça ne lui plairait pas, mais alors pas du tout.

Hugo empoigna son veston et monta l'escalier. Il s'allongea sur son lit sans allumer la chandelle. Là, il se mit à rêver. Oui, un jour, il posséderait sa propre gabare, la plus belle de mémoire de charpentier-calfat... Il serait son propre maître. Plus question de dormir dans l'abri de fortune, à l'avant du bateau, d'obéir aux ordres de ses oncles. Non, il aurait une chambre confortable, à l'arrière, et se montrerait bon avec le mousse et son matelot. Très vite, il gagnerait des louis d'or à foison...

À ce point de ses divagations, il fut traversé par le souvenir de l'inconnue de Tonnay. Il l'imagina au grand jour, souriante et non plus affolée, en larmes. Il se reprocha du même coup cette brève étreinte avec Catherine. Ce n'était pas ce qu'il voulait. Non, il désirait un corps féminin près de lui, offert, doux, tiède et plein de chaudes promesses, et surtout un cœur, une âme fidèle. Bref, une belle épousée qui ressemblerait trait pour trait à la jeune fille dont l'image ne le quittait plus.

3

Un matin à Saint-Simon

Louise rinçait les bols du petit déjeuner. Les mains plongées dans l'eau, la fillette chantonnait. Son cœur vibrait de joie, parce que son cher Hugo était de retour.

Je le verrai tantôt ! se répétait-elle. Et il m'a dit, hier, que nous passerions un moment ensemble... Hugo, c'est le plus beau garçon de Saint-Simon ! Moi, je sais qu'il a une tache de naissance dans le cou, mais je m'en moque ! Et puis quand nous serons mariés, parce qu'il m'épousera un jour, je mettrai ma joue pile sur cette tache...

Cette pensée lui réchauffa le cœur. Elle lui donnait l'impression d'être dans l'intimité de son bien-aimé. Sa mère, Hortense, arriva au même instant :

— Oh ! Ma fille, tu en mets un temps, aujourd'hui. Rince-toi les mains et viens m'aider. Une vache s'est sauvée !

Louise prit la cassotte[1] et fit couler un peu d'eau sur ses doigts et ses poignets. S'essuyant à son tablier, elle s'empressa de suivre sa mère.

Son père, comme beaucoup de paysans de la région, cultivait la vigne, des cépages qui avaient donné le jour

1. Ustensile que l'on remplissait d'eau, muni d'un fin tuyau qui servait alors de robinet.

au cognac, une eau-de-vie dont l'Europe entière appréciait la saveur. La fillette, qui avait grandi au rythme des vendanges, fredonnait souvent la chanson que les vignerons reprenaient en chœur, pour se donner du courage.

> *Plantons la vigne*
> *La voilà la jolie vigne au vin*
> *Vigni, vignons, vignons le vin*[1]...

Mais Bertrand Figoux, avare notoire, élevait aussi poules, canards, cochons et vaches, afin d'assurer le quotidien.

— Tu as encore grandi ! gémit Hortense en traversant la cour. Je vais devoir te coudre une nouvelle robe avant l'hiver.

Louise se mit à sourire. Elle priait tous les soirs la Sainte Vierge et son fils, l'enfant Jésus, pour devenir le plus vite possible une belle jeune fille. Si belle, si bien faite, que pas une fois, Hugo ne regarderait une autre femme. Mais à sa grande déception, si elle prenait quelques centimètres en taille, elle demeurait menue et plate de partout !

— Maman, tu n'as besoin de rien au village ? Hier soir tu voulais m'envoyer chez Éléonore acheter de la viande pour le ragoût ! demanda-t-elle tout bas.

— Toi, tu as envie de gambader ! Et je donnerais ma main à couper que tu irais volontiers traîner devant chez les Roux, parce que le fils est de passage...

La fillette baissa la tête, les joues brûlantes. Sa mère s'amusait de son amour si profond pour Hugo, le prenant pour un béguin de gamine. Cela désolait Louise.

— Allez, file ! grogna sa mère, attendrie. Je me débrouillerai avec cette vache. Ton père est dans les

---

1. Variante de refrain des scieurs de long d'Auvergne.

champs, il faut en profiter ! Mais n'oublie pas, Louise, ce qui t'est arrivé au printemps ! Ne va plus traîner du côté de Juac…

Louise s'empourpra davantage. Chaque fois qu'elle quittait la ferme pour aller à l'école ou à l'épicerie, ses parents lui rappelaient cette chose horrible qu'elle voulait tant oublier.

Elle suivit le chemin du village. Mais elle eut beau siffler un refrain joyeux, la face effrayante de l'homme réapparut et l'affreux souvenir s'imposa. Le forçat, malgré les chaînes qu'il portait aux pieds, l'avait emmenée derrière un mur de l'entrepôt au sel.

J'allais au Pas du Loup… Cela m'amusait de les regarder brasser le sel, tous ces prisonniers. Et lui, lui il était sorti… Il m'a serrée fort, il me touchait partout et…

Le vent d'automne séchait les larmes de Louise, qui coulaient lentement sur ses joues. Elle avait plusieurs fois revécu ces instants de panique totale durant lesquels elle s'était sentie aussi faible qu'une souris devant une vipère. Mais il y avait eu François Roux, le père d'Hugo. Son bec-de-corbin à la main, il s'était rué sur l'homme, tandis que la femme du gardien se jetait sur Louise en pleurant…

Ils ont dit que je n'avais rien, après ! Pourtant papa a pris son fusil quand il a su, et il voulait tuer le forçat, et maman a beaucoup crié.

Au pays, beaucoup avaient réagi comme les époux Figoux. On ne prisait guère la présence des bagnards qui purgeaient là leur peine, brassant du sel en vrac toute l'année, pieds nus de surcroît, qu'il pleuve ou qu'il gèle. Ces hommes avaient été condamnés pour vol ou pour leurs opinions religieuses, voire politiques, et venaient du bagne de Rochefort. Peut-être préféraient-ils cette tâche ingrate à l'étroitesse d'une cellule… Mais le temps devait leur sembler long.

Certains, véritables brutes, en voulaient au reste de la société. Louise avait été victime de l'un d'eux. Et contre le souvenir de ces instants de terreur et de honte qui la tourmentaient souvent, l'enfant n'avait qu'un rempart, le sourire et le regard tendre d'Hugo.

Hugo avait quitté la maison au point du jour. Après une grande balade à travers champs, ses pas l'avaient ramené près des quais de Saint-Simon. Assis sur un muret, il regardait le fleuve. À cette heure matinale, des écharpes de brume flottaient sur l'eau d'un vert profond et donnaient au paysage une douceur apaisante. Un martin-pêcheur passa, telle une flèche d'un bleu vif. Le soleil ne tarda pas à jeter ses premiers rayons sur la cime des arbres.

Sur l'île voisine, les scieurs de long étaient déjà au travail. Leurs chants résonnaient, accompagnés du bruit de leurs outils.

Rien n'était aussi gros que les scieurs de long,
faudrait les voir sur leurs pièces de bois,
à scier les chevrons !
Et rou pastringrou pastingrà,
congru perminia perpica
et lonla pastingrou, pastingra.

Leur refrain, le même depuis des années, égaya Hugo. Il étira ses longues jambes, ses bras musculeux.

Allons, assez rêvassé ! Papa doit être à l'œuvre sur le chantier ! Je vais lui rendre visite…

Hugo avait grandi parmi les planches fraîchement débitées, la sciure, les odeurs de résine et de goudron.

Et les fameux scieurs de long, de robustes gaillards venus d'Auvergne et du Limousin, l'avaient souvent fait sauter sur leurs genoux. On les aimait bien, ces hommes bâtis en Hercule, qui travaillaient en chantant, et posaient leur outil pour boire au goulot une rasade de vin ou de limonade, quand, par chance, les gabariers en rapportaient de Rochefort, où le sieur Petit, limonadier, tenait boutique.

L'église de Saint-Simon sonna sept heures. Hugo longea la berge, en contemplant l'activité du port, en amont. Il séjournait rarement sur la terre ferme, mais, quand il passait du temps au village, il éprouvait toujours le besoin de voir le fleuve qui semblait l'attendre, l'appeler en sourdine, par son chuchotis mouillé. Depuis le premier jour où, encore gamin, Hugo avait foulé le tillac d'un bateau, il croyait entendre la Charente lui promettre des horizons nouveaux et tout un univers de liberté et d'aventures.

Ce matin, l'appel lui parut plus fort, car il n'avait qu'une idée : se retrouver à Tonnay et, avec un peu de chance, revoir la fille aux yeux noirs.

Hugo approchait du chantier Meslier, situé en contrebas du bourg, qui était perché sur une colline surplombant la rive droite du fleuve. Le jeune homme percevait le concert des volets rabattus contre le mur, les bavardages des femmes, l'animation croissante se répandant au fil des ruelles étroites où s'alignaient de petites maisons. Rien ne changeait. Les auberges ouvraient leurs portes, tandis que les autres commerçants, de la mercière à la boulangère, sans oublier les artisans et les paysans, entamaient une nouvelle journée de labeur.

Ici, cependant, les gens appartenaient pour la plupart à la batellerie. Toute l'année, on construisait, on réparait, on mettait à l'eau. Hugo le savait bien et il guettait avec un sourire les coups de marteau ou de hache donnés par les calfats.

François Roux travaillait déjà sur la *Vaillante*, aidé par deux compagnons de métier.

— Ohé ! Papa ! lança Hugo.

Le charpentier-calfat se retourna et salua son fils d'un geste rapide, car il n'aimait pas être distrait de sa besogne.

Sans le savoir-faire ancestral de ces hommes, le fleuve aurait semblé bien triste. Le charpentier-calfat était l'artisan qui construisait barques, gabares et gabarottes. Il accomplissait toutes les étapes jusqu'à la mise à l'eau qui s'effectuait sur des glissières suiffées. Cet événement final était la récompense suprême pour tous ceux qui avaient participé à ce bel ouvrage.

François, sous le regard intéressé de son fils, continua donc sa tâche. Il était en train de retirer, à l'aide de son bec-de-corbin, l'étoupe humide de la gabare en réparation. Ensuite, il la remplacerait par de l'étoupe neuve faite de fibres de lin huilées. Enfin, il goudronnerait le tout pour rendre parfaitement étanche la coque de la *Vaillante*.

— Salut, mon gars ! s'écria-t-il enfin, levant le nez. Je te croyais au lit à ronfler... Tu n'es pas fâché, au moins, pour hier soir ! Je n'ai pas été très patient...

— Bah, je te connais ! répliqua Hugo.

Le jeune homme n'en dit pas plus, contemplant la *Vaillante*. Il songea que sa gabare serait plus belle, plus solide. Il en avait vu, des bateaux sur le fleuve et dans l'estuaire ! Il savait exactement quel modèle lui conviendrait... Hélas ! Ces grandes barques à fond plat, souvent longues de trente-deux mètres, flanquées de mâts impressionnants, et qui devaient supporter des charges entre cent et cent cinquante tonnes, ne se construisaient pas en un jour, ni même un mois. Il fallait compter souvent plus d'un an de labeur soigné, acharné. De quoi se morfondre en attendant d'être son propre patron…

— Si un jour je peux faire bâtir ma gabare, dit-il à son père d'un air rêveur, je veux du bois de la meilleure qualité. Du chêne pour la charpente, soit, mais de deux ans d'âge. Pareil pour la coque et le plancher. La cabine sera en pitchpin d'Amérique, la sole en sapin de Norvège !

— Eh bien, s'exclama François, tu as de l'ambition ! Il y a des gars qui rachètent un bateau en fin de carrière, pour débuter dans le métier. Toi, bien sûr, il te faudrait du neuf !

Hugo tapota l'épaule de son père. Les deux hommes se sourirent. Dans chaque port édifié sur le fleuve, les familles vivaient pour la plupart du transport des marchandises. Les gabares acheminaient du sel, des pierres, des bois de toutes sortes, du charbon, les canons fabriqués à Ruelle, et surtout les eaux-de-vie. Mais d'autres produits voyageaient aussi par voie d'eau tels que les poissons fumés, la mercerie, les outils, et même le bétail : chevaux, vaches, chèvres.

— Alors ? demanda Hugo. À part cette brèche, notre *Vaillante* se porte-t-elle bien ?

— Elle a encore de beaux jours devant elle ! assura le charpentier. Mais cet été, il faudrait la laisser plusieurs jours au radoub… Dis-moi, fiston, j'ai vu Colin tout à l'heure. Il paraît que tu t'es battu, à Tonnay ! Pour une fille… Je te croyais plus sérieux, Hugo !

Le jeune homme s'assombrit immédiatement. Son père n'avait pas coutume de lui faire des reproches.

— Écoute, papa ! s'écria-t-il. Ce printemps, tu as sauvé Louisette des mains de ce saligaud de forçat, parce que tu as eu la chance de te trouver au bon endroit, au bon moment. Moi, c'était pareil. Deux marins hollandais s'en prenaient à une fille, alors j'ai vu rouge, j'ai cogné. Ils ont filé...

François Roux fit une moue perplexe. Il ne pensait pas trop de bien des filles errant la nuit dans un port. À Saint-Simon, il y en avait une dizaine de ce genre-là, qui racolaient les matelots pour trois sous.

— S'ils avaient eu des couteaux, tes Hollandais, tu pouvais y laisser ta peau. Tout ça pour une donzelle dont tu ne savais rien ! Peut-être qu'elle était d'accord...

Hugo faillit se lancer dans des explications véhémentes, mais il renonça. Son père, ses oncles jugeaient l'affaire de loin. Ils n'avaient pas vu le sourire tremblant de la jeune fille, ni entendu sa voix émouvante et si sensuelle.

Son père avait repris le travail comme s'il n'avait rien à ajouter. Hugo ramassa une brindille de bois et la mordilla pour tromper sa nervosité.

— Un jour, fiston, nous en viendrons aux bateaux à vapeur ! déclara François brusquement. Il y aura moins d'accidents, et les haleurs devront trouver un autre travail ! Il ne faut pas leur en vouloir, à ces gars-là, je n'aimerais pas suer sang et eau comme certains l'ont fait.

Autour d'eux, il y eut alors des rires, des approbations fatalistes. Puis en même temps, une voix fluette qui appelait :

— Ohé, Hugo ! Monsieur Roux !

Louise arrivait sur le chantier, les joues roses d'avoir marché d'un bon pas. Vêtue d'une robe rose et d'un sarrau gris, son visage menu s'illuminait d'un grand sourire. Très blonde, avec de grands yeux clairs, elle semblait retenir la lumière dorée du matin.

— Et voilà notre Louisette ! cria Hugo tout content. Viens un peu là, mon alouette !

La fillette éclata de rire. Elle aimait ce surnom que lui donnait le jeune homme, car il trouvait qu'elle avait une jolie voix.

Colin et Alcide la suivaient de près et ils s'assirent sur un tronc, près du quai de radoub. François Roux s'accorda une pause, histoire de causer un peu avec ces trois visiteurs.

— Alors, mignonne ? demanda le charpentier, tu es venue surveiller mon travail ? Vois-tu cette vilaine brèche que j'ai réparée…

— Oui, c'est à cause des haleurs ! répondit Louise. J'étais là, au Pas du Loup. J'ai vu l'accident. Les chevaux allaient trop vite.

Hugo fit le geste d'attirer la petite sur ses genoux, puis, se souvenant de l'histoire du forçat, il n'osa pas, de peur de l'effaroucher. Il ne pouvait pas deviner combien la fillette l'adorait à l'égal d'un jeune dieu du fleuve, et qu'elle ne craignait rien de lui.

— Sais-tu, Louise, qu'il y a moins de cent ans, les femmes de Saint-Simon ont enfilé la bricole du haleur. Mon grand-père les a vues, un harnais passé à l'épaule et appuyant sur la poitrine. L'aurais-tu fait, toi, si tu avais eu des enfants à nourrir ?

Questionnée devant tous, Louise se mordit les lèvres, avec l'attitude d'une grande fille en train de réfléchir. Elle répliqua fermement :

— Eh oui, monsieur Colin ! Un sou est un sou, comme dit papa ! Mais je ne sais pas si j'aurais tiré mieux qu'un cheval… C'est un travail de bête, ça !

Les quatre hommes éclatèrent de rire. François s'empressa de dire :

— Tu as raison, Louisette ! Mais au début de la batellerie, les embarcations étaient encore de petite taille et l'équipage veillait lui-même au halage. Plus tard, on engagea des haleurs. Ces hommes entraînés à de rudes efforts se battaient souvent, quand ils n'avaient pas leurs champs à labourer. Alors les femmes s'engageaient.

— Oui ! reprit Alcide, mais une femme, ça n'a pas trop de muscles. Alors les bœufs firent le travail... Ces pauvres bêtes avaient la vie dure. Il y en a qui chutaient dans l'eau, bousculés par leurs congénères, emportant leur bouvier, qui parfois ne savait pas nager.

Colin ralluma sa pipe. Il adressa un clin d'œil à son frère, en clamant bien fort :

— Ah les femmes sur le chemin de halage ! Quand mon grand-père en causait, il avait le regard brillant. Surtout en racontant ce fameux jour de 1782 ! Bon sang, j'aurais voulu y être... Les femmes du pays s'emparèrent des cordages, barrant la route aux bœufs qui les remplaçaient. Et elles criaient, paraît-il, leur misère, réclamant le salaire qu'on leur ôtait ! Ah ça, elles y tenaient à leur halage, pour abandonner leurs fourneaux et leurs nourrissons. Chaque matin, elles étaient là, sur la berge, une vraie troupe, guettant les embarcations, pour offrir leurs services aux patrons.

Hugo et Louise écoutaient avec la même expression ravie. François coupa la parole à Colin, bien capable de dire des choses qui n'étaient pas de l'âge de la fillette.

— La suite de l'histoire, tout le monde la connaît à Saint-Simon. La maréchaussée, appelée à la rescousse, fut mise en échec par une troupe furieuse de femelles, selon le terme de l'époque, qui entendaient obtenir le privilège du halage. Bon, c'est bien joli de bavarder, mais le boulot n'avance pas !

Ainsi était François Roux, sérieux et soucieux de respecter les délais qu'il promettait. Louise ajouta pourtant, en sautillant d'un pied sur l'autre :

— Est-ce qu'elles ont gagné la bataille, ces femmes ?

— Non, ma petite ! Les bœufs ont continué à tirer les gabares. Maintenant ce sont surtout des chevaux, mais il les faut dociles.

Colin et Alcide s'éloignèrent pour discuter avec le patron du chantier, monsieur Meslier en personne.

Louise s'assit près d'Hugo, tandis qu'un large sourire éclairait son joli visage.

— Es-tu content d'être au pays ? murmura-t-elle.

— Bien sûr ! Tant que je vois mon père et toi !

François éclata d'un bon rire.

— Écoute-le, mon drôle ! Il dit ça, mais le soir il va danser au Bouif à peine le souper fini...

Hugo haussa les épaules. Son père maniait le guipon, lui tournant le dos, une image qui lui était familière. Tout gamin, avant d'entrer à l'école, il avait passé des heures sur les chantiers, et rien du travail de charpentier-calfat ne lui était étranger. Le jeune homme aurait pu décrire de mémoire les lieux, et il ne se gênait pas pour le faire dans les tavernes de Rochefort ou de Tonnay, lors des escales.

— Au chantier Meslier, racontait-il souvent, il y a deux petites maisons où les calfats entreposent leurs outils. Un hangar aussi, et les glissières de mise à l'eau. Nous étions les premiers à voir arriver les gabares chargées au port L'Houmeau, à Angoulême.

Le nom même des outils enchantait les mariniers, les éclusiers ou les marins des îles de Ré et d'Oléron.

— Pour faire une gabare, expliquait le jeune homme, il faut manier la tarière, l'herminette de charpentier ou de tonnelier, la gouge, mais aussi la hache, le grattoir qui enlève le goudron sec, les ciseaux de calfat et le maillet...

On sentait qu'Hugo savait de quoi il parlait et que c'était sa vie.

Il soupira. Son père lui semblait encore sur la défensive. Hugo se leva et prit la petite fille par la main.

— P'pa, je raccompagne Louisette un bout de chemin. Ne m'attends pas pour casser la croûte.

François observa son fils et l'enfant qui repartaient vers le village.

Hugo lui avait souvent dit que Louise était la petite sœur qu'il aurait tant voulue. Ces mots ravivaient une blessure dans le cœur du charpentier, mais, chaque fois, il cachait sa peine sous un sourire complice.

4

Hugo et Louise

— Comment vas-tu, ma Louisette ? interrogea Hugo dès qu'ils furent assez loin du chantier.

— Aujourd'hui, je suis bien contente ! Parce que maman m'a permis de descendre au village et que je suis avec toi...

Le jeune homme fut attendri par la sincérité naïve de Louise, qui gardait la fraîcheur de l'enfance.

Hugo était âgé de huit ans lorsque les Figoux, des fermiers aisés, avaient eu leur fille unique. Il la revit haute comme trois pommes, sur la place du bourg, près du puits. C'était la première fois qu'il la rencontrait. Louise babillait gaiement, tandis qu'Hugo organisait avec ses camarades une course de cagouilles. La petite que sa mère surveillait d'un œil s'était approchée, attirée par la chanson que les garçons hurlaient :

« Il pleut, il mouille, c'est la fête à la cagouille ! Il pleut, il mouille, c'est la fête à la grenouille ! »

Après avoir tapé des mains en cadence, la petite fille s'était emparée d'un gros escargot, le favori du futur matelot, et l'avait porté à sa bouche. Les gamins s'étaient esclaffés, moqueurs, mais Hugo lui avait gentiment expliqué qu'une cagouille, cela se mangeait cuit

46

et au beurre. Louise, fascinée par ce grand garçon aux yeux noirs penché sur elle, s'était jetée à son cou.

À partir de ce jour, on les avait vus souvent ensemble. Louise reconnaissait Hugo de loin, et il n'hésitait pas à la soulever à bout de bras, en lui embrassant le front. Le fleuve les avait séparés. Devenu mousse, Hugo quittait régulièrement le pays. Louise prit l'habitude de l'attendre, de surveiller chaque gabare remontant le courant. Elle savait leur nom, saluant depuis le port l'*Espérance*, la *Fidélité*, la *Légère* ou la *Providence*, mais elle guettait surtout la *Vaillante*, sur laquelle vivait Hugo. Cette franche amitié ne dérangeait personne : on avait bien d'autres chats à fouetter à Saint-Simon.

— Et toi, Hugo ? Raconte… s'écria Louise. As-tu vu les voiliers hollandais cette fois…

— Oui, ils sont entrés dans le port leurs grandes voiles blanches claquant au vent.

La fillette soupira de satisfaction, serrant plus fort les doigts de son grand ami. Hugo lui parlait souvent de l'océan, là où leur fleuve bien-aimé se perdait dans les eaux immenses et agitées de l'Atlantique. Il la faisait voyager par le pouvoir des mots, en évoquant les lointaines Amériques et les îles chaudes des Caraïbes.

Ils s'assirent sous l'avancée d'un saule. Hugo sortit son canif pour tailler une branchette.

— Il me semble que je t'avais promis un sifflet, lors de mon dernier passage. Tu l'auras avant de rentrer chez toi, ma Louisette.

Elle le regardait travailler avec admiration quand il se coupa. La lame avait dévié brusquement.

— Oh ! Tu es blessé ? Mon Dieu, comme ça saigne ! Veux-tu que nous allions chez le père Martin, il connaît un remède pour les coupures…

Le père Martin était un des personnages les plus

mystérieux de Saint-Simon. Les gens du bourg l'avaient vu arriver un jour de sa lointaine Charente limousine pour habiter une maisonnette dont il avait hérité. Cet homme à l'accent rocailleux s'était installé dans ce qui ressemblait à une masure au fond d'une ruelle, malgré l'animosité du voisinage. Au fil du temps, les roses, les géraniums, un jasmin vigoureux avaient transformé sa modeste demeure en un lieu enchanté qui fascinait Louise.

Quand elle allait à l'école, elle passait devant chez ce Martin dont on se méfiait un peu, le prenant soit pour un bon guérisseur, soit pour un sorcier. On réclamait ses soins dans la plus grande discrétion, en frappant à sa porte aux heures tranquilles, le soir ou le matin très tôt.

— Ne t'en fais pas, ma Louise, protesta Hugo. Je suis un peu maladroit. Ce qui me ferait du bien, c'est un dé à coudre d'eau-de-vie... la douleur m'a pincé le cœur.

Louise s'aperçut de la pâleur de son héros. Elle eut envie de le prendre dans ses bras pour le réconforter. Mais il ne comprendrait pas... Quel malheur de ne pas avoir quinze ans au moins, une taille fine, des lèvres plus rouges !

— Et c'est à cause de moi que tu as mal ! gémit-elle. Jette ce sifflet ! Si tu veux, nous pouvons aller au cimetière... sur la tombe de ma mémé.

Hugo n'eut pas le cœur de refuser. Ce qu'il lisait dans les yeux de la fillette le touchait. Une sorte d'adoration, qui paraissait étrange chez une enfant de cet âge. Il se releva en souriant :

— Après tout, pourquoi pas ! Et puis, ma foi, tu es de bonne compagnie, Louisette !

— Tu peux m'appeler Louise ! J'aurai bientôt onze ans, je serai vite une demoiselle. Louisette, ça fait bébé.

— Je m'en souviendrai, mademoiselle Louise ! plaisanta-t-il.

Louise et Hugo entrèrent dans le cimetière, qui était naguère situé devant l'église. Désormais établi à la sortie du bourg, ce lieu consacré aux défunts n'avait rien de triste. Sous le doux soleil de cette fin de matinée, il y régnait une étrange sérénité.

La vie comportait trois grandes étapes, tous le savaient. La naissance, le mariage et la mort. En toile de fond, les enfants, le travail. Le travail valorisait l'individu, le marquait d'une empreinte particulière. Ici, à Saint-Simon, terre vouée au fleuve, les gabariers ne se laissaient pas oublier. Leur tombe s'ornait d'une ancre de marine, parfois entourée de sa chaîne. Sur la pierre grise, recouverte de fins lichens jaunes, ce symbole parlait aux vivants d'un passé sans cesse réécrit.

— Quand j'étais gamin, murmura Hugo, je voulais toujours porter des fleurs à ma mère, mais je ne pouvais pas. Elle est enterrée à Châteauneuf, là où je suis né. Mon père n'a jamais voulu m'y emmener, ni le jour des Rameaux ni le jour des Morts. Il me faisait réciter mes prières. Il disait que cela lui ferait plaisir, plus que tout. En ce moment, j'aimerais bien avoir une mère, sais-tu ?

Louise regretta d'avoir emmené son bel ami au cimetière. Il avait un drôle d'air triste, maintenant. Un pigeon passa au-dessus d'eux, suivi d'un vol bruissant de tourterelles. Hugo se sentit oppressé.

— Partons d'ici, Louise. Je préfère le bord de l'eau. Si nous allions jusqu'au Pas du Loup ! J'aime tant cet endroit. J'y ai passé des heures, quand j'étais gosse. Et puis, quand je rentre au pays, en apercevant le grand frêne près de l'écluse, je me dis : on approche.

— Je sais ! s'écria-t-elle en trottinant derrière lui.

Je pense la même chose, quand j'attends la *Vaillante* là-bas… Que vous approchez, tes oncles et toi !

Ils redescendirent vers le fleuve, en direction du logis de l'Épineuil. La rumeur animée qui montait du bourg ne tarda pas à s'estomper. Hugo connaissait la berge, ses sentes ombrageuses, ses coins de pêche. Arrivé au Pas du Loup, il alla d'abord s'accroupir près de l'écluse. De là, il plongea un regard absent dans l'eau du fleuve. Puis il remonta et s'installa, assis en tailleur, sous un peuplier.

Louise le contempla un instant. Qu'il était beau ainsi… Une brindille à la bouche, sa chemise ouverte sur la poitrine, ses cheveux bruns rejetés en arrière.

— Eh ! Viens près de moi, Louise ! Je rêve, vois-tu, je ne peux pas m'empêcher de rêver.

Charmée par la douceur de sa voix, elle obéit. Hugo la prit par l'épaule avec tendresse.

— Papa et moi, on venait pêcher là… dit-il doucement. Le soir ou le matin très tôt. La veille, je préparais la musette, les cannes, les appâts. J'attendais ça comme une fête, je t'assure ! Un jour, j'ai sorti un gros brochet. J'étais tellement fier, et mon père, il riait… On en a mangé pendant trois jours ! Dame, ça nous changeait du lard ! Et puis, parfois, je venais seul… Je regardais l'eau et je rêvais que ma mère revenait, bien vivante. Je lui parlais même, comme si elle existait et qu'elle était assise à côté de moi. Alors tu vois, Louisette, au Pas du Loup, je me sens toujours bien, comme si c'était mon petit coin de paradis !

Blottie contre Hugo, Louise savourait son bonheur, même si une petite voix lui soufflait qu'il la tenait de la sorte par gentillesse, se comportant en grand frère. S'il avait su combien ce simple geste la ravissait… Elle murmura :

— Et tu te souviens quand tu m'as fait danser, l'année dernière, à la Saint-Jean ?

— Non ! marmonna Hugo.

— Mais si, enfin ! À Saint-Simeux ! J'avais une robe bleue. Tu m'as dit que c'était ta couleur préférée.

Le jeune homme se pencha. Louise paraissait au bord des larmes. Il mentit aussitôt :

— Bien sûr, que je suis bête ! Comment veux-tu que j'oublie une chose pareille. J'étais fier d'avoir une cavalière aussi jolie !

Mais elle ne fut pas dupe. Hugo ne savait pas tricher.

— Non, tu ne t'en souviens pas... Moi si ! La maîtresse, à l'école, elle dit que j'ai une excellente mémoire ! Je connais même l'histoire de cet endroit, oui, par cœur.

Hugo eut un sourire ému. Lui aussi aurait pu raconter la légende liée au Pas du Loup. Mais il se tut, parce que la fillette lui paraissait soudain fragile et très douce.

— Un seigneur, le comte de Culant d'Anqueville, qui possédait alors le domaine de l'Épineuil, parcourait ses terres à cheval, en compagnie d'un loup apprivoisé. Pour rentrer chez lui, il traversait là, grâce au bac installé par le passeur. Le loup nageait, ensuite il rejoignait son maître sur la rive ! Mais les amis du comte le mirent en garde : Sire, cette bête demeure féroce. Si vous tombez à l'eau, elle se jettera sur vous et vous dévorera...

Hugo retint un sourire, car Louise mimait la scène à la perfection.

— Le comte décida, reprit-elle, de lancer son beau manteau dans le fleuve, afin de voir ce que ferait le loup... Le fauve mit en pièces le vêtement et le seigneur, bien à regret, le tua. Depuis, on nomme ce lieu le Pas du Loup !

— En voilà une triste histoire ! s'écria le jeune homme. Continue à bien travailler, ma Louise, c'est utile de savoir lire et écrire. Mon père m'a toujours dit qu'un bon gabarier doit être instruit. Si tu savais combien je rencontre de gens qui signent d'une croix et sont tout surpris de me voir manier la plume et tenir les registres de mes oncles sans erreur !

Elle lui jeta un curieux regard en demandant :

— Dis, Hugo, tu as toujours envie d'être gabarier ?

— Un peu que j'ai envie. Si mon père voulait bien vendre ses terres, je pourrais faire construire ma gabare. Après, j'irais où je voudrais. Il y a du côté de Jarnac un marchand d'eau-de-vie qui me confierait volontiers ses cargaisons !

Hugo soupira, passionné comme toujours quand il pensait au fleuve, en pressant fort la main de Louise qu'il avait saisie. Il murmura :

— Ah ! Sortir de cette misère ! Le fleuve, je lui fais confiance. Il me donnera tout ! Même une femme ! Et je crois savoir où elle se cache, ma Louise, à Tonnay. Elle est si belle, aussi brune que moi, les yeux noirs aussi. Je suis sûr que je vais la revoir...

Il éclata de rire, repris par ses rêves, tandis que Louise se dégageait doucement.

— Je dois rentrer... souffla-t-elle d'une drôle de voix.

— À demain, Louisette ! répondit-il distraitement.

Elle ne répondit pas, retenant un gros sanglot. Son héros, son prince charmant pensait à prendre une épouse, une fille de son âge, bien sûr... Mortifiée, le cœur endolori, elle trébucha sur une souche et, cette fois, partit en courant.

Hugo la regarda disparaître entre les arbres, inconscient du chagrin qu'il lui avait causé. Puis il continua à mordiller son brin d'herbe en écoutant la rumeur de l'eau contre le talus de la rive.

Hugo se promenait au clair de lune. Il avait dîné avec son père, mais, accoutumé à vivre au grand air, il était sorti marcher dans les ruelles de Saint-Simon.

Après-demain, lundi, nous repartons ! Papa et les autres charpentiers ont travaillé dur… songeait-il.

L'accident de la *Vaillante* le soir de leur retour, la colère de ses oncles, l'atmosphère du chantier avaient ravivé son rêve : posséder sa propre gabare. Il se vit debout à la proue, tandis que la Charente s'ouvrait sous son bateau, telle une amante au corps souple.

Il rentra enfin, juste avant minuit. Son père ne dormait pas. Il était assis à la table, des papiers étalés devant lui. Deux chandelles se consumaient. François scruta les traits de son fils.

— Ah te voilà, Hugo !

Le charpentier-calfat eut un sourire en coin. Il fit signe au jeune homme de s'asseoir.

— J'ai réfléchi, après ton départ. Je vois bien que tu te tourmentes. Va, tu l'auras, ta gabare, foi de François Roux ! Je la construirai de mes mains. L'argent, je le prendrai où il y en a. Je vendrai mes terres. Regarde, j'ai dessiné les plans.

Hugo, ébahi, fixait les croquis de son père. Une boule d'émotion lui noua la gorge. Il aurait voulu crier de joie, embrasser l'homme assis en face de lui, mais il restait muet, figé par un immense soulagement.

— Papa, tu es sérieux ? bredouilla-t-il après un long silence.

— Bien sûr que je suis sérieux ! Je me suis fait une promesse, un jour, quand je me suis retrouvé seul avec toi. Te chérir et que tu deviennes un homme digne de ce nom. Alors, si tu veux ton bateau, je suis partant !

Hugo ferma à demi les paupières, pour mieux voir son rêve. Tout bas, il soupira :

— Ma gabare, je la baptiserai la *Marie-Flavie* ! Oui, elle portera le nom de maman. Ce sera une façon de lui rendre hommage. Tout le long de la Charente, les gens connaîtront la *Marie-Flavie* et la trouveront belle. Ah ! Papa, tu es le plus grand, le plus fort, le meilleur.

François baissa la tête. Il ne pouvait pas entendre le prénom de son épouse sans souffrir d'un pincement au côté gauche, comme si on lui ravageait le cœur, et ceci malgré le temps écoulé. La *Marie-Flavie* toujours et toujours, il ne supportait plus…

— Allez, fiston, buvons un coup à ta gabare ! Après tout, baptise-la comme tu veux… Cela ne peut faire de mal à personne.

Hugo bondit sur ses pieds, sans prendre garde aux derniers mots de son père. Il alla au large bahut où ils enfermaient la bouteille d'eau-de-vie et les verres. Le bonheur lui donnait des ailes. Soudain, en ouvrant·les portes du buffet, il se revit enfant, à la même place. Sa grand-mère le gardait. C'était en février, le jour de la Chandeleur.

Ils rentraient de la messe, où le curé avait évoqué la présentation de l'enfant Jésus au Temple et la purification de la Vierge Marie. Une procession avait défilé auparavant dans le bourg, chacun portant un cierge, le lumet qui serait béni pendant l'office. Ensuite, les ménagères le ramenaient à la maison, afin de protéger leur foyer de la foudre.

Mais la grand-mère d'Hugo ne s'était pas contentée de ramener son lumet, elle avait aussi fait sauter des crêpes, en tenant dans sa main gauche une pièce d'argent.

— Comme ça, nous aurons des sous toute l'année, mon enfant ! Mais la première crêpe, je vais la lancer sur le bahut ! Il faudra l'y laisser jusqu'à la prochaine Chandeleur !

Cette scène, Hugo ne l'avait jamais oubliée. Il s'écria en regardant son père :

— Te souviens-tu, papa, du soir où je t'ai annoncé que mémé avait lancé une crêpe là-haut, sur notre buffet ?

François approuva avec un bon sourire. Il se félicitait de sa décision. Son fils avait retrouvé son expression heureuse de petit garçon grâce à la promesse échangée.

Bien sûr, il faudrait attendre encore des mois avant de mettre à l'eau la *Marie-Flavie* mais, peu à peu, elle prendrait forme, naîtrait sous ses doigts habiles, avec l'aide de ses compagnons de chantier. Et Hugo, à chacun de ses passages à Saint-Simon, lui prêterait main-forte, jusqu'au grand jour du premier voyage sur le fleuve.

Dès que les lueurs roses de l'aube vinrent danser sur son lit, Louise se leva. En chantonnant, la fillette versa de l'eau dans la cuvette de porcelaine, se rafraîchit le visage. Elle aimait les dimanches, qui permettaient aux filles de porter leur plus jolie robe.

Louise possédait un petit miroir ovale, accroché au-dessus de sa commode. Elle étudia attentivement la couleur de ses joues, l'arrangement de ses cheveux et lissa de sa main les plis de son corsage.

— Mademoiselle Louise, vous êtes ravissante ! minauda-t-elle en relevant ses nattes.

L'expression, prise dans l'almanach que ses parents lisaient le soir, à la veillée, lui avait plu.

Sa robe comprimait un peu sa poitrine. La nature ne se pressait pas, cependant il y avait un petit progrès.

L'obstination de Louise à se vouloir plus âgée, en jeune fille séduisante, la poussait du côté des adultes. Si elle gardait encore des manières enfantines, son caractère se formait vite. Telle qu'elle était alors, telle elle serait une fois devenue femme. Douce, généreuse, rêveuse, mais aussi courageuse et déterminée. L'incident survenu au dépôt de sel qui l'avait tant bouleversée l'avait également mûrie. Malgré la peur éprouvée, le dégoût, elle avait compris ce qui se passait entre les hommes et les femmes. Cela, personne ne s'en doutait, ni ses parents ni Hugo.

Devant l'église de Saint-Simon, la foule se pressait, composée surtout de femmes et de jeunes enfants. Les hommes préféraient attendre la sortie de la messe à la taverne. Un franc soleil dorait les vieilles maisons voisines et les pavés inégaux des ruelles.

Louise fut frappée d'une joie profonde en voyant Hugo pénétrer dans la nef. Il n'avait pas coutume d'assister à l'office. Son cœur se gonflait tandis qu'elle marchait derrière sa mère, remontant l'allée. Comme à l'accoutumée, elle contempla avec émotion l'autel dont les belles décorations la charmaient.

Durant l'office, Louise ne cessa de surveiller Hugo. Elle prêta à peine attention au sermon du prêtre, revêtu de sa chasuble rouge. Les enfants de chœur, eux, portaient une soutane également rouge et un surplis en dentelle blanche, la *cotta*[1]. Il n'y avait pas si longtemps, Louise leur enviait cette tenue d'apparat, mais aujourd'hui, elle s'en moquait. Enfin, la messe se termina.

---

1. Terme italien qui désigne un vêtement de lin en forme de chemise à manches larges et courtes ornées de dentelle, et au col échancré en carré.

Hugo se coula le long du mur pour sortir dans les premiers. Ensuite il rejoignit son père, attablé à l'auberge avec d'autres charpentiers-calfats. Louise le suivit sans réfléchir. Hortense la rattrapa par le bras :

— Où vas-tu, tête folle ?

— J'ai aperçu Sidonie, ma camarade d'école. Je voulais aller jouer à la marelle.

— Eh bien, file ! Je vais causer un peu sur la place. Reviens me trouver à la demie de onze heures...

Louise promit et s'éloigna en courant. Tant pis pour ce mensonge fait à sa mère, juste en sortant de l'église.

François Roux tapa sur la table. Son regard noir brillait autant que celui de son fils.

— Oui, mes amis, une gabare de trente-deux mètres de long, de celles qui peuvent aller en mer ! Capable de naviguer jusqu'aux îles de Ré et d'Oléron, sans les services du caboteur. Les gains en seront doublés. Hugo sait de quoi il parle, moi aussi.

Les autres charpentiers hochèrent la tête. Le métier, ils l'avaient dans le sang depuis des années. À chaque nouvelle embarcation à construire, la même fièvre les prenait. Ils se tenaient un peu penchés, les mains nouées devant eux, avec au fond de leurs prunelles le reflet des grands bateaux nés de leur savoir, de leur habileté.

— Et la cabine du capitaine, demanda l'un d'eux. Sur le pont ou dans la cale ?

— Tiens, sous le pont avant, au cas où mon fils prendrait femme bientôt. Je veux que ma bru puisse cuisiner sans prendre la pluie. Et dormir au sec !

Hugo, après deux verres de vin blanc, vanta à tous les qualités de la future *Marie-Flavie*. Puis, plus bas, il cita les marchands dont il espérait de solides contrats, bourse bien garnie à l'appui.

Le père de Louise, qui écoutait accoudé au zinc, s'approcha. François Roux lui décocha un clin d'œil entendu.

— Nous serons en affaires, nous deux ! s'écria-t-il. Je monterai chez toi, Bertrand, cet après-midi.

— À ton aise, François. Ton fils, il doit y croire à sa gabare, vu qu'il est allé à la messe ce matin ! Et si le Hugo y croit dur comme fer, c'est que tu t'es décidé à me vendre tes terres...

Sur ces mots, Bertrand eut un petit rire de triomphe. Hugo, gêné, se servit un troisième verre et l'avala d'un coup. Il n'avait pas réfléchi en se précipitant à l'église, non. Il voulait seulement remercier Dieu de lui avoir accordé son rêve. Mais son père était connu au bourg pour ne jamais mettre un pied en sol béni...

François Roux ne cachait pas son peu de sympathie à l'égard du clergé et des prêtres, d'où qu'ils soient. De même, il avait laissé Hugo suivre le catéchisme à contrecœur. Si Amélie, la grand-mère du petit, et la respectable génitrice de François n'avaient pas grondé et menacé, vraiment menacé, l'enfant aurait grandi sans aucune éducation religieuse.

Aujourd'hui, Hugo avait surpris bien des gens de Saint-Simon en communiant. Qu'auraient-ils pensé s'ils avaient su que le jeune homme s'était confessé à l'aube... ce qui ne lui était pas arrivé depuis son enfance. Pourtant, dès l'âge de quinze ans, avec Catherine la première, il avait commis le péché de chair, et bien d'autres fois ensuite les soirs d'escale dans les ports, mais quelque chose avait changé en lui. Il se voulait pur et neuf pour la vie future qui l'attendait.

Louise venait d'entrer dans l'auberge du Bouif. Appuyée au mur, rose d'émotion, elle avait suivi la scène. Au creux de sa main se nichaient trois sous, car ici on vendait aussi des sucres d'orge. Le vacarme, la fumée, les voix fortes des hommes rassemblés là l'avaient d'abord intimidée.

Heureusement, il y avait Hugo, dans sa chemise blanche à fines rayures grises et son pantalon de coutil noir. Il resplendissait, de l'éclat de ses dents à celui de ses beaux yeux sombres. Elle l'observait, la bouche sèche. Soudain, comme attiré par ce regard fixe, il la vit, rose et blonde, plantée au sein de ce décor terne.

— Louise ! Ma petite sœur !

Le vin déliait la langue du jeune matelot. Il s'élança et la prit aux épaules :

— Ma Louisette ! Tu connais la nouvelle ? Je vais devenir gabarier ! Mon propre maître ! Tiens, tu seras la marraine de mon bateau, ouais ! Dis, tu veux bien ?

Le temps ne comptait plus. Louise oubliait les mois la séparant du baptême de la gabare, Hugo se croyait à la veille de cette fête mémorable qui verrait la mise à l'eau de la *Marie-Flavie*.

— La marraine, pour sûr, je veux bien ! bredouilla-t-elle en souriant.

Un silence s'était fait. Bertrand marcha d'un pas lourd vers sa fille, l'attrapa par une oreille et la poussa dehors.

— Qu'est-ce que tu fiches ici, toi ? C'est point un endroit pour les gamines ! On dirait que tu cherches les ennuis, hein, ça ne t'a pas suffi d'une fois ! Va rejoindre ta mère…

Louise fut brutalement arrachée à son rêve. Hugo avait fait mine de se lever, prêt à défendre Louise, mais son père le retint par le bras. Le jeune homme eut du mal à contenir sa colère, mais il se rappela que

Bertrand était le seul, sur la commune, à être intéressé par leurs parcelles de terre. Le contrarier pouvait mettre fin à ses projets. Les mâchoires crispées, il détourna la tête quand l'enfant s'écroula à genoux sur les marches en pierre de la taverne.

L'incident mit fin aux conversations. Les charpentiers se dispersèrent. François resservit à boire à son fils en marmonnant :

— Ne t'inquiète pas, fiston, le Bertrand, il n'est pas si mauvais. Mais il n'a qu'une fille. Surtout qu'elle est jolie, Louise ! Elle grandit. Avec tous ces matelots, on ne sait jamais. Il y en a qui ont le mal dans le corps. Tu sais de quoi je parle…

— Oui, papa ! murmura Hugo. Mais il n'avait pas besoin de la pousser aussi fort !

Le charpentier eut un geste apaisant :

— Tu n'auras qu'à m'accompagner, ce tantôt, à la ferme, j'ai idée que la petite sera contente de te voir !

Louise garda de ce dimanche un étrange souvenir. La colère de son père, la bourrade qui l'avait fait tomber, elle n'y songea plus dès le déjeuner terminé. Quant à la vision de son Hugo dans l'église, puis penché sur elle à la taverne, ces deux images s'inscrivirent en sa mémoire à jamais. Ces instants nimbés d'une lumière vive, elle devait les revivre souvent, durant les longs mois à venir. S'y ajoutèrent, bien sûr, les heures passées en compagnie de son bien-aimé, sous les arbres du verger.

En sarrau bleu, ses cheveux nattés, Louise s'était réfugiée à l'ombre d'un vieux pommier. Elle avait emporté un livre. Assise dans l'herbe, tout à sa lecture, elle avait soudain perçu un bruit de pas. Hugo était déjà accroupi près d'elle.

— Alors, demoiselle, on étudie ?

— Non, je lis un roman. La maîtresse me l'a prêté.

Hugo, attendri, avait eu envie de caresser la joue ronde, veloutée. Puis il avait murmuré :

— Je suis désolé, pour ce matin.

Louise avait levé sur le jeune homme ses yeux bleu-vert, pailletés d'or.

— Je m'en moque, Hugo. Je suis très fière que tu m'aies choisie comme marraine. Parle-moi de ta gabare…

Et Hugo, exalté, avait longuement expliqué à la fillette ce qui se passerait, lorsque la *Marie-Flavie* serait achevée.

Les oiseaux pépiaient de branche en branche, un vent frais agitait les feuilles. Louise écoutait, et il lui semblait partir sur le fleuve, tandis que claquait la voile et chuchotait l'eau contre la coque…

5

La *Marie-Flavie*

Octobre 1863

Hugo se tenait à la proue de la *Vaillante*, cheveux
au vent. La descente de la Charente jusqu'à Tonnay
lui avait paru bien longue. Enfin il revoyait le clocher
de l'église, l'alignement des quais et l'enfilade des
maisons du port, dont la plupart abritaient des tavernes
et des auberges. Colin vint le secouer par l'épaule :

— Oh ! Hugo, il serait temps de parer à la
manœuvre, nous arrivons…

— Je le vois bien, pardi ! Combien de jours restons-
nous ?

— Deux, trois, cela dépendra des commandes et des
livraisons. Toi, je parie que tu as une belle à bécoter
à Tonnay ! Je ne t'avais jamais vu si impatient de
jeter l'ancre ici…

Le jeune matelot ne répondit pas. Il veilla au bon
déroulement de la mise à quai de la gabare. Midi était
passé d'une douzaine de minutes. Les commis du port
ne viendraient pas aider à la livraison avant une heure
ou deux. Il confia au mousse quelques menus travaux,
se rinça le visage à l'eau fraîche et noua un foulard
rouge autour de son cou.

— Alcide, Colin ! Je vais déjeuner le premier, mais à terre. Je reviendrai pour débarquer la marchandise...

Ses oncles hochèrent la tête. Ils respectaient davantage leur neveu depuis qu'ils le savaient futur patron de gabare.

Hugo avança vers le Grand Café du Port. Le temps était frais mais ensoleillé, si bien qu'il restait quelques tables installées à l'extérieur. Il s'assit près d'un pilier de la tonnelle et commanda un verre de vin.

Si mon inconnue travaille près de là, elle peut passer devant moi, à l'aller ou au retour...

Il surveilla attentivement chaque silhouette féminine, mais aucune ne fit battre son cœur. Le clocher sonna une heure. La faim le tenaillait. Il examina le contenu de sa bourse. Son père avait ajouté une poignée de sous à son pécule.

Je vais m'offrir un plat de moules ! se dit-il.

Le jeune homme longea les devantures des auberges. L'une d'elles, le Navire d'argent, où il n'était jamais entré, lui parut accueillante. C'était un établissement fréquenté surtout par les capitaines et les officiers de marine, comme en témoignait la décoration coûteuse.

Non, c'est trop chic ici, ce n'est pas pour moi ! J'aurais l'air de quoi, moi, pauvre matelot, à manger là-dedans ?

Il hésitait encore lorsqu'il crut apercevoir derrière les vitres une fille brune, la taille fine. Le ciel lui faisait un signe.

C'est elle ! Mon Dieu, merci !

Hugo poussa la porte du Navire d'argent, avec le pressentiment qu'il tournait une page de son destin. Le plus discrètement possible, il s'installa à une petite table près de la cheminée. La jeune serveuse ne l'avait pas vu. Il put la détailler à son aise et la trouva encore plus belle, tellement belle. Elle portait une longue jupe vert foncé, un corselet noir à lacets sur une blouse blanche. Ses cheveux noirs étaient nattés et relevés en chignon. Son profil d'une finesse ravissante, son teint doré lui conféraient la séduction d'une fille du sud.

L'instant arriva où elle marcha vers lui, afin de prendre sa commande. Ils se dévisagèrent. Quelques secondes passèrent.

— Bonjour ! dit Hugo tout bas. Vous me reconnaissez ?

— Oui, je crois… fit-elle en rougissant.

Il respira mieux. Si par malheur elle avait répondu non, il aurait été amèrement déçu.

— Que désirez-vous, monsieur ?

— Votre prénom, d'abord ! Ensuite des moules, une portion, je vous prie.

La jeune fille lui lança un regard amusé, avant de s'éloigner d'une démarche souple. Hugo dénoua un peu son foulard. Il éprouvait une joie intense qui lui montait à la tête. Jamais aucune de ses conquêtes ne l'avait enflammé ainsi.

Du calme, mon vieux ! songea-t-il. Celle-ci, je ne veux pas l'allonger sur un grabat et lui dire au revoir au matin. Elle n'est pas comme les autres. Je suis prêt à me contenter d'un sourire, de la moindre faveur…

La salle se vidait petit à petit. Il y flottait des volutes de fumée, des relents de poissons frits et d'ail. Mais les nappes rouges étaient lavées de frais, les miroirs étincelaient et l'âtre dans lequel flambait un feu de chêne semblait balayé avec soin. La jeune serveuse réapparut, un plat en terre à bout de bras.

— Voici, monsieur… et bon appétit, de la part d'Alexandrine.

Hugo mangea sans hâte, l'esprit plein de ce prénom qui le déconcertait cependant un peu.

Alexandrine ! Ce n'est pas commun… pensait-il. Mais elle ne pouvait pas s'appeler Monique, ou Lucette, ou Jeanne. Alexandrine sûrement, ses parents ont de l'instruction. Pourquoi donc travaille-t-elle ici ? C'est étrange…

Alexandrine ne cherchait pas à s'approcher de lui. Elle ne revint que pour desservir. Hugo se lança :

— Mademoiselle… Alexandrine ? Je voudrais vous parler. Je suis à Tonnay pour trois jours. Je vous en prie, ce soir ?

— Non, pas ce soir… Mais je quitte mon service dans une demi-heure. Attendez-moi près de la porte cochère, à droite, là où entrent les fiacres…

Il paya son dû et sortit aussitôt. Il pleuvait, ces pluies fines des régions proches de l'océan.

Je devrais prévenir mes oncles ! se dit Hugo. Non, si je retourne sur la *Vaillante*, ils m'obligeront à aider au déchargement des marchandises, et je serai en retard à mon rendez-vous…

Le jeune homme se mit à siffler, arpentant le large trottoir. Le monde prenait soudain des couleurs radieuses, malgré le ciel gris et le fleuve presque brun.

Alexandrine le rejoignit enfin. Il lui adressa un grand sourire ébloui. La jeune fille baissa les yeux.

Qu'il est beau ! s'étonnait-elle en silence. Comme il semble heureux de me revoir…

Hugo lui tendit le bras :

— Marchons un peu ! Cette fois, si vous acceptez, je peux vous raccompagner jusque chez vous. Je me présente, Hugo Roux, gabarier sur la *Vaillante*.

Mais Alexandrine refusa le bras et l'offre. Elle resta à ses côtés, les mains cramponnées à une aumônière de satin. Ils suivirent la jetée du port.

— Je me doutais que vous étiez matelot, souffla-t-elle. J'espère que nous ne croiserons pas ma mère, elle m'a interdit de parler aux marins, surtout aux gabariers du fleuve. Elle m'a demandé d'éviter les quais.

— Et pourquoi donc ? s'écria Hugo. Nous sommes plus honnêtes que les Hollandais, et bons chrétiens.

La jeune fille haussa les épaules en regardant son compagnon droit dans les yeux.

— Ma mère a vu une bagarre, un soir, entre des matelots qui avaient bien trop bu. L'un d'eux est mort, presque à ses pieds… Elle a eu si peur qu'elle n'avait plus la force de s'éloigner. Depuis cet accident, elle juge les gens comme vous très dangereux. D'ailleurs, cela ne lui plaît pas que je rentre tard. Alors j'ai changé de place, et c'est mon premier jour au Navire d'argent. Maman travaille comme couturière, et elle connaissait la patronne. Après ce qui s'est passé le mois dernier avec ces marins hollandais, je ne tenais plus à servir dans une taverne où les hommes boivent trop. J'ai de meilleurs gages… À seize ans, je suis bien obligée de gagner mon pain !

Hugo écoutait le timbre chaud et sensuel de sa voix. Chaque mot le caressait. Il se réjouissait, presque stupéfait de ce hasard, qu'Alexandrine ait changé de travail, précisément ce jour-là.

— C'est bizarre, lui confia-t-il. Je voulais vous revoir, j'étais prêt à entrer dans toutes les auberges de Tonnay, et je me suis arrêté pile devant le bon endroit.

Alexandrine sentit son cœur s'emballer. Hugo lui plaisait, il semblait poli et correct.

— Vous me cherchiez… murmura-t-elle. C'est gentil. J'ai raconté à maman qu'un jeune homme était venu à mon secours, elle a remercié le Ciel. Oh ! c'est vrai ! Elle est très croyante.

— Et votre père ? Qu'en a-t-il pensé ?

La jeune fille poussa un soupir attristé. Ce fut elle qui s'accrocha soudain au bras d'Hugo :

— Mon père est mort quand j'étais toute petite. Je n'ai aucun souvenir de lui…

Hugo s'arrêta net.

— Moi, je n'ai pas de mère ! Elle est morte en me mettant au monde. Et mon père ne veut jamais me parler d'elle…

Alexandrine déclara d'un ton attendri :

— Comme elle a dû vous manquer… Avez-vous des sœurs, des frères ?

— Non ! Mais j'ai la petite Louise dont je vous ai parlé. Je l'aime comme une sœur. Elle me le rend bien.

Ils se sentirent soudain complices, et auraient pu discuter encore longtemps. Alexandrine entendit sonner deux heures au clocher.

— Je dois rentrer ! Maman va s'inquiéter. Surtout, ne venez jamais près de l'église. Si ma mère me voyait avec un gabarier, elle serait très contrariée. Et surtout, elle me surveillerait de près…

Hugo promit. Puis, se souvenant des quelques romans d'amour que sa grand-mère lui prêtait, il prit la main d'Alexandrine, la souleva et y déposa un baiser. La jeune fille pouffa et se sauva en riant encore.

— À demain ! cria-t-il.

Sûr qu'elle l'avait entendu.

Colin, fou de rage de la désertion de son neveu, parcourait le port à sa recherche. Il l'aperçut au loin, qui embrassait la main d'une fille. Il en eut comme un choc au cœur. Sa colère retomba un peu. Cela ne l'empêcha pas de se précipiter vers le jeune homme, au moment où l'inconnue s'enfuyait dans un bruissement de jupe.

— Eh ! Hugo ! hurla-t-il. As-tu perdu la tête ?

Hugo s'élança, confus d'être surpris, mais sans aucun regret.

— J'arrivais, mon oncle !

Un patron de gabare se devait d'imposer une discipline. Il n'allait pas faire de cadeau en la matière à son propre neveu. Colin secoua son matelot par le col en bramant :

— Si tu continues à nous laisser en plan, Alcide et moi, tu chercheras du boulot ailleurs, vaurien ! Et qui c'est, cette fille ? Je l'ai déjà vue quelque part...

— Sans doute, elle est serveuse. Et puis ce n'est pas une fille, mais une demoiselle... Alexandrine. Elle n'a que seize ans. Je l'ai croisée par hasard, mon oncle. Tu te souviens, c'est elle que j'ai sauvée de ces brutes de Hollandais. Nous avons juste causé un peu...

— Ouais, juste de quoi nous lâcher, Alcide et moi. Allez, file ! Je t'ai à l'œil ! Trouve-toi donc une fiancée au pays, pas dans un port !

Mais rien n'aurait pu altérer la bonne humeur exubérante d'Hugo. Il brassa caisses, planches et barriques avec une telle énergie que Colin dut ravaler sa colère.

Le lendemain et le jour du départ de la *Vaillante* pour la remonte, Hugo rencontra Alexandrine, à l'heure où elle quittait le Navire d'argent. Bien sûr, il l'attendait un peu à l'écart, redoutant de voir apparaître dans les parages la mère de la jeune fille, qu'il imaginait austère et le cheveu grisonnant, portant encore le deuil. Ce redoutable personnage ne se montra pas.

Ce n'étaient que des instants furtifs, durant lesquels ils se regardaient beaucoup et parlaient très peu. Cependant ils suffirent à l'un et à l'autre pour graver dans leur mémoire chacun de leurs traits respectifs, des mimiques aux sourires...

Hugo avait hâte de revoir les toitures de Tonnay, où, il le savait, Alexandrine l'attendait. Au chantier

Meslier, à Saint-Simon, sa gabare prenait forme. Son père et ses compagnons charpentiers y travaillaient jusqu'à la nuit tombée, tous les jours de la semaine.

Le jeune homme avait du mal à supporter la tyrannie bienveillante de ses oncles. Heureusement, le souvenir de ses rendez-vous avec Alexandrine le consolait. Elle ne lui avait même pas accordé un vrai baiser sur les lèvres, se disant sage et vertueuse. Hugo la croyait sincère. Elle l'était. Il espérait l'épouser quand il serait patron à son tour et la surnommait, dans le secret de son cœur, sa petite promise du bout du fleuve.

Il avait avoué à son père, au coin du feu, qu'il était amoureux d'une jeune serveuse. François Roux lui avait répondu :

— Tu es encore bien jeune, il faut mettre de l'argent de côté avant de te marier. Et cette fille, voudra-t-elle travailler sur la gabare, avec toi ?

Hugo avait préféré ne plus évoquer ce sujet, afin de garder intacts ses illusions et ses rêves.

Mais en octobre 1864, alors qu'une année s'était écoulée ainsi, le jeune matelot la chercha en vain. Il demanda de ses nouvelles à la patronne du Navire d'argent.

— Alexandrine ne travaille plus chez moi. Sa mère a quitté la ville. Pour sûr, la fille l'a suivie.

Hugo erra dans Tonnay l'âme en peine. En rentrant à Saint-Simon, ainsi qu'il l'avait fait plusieurs fois, il se confia à Louise. Il ne s'agissait plus de ses espoirs et de son bonheur, mais de son chagrin.

L'enfant écouta, la bouche pincée, maudissant cette Alexandrine qui, après lui avoir volé Hugo, le rendait malheureux. Pourtant elle eut le courage de dire d'une petite voix dolente :

— Tu la reverras, Hugo… Si elle t'aime comme tu l'aimes…

Eté 1865

— Je t'en prie, maman, je voudrais laisser mes cheveux défaits, avec juste un ruban ! Regarde comme mes boucles sont belles ! Et puis, je suis assez grande, maintenant.

Louise tournait sur elle-même en riant. Hortense poussa un soupir agacé.

— Tu parles d'une affaire ! Tu te crois une princesse, parce que ton Hugo t'a choisie comme marraine ! Tu noues tes cheveux sur la nuque ou bien tu restes ici !

La fillette dévisagea sa mère d'un air inquiet. Tant pis pour sa coiffure, jamais elle ne manquerait la fête ! Depuis presque deux ans, elle attendait ce grand jour, celui du baptême de la *Marie-Flavie*. Il lui semblait déjà entendre, montant du bourg, des flonflons de musique, des cris de joie.

— Ne te fâche pas, maman, je suis prête !

Sa robe, terminée la veille sous la lampe, serrait sa jeune taille. À douze ans, Louise prenait des formes. La nature, lentement, accomplissait son ouvrage, transformant au fil du temps le corps menu de la fillette en celui, plus harmonieux, d'une adolescente. Si elle ne demeurait encore qu'une charmante esquisse de femme, les garçons du village commençaient à ricaner sur son passage. Émile, le fils du boulanger, avait même voulu lui voler un baiser, derrière l'église. Une claque retentissante avait mis fin à son audace.

Louise continuait à vivre au rythme des séjours d'Hugo à Saint-Simon. Il semblait heureux de la revoir, même s'il se désolait encore de la disparition d'Alexandrine. Depuis le dernier automne, le jeune matelot, gabarier dans le sang et dans l'âme, surveillait avec passion la construction de son bateau.

— Allez, petite ! Mettons-nous en route ! Ton père donne ses ordres aux commis. Il nous rejoindra sur le chantier.

Hortense, d'un physique plutôt ingrat, se souciait peu de sa toilette. Pourtant, le vignoble rapportait et la mère de Louise tenait à montrer qu'ils étaient à leur aise. Elle prit son éventail et un châle argenté, assorti à sa jupe gris perle. Mais au moment de quitter ses galoches, confortables et solides, pour une paire de bottines neuves, elle renonça.

— On ne verra pas mes pieds ! s'écria-t-elle en ajustant sa coiffe blanche.

Elles descendirent le chemin menant à Saint-Simon, la plus jeune en avant, un sourire ravi aux lèvres. Des voisines les rattrapèrent.

— Fi de loup ! Que tu es belle, Louise ! En voilà une jolie robe !

— Mais c'est qu'elle pousse, ta fille, Hortense ! Il faudra la marier de bonne heure, sinon je parie qu'elle mettra la charrue avant les bœufs !

Des rires suivirent cette déclaration qui n'était pas du goût de la sévère Hortense.

— N'allez pas lui monter la tête ! Elle est assez fière comme ça…

L'intéressée écoutait à peine. Là-bas, le long des berges, le fleuve coulait paisiblement, tandis que sur le quai se pressait une foule bruyante et joyeuse. Malgré sa hâte d'arriver, Louise se laissa distancer, afin de ne plus être étourdie par le bavardage des trois femmes. Celles-ci, en passant devant chez le vieux Martin, dont la réputation de sorcier ne cessait de croître, se signèrent, l'air effarouché.

La fillette, elle, s'attarda à contempler les rosiers qui semblaient décidés à recouvrir entièrement la maisonnette. Comme un diable sortant de sa boîte à ressorts,

Martin ouvrit brusquement sa porte. Louise s'apprêtait à s'enfuir, mais il l'interpella :

— Oh ! Mignonne, as-tu besoin de moi ?

— Non, père Martin ! fit-elle, à la fois craintive et enchantée de l'aventure.

L'homme, robuste mais voûté, se mit à sourire de façon rassurante. Il avait souvent vu passer dans la ruelle cette enfant lumineuse et ne souhaitait pas l'effrayer.

— Ne te sauve pas, petite, je suis sûr que tu aimes mes fleurs ! Et dis-moi, coquine, tu ne serais pas la marraine de la nouvelle gabare ?

Louise dansa d'un pied sur l'autre. Elle avait parfois croisé Martin sur les chemins des collines, où il ramassait les plantes nécessaires à ses tisanes. Mais là, elle pouvait l'observer à loisir. Le guérisseur semblait un brave homme. Certes, il avait un long nez, une moustache grise, les yeux d'un chat, pourtant elle répondit enfin :

— Oui, père Martin, et le capitaine du bateau m'attend sûrement.

Le vieux Martin éclata de rire, même si son regard trahissait un peu de tristesse.

— Ah ! J'aurais bien voulu avoir une petite fille aussi gentille ! marmonna-t-il. Mais ma femme est morte il y a longtemps et je ne me suis pas remarié ! Maintenant, je cause aux herbes, aux bêtes des bois. Si tu as besoin de moi un jour, viens frapper à ma porte. Je ne suis pas de chez vous, ça, je le sais, pourtant ça ne fait pas de moi un mauvais bougre !

Louise approcha à petits pas :

— Est-ce vrai, père Martin, que vous savez comment donner plus de lait aux vaches ? Parce que mon père, hier matin, se plaignait de ses bêtes ! Je n'avais pas tiré de quoi faire le caillé !

Martin hocha la tête.

— Il te faut *una patrolha*[1] ! Ce soir, quand tu repasseras par là, je te donnerai mon dernier topin de *rosada*. Pose-le dans l'étable et tes vaches auront du lait. Passe sur leurs pis un peu du liquide qu'il y a dedans… Je suis allé le chercher la nuit du 30 avril au 1er mai. C'est la rosée que j'ai ramassée, en m'attachant un chiffon autour de la jambe. Ensuite, tiens, je l'ai tordu, ce tissu, pour recueillir le nectar de la nuit magique. Je te confie tout ça, n'en cause surtout pas à des mauvaises gens.

— Pourquoi ? demanda Louise, qui en oubliait presque le baptême de la gabare.

— Pardi ! Le sort peut se retourner… Et le lait de tes vaches, se tarir pour couler dans le seau des voisins. Maintenant, va donc, je te sens pressée de rejoindre le port.

Louise remercia de son plus doux sourire, puis, bien vite, elle dévala la ruelle.

Hortense s'apercevait juste de son retard.

— Où étais-tu, toi ? J'espère que tu n'as pas fait la causette au vieux Martin !

L'enfant assura que non. Quelques instants plus tard, elle marchait sur la berge, cherchant des yeux la silhouette d'Hugo. Enfin elle le vit. C'était un homme à présent, d'une bonne taille, les muscles durs, le corps façonné par le dur métier de matelot.

En costume du dimanche, les cheveux plaqués en arrière, une expression heureuse au visage, Hugo Roux s'apprêtait à donner encore bien de l'énergie, du temps et du courage à sa passion, dont l'essentiel demeurerait, des années encore, les voyages sur la Charente jusqu'à l'estuaire et le long des côtes quand il le faudrait.

1. Chiffon que l'on nouait à son mollet afin qu'il s'imbibe de rosée.

Tous ceux de Saint-Simon avaient les yeux fixés sur la *Marie-Flavie*, qu'ils apercevaient sur la rive voisine, parée comme pour une noce. Elle attendait son heure, à l'abri du grand hangar où les charpentiers-calfats lui avaient donné naissance. Les flancs goudronnés, oints de graisse pour mieux glisser sur la rampe qui la conduirait à l'eau, la gabare resplendissait dans la pénombre.

Son mât et les haubans étaient décorés de morceaux de tissu colorés et de fleurs. Les planches du pont fleuraient bon une saine odeur de résine. La voile, que des mains impatientes ne tarderaient pas à déployer, était de solide toile bise.

Louise, discrètement, s'avança sur le quai, afin de mieux l'admirer. Puis, se voyant loin de sa mère, elle défit sa chevelure, arrangea le ruban de satin rose autour de son front. La jupe de sa toilette, ample, dansait à chacun de ses pas.

Hugo la trouva là, occupée à lisser ses mèches couleur de miel du bout des doigts. Il remarqua, ému, combien elle avait grandi.

— Et alors, marraine ! Où te cachais-tu ? Je te cherchais partout. Mais, ma parole, tu es une vraie demoiselle aujourd'hui.

Il lui saisit les mains, la fit virevolter. Louise riait, les yeux scintillants de bonheur.

— Je suis vraiment content, ma Louise ! Regarde un peu mon bateau ! Il n'y a pas un défaut, tu peux en être sûre !

Hugo commenta pour son amie les mille perfections de la *Marie-Flavie*. Quelqu'un les appela. Louise dut rejoindre Colin qui en ce jour mémorable partageait avec elle la gloire de présider la cérémonie.

Le baptême d'une gabare était un événement important pour le village entier. Des vivats retentirent quand Hugo prit place à bord d'une barque, afin de gagner la berge d'en face en quelques coups de perche. Des enfants l'applaudirent. Pendant ce temps, les charpentiers, aidés par des hommes du bourg, veillaient à la mise à l'eau. Hugo dut se contenir. Il aurait volontiers grimpé à bord, et descendu le cours du fleuve aussitôt. Il avait déjà des engagements auprès d'un négociant d'eau-de-vie de Jarnac.

— La *Marie-Flavie* ! Vive la *Marie-Flavie* !

C'était enfin le grand moment. La gabare faisait connaissance avec le fleuve, sur lequel elle naviguerait au moins cinquante ans, si on veillait à la réparer à chaque avarie. Majestueuse, luisante de résine, la *Marie-Flavie* apparut à la foule impatiente comme un des plus beaux ouvrages réalisés à Saint-Simon.

Pour Louise, qui devait briser une bouteille de champagne contre la coque, c'était l'instant de gloire. Elle dut s'y reprendre à trois fois, encouragée par les hurlements de la foule. Les compliments fusaient, les cris d'excitation aussi. François Roux grimaça un peu en entendant le prénom de son épouse résonner de part en part. Mais le sourire de son fils le consola vite.

Hugo marcha droit sur son père, le prit par la main.

— Viens, papa ! À toi l'honneur ! Tu seras le premier à poser le pied sur le pont.

— Non, fiston ! C'est toi le patron, pardon, le capitaine ! Emmène plutôt la marraine, ça lui fera un grand plaisir. Moi, je vais boire un coup…

Louise franchit la planche jetée entre le quai et le bordage, rose d'émotion. La grande barque oscillait doucement, comme curieuse de découvrir l'élément pour lequel des hommes l'avaient conçue. Bâtie en géante, la *Marie-Flavie* serait capable de porter dans sa cale des charges énormes, sans faillir à son rôle.

Les vieux gabariers la contemplaient, les yeux brillants de satisfaction. C'était un beau bateau, fidèle à la tradition qui avait fait de Saint-Simon un des plus fameux chantiers charentais, avec celui de Port d'Envaux, à Saintes. Ils marmonnaient non sans fierté que la gabare du jeune Hugo pouvait sûrement, comme d'autres avant elle, transporter sans faiblir des pièces de canon, comme celui en fonte de fer fabriqué en 1823 par la Fonderie royale de Ruelle ; il composait un des éléments embarqués sur les vaisseaux du Roy, à grands renforts de main-d'œuvre, car il pesait trois mille trente-cinq kilos et tirait des boulets de trente livres.

L'oncle Colin, en sa qualité de parrain, arpentait lui aussi le pont en adressant des signes joyeux à ses deux frères, le plus vieux, François, et le cadet, Alcide, qui, pour l'heure, aidaient les femmes à dresser la table du banquet.

Le ciel se montrait clément, sans aucune menace d'orage. Hortense avait oublié sa mauvaise humeur du matin. Sa fille Louise était un peu la reine de la fête, le prestige retombait donc sur elle.

Sur les planches couvertes de drap blanc, s'alignaient les marmites remplies de ragoûts, lard et pommes de terre parfumées à l'ail, de matelotes d'anguilles – un don du fleuve –, tandis que les tartes et les clafoutis aux cerises exhalaient des senteurs sucrées qui mettaient en appétit.

Des femmes sortaient de leurs paniers, un sourire prometteur aux lèvres, une pile de cornions. Ces carrés dorés, frits dès l'aube sur les fourneaux, contenteraient les gros mangeurs, car ils étaient à base de millas, une spécialité de la région.

Hortense elle-même, la veille, s'était mise en pâtisserie. Louise, pour tromper son impatience, car elle se promettait beaucoup de joie de la fête à venir, avait demandé à apprendre la recette.

— Je te l'aurais montrée un jour ou l'autre, comme

le veut la tradition ! avait protesté sa mère. Les cornions, c'est une affaire de femmes, alors écoute bien, comme j'ai écouté ma propre mère, qui tenait le secret de ma grand-mère !

Louise avait été impressionnée et fort attentive.

— Regarde donc ! Tu mélanges un tiers de farine de froment, un tiers de farine de maïs et un tiers de sucre avec le lait bouillant. Tiens, essaie ! Il faut brasser plus fort, pauvrette !

Effectivement, cette opération demandait un vrai coup de main et Louise n'avait obtenu que de gros grumeaux peu appétissants. Mais Hortense réussit à en sauver une partie.

— Bêtasse ! Laisse-moi finir. Maintenant, tu mets un peu de beurre fondu et les œufs, un par un. Enfin, une bonne goutte de cognac, pour le goût !

Mère et fille avaient ensuite garni des plats bien graissés de la préparation, et aujourd'hui, leurs millas, d'un beau jaune d'or, s'ajoutaient à ceux de leurs voisines et amies. Il en était ainsi à toutes les fêtes, ceci depuis bien longtemps.

Un peu à l'écart, on avait installé les tonnelets de vin du pays, rouge et blanc, auprès desquels rôdaient déjà les grands buveurs de Saint-Simon, dont faisaient partie les scieurs de long. La chanson qu'ils clamaient à pleine poitrine ne parlait plus de travail...

> *Buvons un coup, buvons-en deux*
> *À la santé des amoureux*
> *À la santé de nos jolies maîtresses*[1]...

---

1. Chant de vendange : *Beau vigneron*, extrait du livre *Folklore vivant en Avril et Angoumois* de S. Manot.

Dame ! Il fallait l'arroser, la *Marie-Flavie*, car, pour une belle gabare, c'était une belle gabare.

Parmi la foule errait Catherine, coiffée d'un chignon roux et vêtue d'une robe bleue largement échancrée. Hugo l'avait évitée depuis sa rencontre avec Alexandrine. Catherine en ressentait de l'amertume et une pointe de chagrin, malgré les plaisanteries aimables du solide gaillard dont elle tenait le bras. Il s'agissait d'un journalier venu d'on ne sait où, un matin de juillet, avec un accent rocailleux qui amusait et inquiétait à la fois. Celui-là, s'était juré Catherine, elle l'épouserait. Dès qu'il aurait une bonne place dans une ferme du pays.

6

Premier départ

Louise et Hugo, suivis de Colin, avaient rejoint les gens de Saint-Simon. On commençait à s'attabler, dans une atmosphère joyeuse. Un violoneux jouait de son instrument, assis sous un dais de toile.

Par hasard, Catherine et son fiancé Claude rencontrèrent Hugo près des tonnelets de vin. Il y eut alors, entre les deux hommes, un de ces élans de sympathie que nul ne saurait expliquer. Ils se dévisagèrent un moment avant de se serrer la main.

Claude, brun de peau, les cheveux grisonnants et frisés, avait une carrure plus imposante qu'Hugo, mais leurs prunelles sombres, habitées par la même foi en la vie, se ressemblaient. Catherine sentit ce courant de chaleur entre eux. Elle décida d'y mettre fin tout de suite.

— Hugo, voici mon fiancé ! Claude, je t'ai parlé du fils Roux ! Il m'a abandonnée, alors que nous étions de très bons amis, et même plus !

En entendant ça, Hugo se sentit rougir. Il allait s'éloigner, bien embarrassé, quand Claude le retint par la manche.

— Ne te sauve pas ! Je connais les femmes, va, des

langues de vipère. Dis, c'est ton bateau qu'on fête ! Un sacré morceau. Du beau bois ! Je m'y connais, j'étais marinier du côté de Toulouse, sur le canal du Midi.

Hugo respira mieux. Au moins, cet étranger ne lui chercherait pas querelle à propos de Catherine.

— Tu étais marinier ! s'écria-t-il. Alors, viens donc voir la *Marie-Flavie* de plus près. Mon père, François Roux, y a travaillé vingt mois. J'embarque lundi.

Ils se dirigèrent à grands pas vers le quai. Louise, qui avait assisté de loin à la rencontre, nota la mine contrariée de Catherine. La jeune femme n'avait pas bonne réputation dans le pays, cependant la fillette, apitoyée, avança vers elle :

— Bonjour, je suis la marraine du nouveau bateau. Si tu veux, je peux t'apporter à boire. Ou un morceau de mique !

Catherine jeta sur Louise un œil dur.

— Décampe, je n'ai pas besoin de toi, morveuse !

Surprise, Louise recula, comme si elle risquait de prendre un coup. Puis, devinant confusément que l'envie et la colère torturaient Catherine pour des raisons incompréhensibles, elle se sauva.

Hugo la vit arriver en courant, toute pâle. Elle se jeta contre lui.

— Qu'est-ce que tu as, ma Louisette ? Aurais-tu vu la mère Crochet, qui veut emporter les enfants au fond du fleuve ?

Claude tapa sur ses cuisses, hilare :

— Ou un dragon cracheur de feu ? Mon père me racontait toujours des histoires à dormir debout ! Des dragons plus gros que l'église !

Hugo haussa les épaules. Afin de distraire Louise, il montra Claude du doigt :

— Ne l'écoute pas ! Ah ! Je ne vais pas m'ennuyer avec lui. Je viens de l'engager comme matelot.

Sur les gabares, il était de tradition de trouver un capitaine et un matelot, des titres conférés par l'ancienneté ou l'expérience. Il fallait aussi un mousse qui assurait toutes les tâches ingrates d'entretien, de ménage et de cuisine. À eux trois, ils formaient l'équipage nécessaire à la bonne marche du bateau.

Louise savait tout cela. Elle eut un sourire timide à l'adresse de Claude, en songeant qu'Hugo avait pris pour mousse le terrible Émile, le fils du boulanger, celui qui s'était permis de l'embrasser. La nouvelle l'avait soulagée. Au moins, il ne l'ennuierait plus à l'école. Quant à cet homme basané, à l'accent bizarre, il lui parut drôle mais l'air honnête.

— Quand pars-tu, Hugo ? demanda-t-elle tout bas.

— Lundi ! Le temps me dure ! Claude, il connaît ça, l'envie de mettre les voiles… Allez, ma Louise, il est temps de casser la croûte ! Et puis je cherchais un matelot, je l'ai trouvé… ça s'arrose !

Hugo la prit par la main pour la conduire à table. Claude, lui, se mit en quête de Catherine. Celle-ci, en apprenant la bonne fortune de son fiancé, en fut muette de rage. À quoi lui servirait un homme absent durant des semaines… À partir de ce beau jour d'été, la haine entra dans son cœur, pour le fleuve, pour les gabariers, et s'y logea pour des années.

Hugo embrassa une dernière fois son père. C'était le moment du départ. Prête pour son premier voyage, la *Marie-Flavie*, sa voile blanche roulée le long du mât, appareillait. La foule, presque aussi nombreuse que lors de la cérémonie du baptême, commentait l'événement. Saint-Simon en avait vu des gabares, mais la curiosité, l'intérêt ne tarissaient pas.

François Roux contenait mal un tremblement nerveux. Il se reprochait d'être si ému, lui qui avait l'habitude de voir son fils partir, revenir… Mais là, Hugo se conduisait en capitaine, non plus en matelot. La fierté qu'en retirait le charpentier le dédommageait des mois de labeur acharné.

Claude, dont le surnom d'Étranger lui collerait des années à la peau, veillait à tout, houspillant le mousse, qui, excité par l'aventure, adressait de grands signes heureux à ses parents.

Louise avait obtenu la permission d'assister au départ. Sa belle toilette de marraine était soigneusement rangée dans une malle et la fillette portait de nouveau son sarrau bleu. Ses cheveux se divisaient en deux nattes bien sages.

Hugo la vit à peine, exalté par les cris, les saluts joyeux. Quant à l'angoisse qui ravageait le visage de son père, il ne la perçut pas davantage. Le jeune homme connaissait son jour de gloire, de promesses enfin tenues, de rêveries atteintes, cela l'aveuglait…

— Je serai de retour en octobre, papa ! s'écria-t-il en pressant les épaules d'un François livide.

— Tu charges les eaux-de-vie à Jarnac ? répliqua celui-ci avec un pauvre sourire.

— Oui, et je les livre à Tonnay-Charente. De là, la cargaison sera embarquée vers l'Angleterre. Ensuite, j'ai trois autres engagements, du côté de Rochefort. Je ne ferai pas de dettes au pays, papa, ne te fais aucun souci. Et j'ai mis de côté, pour ce premier voyage, j'ai de quoi payer les haleurs et les éclusiers.

— Je suis bien tranquille, fiston ! Y a pas plus honnête que toi.

La mère d'Émile s'approcha, une panière sur la hanche. Elle avait longtemps hésité avant de confier son rejeton au fleuve, mais, à Saint-Simon, la plupart des garçons désiraient être mousses. Son mari l'avait raisonnée. Il fallait bien placer le cadet, l'aîné étant déjà commis à la boulangerie.

— Oh ! Hugo ! Je vous ai cuit des brioches et du pain blanc. Ne va pas affamer mon petiot !

— Pas de risque, ma bonne dame ! plaisanta Claude. Nous mangerons la mie et nous lui donnerons la croûte !

Le matelot tira et enroula les chaînes de l'ancre qui remonta en s'égouttant de l'eau vaseuse qui la recouvrait. Puis, il enleva les amarres. À l'aide d'une longue gaffe, sorte de perche très solide, Claude poussa de tout son poids en prenant appui au fond du fleuve pour donner à la gabare son mouvement et sa liberté. Hugo, en capitaine consciencieux, tenait la barre et s'appliquait à maintenir son embarcation dans le fil et la partie profonde de la Charente.

Enfin, la *Marie-Flavie* commença à descendre le courant. Le vent, bien que faible, soufflait de l'est. Ce n'était pas fréquent au pays, et tous les gens de Saint-Simon y virent un bon présage, comme une bénédiction pour la nouvelle gabare. Son jeune patron ne demanderait le service de halage qu'au poste de Châteauneuf…

Sur le quai et jusqu'à l'écluse du Pas du Loup, on les suivit en courant. François n'eut pas ce courage, ni Louise. Ils se regardèrent, affaiblis par la même douleur. Tous deux songeaient qu'ils ne reverraient pas Hugo avant des semaines. La fillette, elle, se rappela soudain les terribles histoires de naufrages qu'elle avait entendues.

Il suffisait de peu, d'un bateau lourdement chargé, dont la ligne de flottaison rase le bordage, d'un mauvais coup de vent, d'une écluse déversant trop rapidement ses eaux, ce qui provoquait un courant violent…

Chacun le savait, une gabare pouvait couler. Bien sûr, on la renflouait afin de sauver la cargaison, surtout si celle-ci était précieuse, canons ou fûts de cognac. Parfois des hommes y laissaient leur vie, comme au Pas de Saintonge, qui, à peine cent ans plus tôt, avait causé le naufrage de plusieurs gabares.

La *Marie-Flavie* voguait vers son destin. Bientôt, elle disparut doucement dans une boucle du fleuve. L'eau, encore agitée par l'élan du lourd bateau, clapotait contre les pierres de la berge.

— Au revoir, monsieur Roux ! murmura Louise. Je dois aller à l'école, maintenant.

— Au revoir, petite ! Bien le bonjour chez toi !

Hugo éprouvait des sensations grisantes. Ce fleuve qu'il avait déjà parcouru bien souvent avec ses oncles, il croyait le redécouvrir à chaque méandre, car cette fois il ne recevait pas d'ordres, mais il en donnait. Allant et venant d'un pas assuré sur le pont, il scrutait les berges, la silhouette familière d'un moulin. Le jeune capitaine respirait à pleins poumons le vent doux de l'été.

— Émile, roule-moi ces cordages ! Qu'ils soient prêts pour le halage ! Oh ! Claude, barre à droite... Je connais ce passage. Les abords de Saint-Simon ne sont pas faciles pour nous autres gabariers ! Mais vous verrez ça, à Jarnac, le fleuve va s'élargir...

De son poste au gouvernail, Claude cria :
— Elle est belle, ta Charente, Hugo ! Mais parole

de marinier, si tu voyais ma Garonne, à Toulouse ! Elle apporte tous les parfums de l'Espagne.

Hugo répondit par un large sourire. Il ne regrettait pas d'avoir engagé ce robuste gaillard dont l'accent chantant égayait les moindres paroles. Avec lui sur la *Marie-Flavie*, il serait difficile de s'ennuyer.

Avant la halte du soir, car il était trop dangereux de naviguer la nuit, les trois hommes s'installèrent dans leurs fonctions respectives.

Le pilotage demandait une attention constante, car la Charente présentait bien des obstacles naturels tels que les hauts-fonds, le vent ou les différences de régime : crues l'hiver ou basses eaux l'été. L'homme avait lui aussi créé des obstacles, au fil du temps et au fil de l'eau, qui pouvaient entraver la marche tranquille des gabares. Ainsi, les écluses, les moulins, les ponts, les pêcheries avec leurs pièges à anguilles en entonnoir, barrant une grande partie du fleuve, ou encore les arbres parfois envahissants, représentaient autant de dangers pour les gabariers.

Le courant continuait à emporter la *Marie-Flavie* vers l'ouest. Les eaux sombres du fleuve, qui semblait couler si doucement, poursuivaient leur route en direction des vagues salées de l'océan. Sur les berges, des femmes occupées à glaner du grain adressaient des signes de la main à ceux du bateau. Plus loin, quelques vaches, venues boire en bas d'un talus, levaient la tête, comme étonnées.

Émile vivait son premier voyage. Le mousse ne regrettait pas son quotidien à Saint-Simon.

— Oh ! patron ! cria-t-il. J'ai le ventre creux. Si on entamait une miche de pain ?

Hugo haussa les épaules. Émile, habitué à se servir dans la boutique de ses parents, affichait une silhouette rondelette. Il n'avait jamais dû manquer de brioches ou de beignets…

— Ce n'est pas l'heure, moussaillon, et je parie que ta mère t'a gavé, avant le départ.

— Fils de boulanger ! Voilà ce que j'aurais voulu être, ma foi ! ricana Claude.

Hugo l'avait rejoint à la barre. Les deux hommes échangeaient des regards heureux où s'allumait de plus belle cette complicité qu'ils auraient été incapables d'expliquer. Claude bourra sa pipe.

— Il y en a une qui doit te maudire, au village ! marmonna-t-il entre ses dents. La Catherine, tout feu tout flamme, elle a poussé des hauts cris quand je lui ai annoncé mon départ.

Hugo, gêné, hocha la tête. Il ne put s'empêcher de revoir la jeune femme, offerte, rieuse, couchée à l'ombre d'un arbre. Elle lui avait donné du bon temps, naguère, à Claude aussi, sans doute.

— Je te dirai, continua le matelot en exhalant une longue volute bleutée, j'avais un peu de chagrin, à la laisser comme ça. Une jolie fille, si chaude, si câline. Enfin, tu le sais autant que moi, ça !

Claude observa son capitaine, qui s'empourprait du front à la base du cou. Ces affaires-là, chez les gens de Saint-Simon, on n'en parlait pas.

— Tu vas la marier ? demanda enfin Hugo.

— Je crois, oui. Dès mon retour. Je lui ai peut-être déjà fait un enfant ! Bah, il faut bien se mettre la corde au cou, un jour ou l'autre. Et toi, jeune coq, as-tu une promise ?

Hugo jeta un regard agacé à Émile, qui tendait l'oreille, mine de rien.

— Non, je travaille d'abord. Mon père a vendu ses

terres. Ma gabare, il l'a payée. Je lui ai promis de gagner de l'argent, assez pour le rembourser. Des filles, j'en ai connu quelques-unes, mais celle que j'épouserai devant Dieu, je ne sais pas où elle se trouve…

Sur ces mots, Hugo se tut, le front barré d'un pli soucieux. Il n'avait pas oublié Alexandrine. Au fond de son cœur, il espérait la revoir un jour. La patronne du Navire d'argent lui avait parlé de La Rochelle, un an plus tôt. Sa gabare était capable de naviguer jusque là-bas.

Maintenant que je suis mon maître, pensa le jeune homme, j'irai où je veux, quand je veux !

Le mousse s'approcha. Jouant les durs, les mains dans les poches, il claironna :

— Moi, quand j'aurai des sous de côté, je demanderai la Louise. Je l'ai déjà embrassée.

Hugo fronça les sourcils. Tout à la griserie du départ, il avait oublié sa sœur d'adoption, mais l'expression narquoise d'Émile, son ton de petit homme sûr de lui le mirent en colère. Il bondit, saisit le mousse aux épaules :

— Qu'est-ce que tu racontes, toi ? Tu as embrassé Louise ? Et elle était d'accord ? Je la connais, tu sais, une brave petite, sage et honnête !

Le gamin, effrayé, bégaya :

— Vous fâchez pas, patron ! La Louise, elle m'a fichu une gifle…

— Elle a bien fait ! Que je ne te voie pas tourner autour d'elle. Je suis un peu son grand frère, alors gare à tes fesses, si tu l'ennuies…

Émile grimaçait, car les doigts nerveux d'Hugo ne le lâchaient pas. Claude protesta :

— Allons, patron, du calme ! Ce gosse, il ne pensait pas à mal ! Ces choses-là, c'est normal à son âge.

L'incident fut clos. Il eut des conséquences au cours

des jours suivants et pour longtemps. Le mousse craignit Hugo, préférant l'éviter, tandis qu'il voua au matelot une vraie amitié.

Lorsque la *Marie-Flavie* aborda à Jarnac, grâce au travail des haleurs, Hugo retrouva sa bonne humeur. Il allait enfin charger sa première cargaison d'eau-de-vie. C'était l'une des marchandises les plus précieuses que véhiculaient les gabares sur la Charente. Chargées de barriques, de tierçons[1] ou de caisses, elles les acheminaient en direction de Tonnay-Charente où les attendaient des navires venant de l'Angleterre, de Hollande, des pays nordiques et même du Nouveau Monde, car la Louisiane et Saint-Domingue représentaient des marchés importants.

Hugo fit de son mieux pour inspirer la confiance et instaurer des règles précises. Il veillait à ne pas prendre de retard dans ses pérégrinations le long du fleuve. En retour, il entendait être payé de la même façon.

Le jeune homme n'était pas novice en matière de chargements, puisqu'il avait travaillé des années sur la gabare de ses oncles. Mais une fois encore, il éprouva une satisfaction profonde à diriger les opérations en tant que capitaine.

La *Marie-Flavie* amarrée au quai, Claude vérifia le bon fonctionnement du mât de charge, juste par acquit de conscience.

Hugo ayant prévenu dès son arrivée le contremaître du négociant, deux lourds chariots, tirés par de solides chevaux de trait, approchaient déjà. Des commis suivaient, afin d'aider aux manœuvres. L'un d'eux connaissait bien Hugo et le héla joyeusement :

— Tiens, le fils Roux ! Dis, c'est ta gabare ?

1. Fûts de six cents litres.

— Eh oui ! Tu n'en verras pas de plus belle d'ici à l'océan.

— Dame ! répondit l'autre. Avec ça, tu pourrais remonter à Nantes.

Hugo, fier comme un gamin, éclata de rire.

Claude et Émile calaient, entre le quai et le bord de la *Marie-Flavie*, la lourde planche qui servirait à transporter les caisses d'eau-de-vie. Hugo leur donna un coup de main en s'écriant :

— N'oubliez pas ce que je vous ai dit ! Il faut répartir le poids sur tout le long de la cale. Pas question que mon bateau penche, à l'avant ou à l'arrière.

— Compris, patron ! répliqua le mousse.

Le transport des caisses s'effectua sans hâte. Il aurait été mal vu d'en envoyer une par-dessus bord. Les commis du négociant ne s'accordaient aucune pause, mais, à chaque aller-retour, ils lançaient des blagues à la cantonade :

— J'parie qu'une caisse ou deux seront éventrées avant Tonnay ! Ils savent y faire, les gabariers, pour se mettre une bonne bouteille de côté ! disait l'un.

— Eh ! Hugo ! Où est-elle, ta planque ? Je peux tout de suite la garnir...

Hugo haussait les épaules en souriant. Il était courant, dans le monde du fleuve, de prendre une petite part du chargement, surtout lorsqu'il s'agissait d'alcool. Le capitaine et son matelot s'arrangeaient souvent pour qu'une caisse soit ouverte, par un malicieux hasard, ce qui leur permettait de cacher sous une planche de la cale une ou deux bouteilles.

Cependant, Hugo n'avait aucune intention de suivre l'exemple de ses aînés, car il voulait se faire une réputation de parfaite probité. Aussi houspilla-t-il Émile, qui conspirait avec un des commis, autour d'une caisse.

— Allez, plus vite ! ordonna-t-il. Après, il faut charger les barriques.

Claude se mit le premier à la tâche. Assis près du mât principal, il actionna le système de poulie du mât de charge. Sur le quai, le contremaître arrimait un fût ventru qui ne tarda pas à s'élever au-dessus du sol empierré.

— En douceur, Claude ! hurla Hugo. Je ne veux pas de casse !

— Ce serait bien du malheur ! pouffa un jeune commis. Il faudrait qu'on lèche les pavés, nous autres… De la fine aussi goûteuse, on n'en perdrait pas une goutte, mais on n'aurait plus de langue !

Ce fut, entre le pont de la gabare et le quai, un vrai concert de gros rires et d'exclamations moqueuses. Quand la dernière barrique fut rangée parmi les autres, la *Marie-Flavie*, considérablement alourdie, s'était enfoncée jusqu'à fleur d'eau. Le fleuve clapotait maintenant à une dizaine de centimètres seulement du bordage.

— Oh ! Elle n'en peut plus ! déclara Hugo.

Les commis s'égaillèrent, les uns en direction des chais, les autres vers la ville. Après ce rude effort, ils avaient besoin d'un remontant et dépenseraient bien vite à la taverne ce qu'ils venaient de gagner.

Claude et Émile firent de même, mais à bord de la gabare. Ils burent au goulot du vin blanc, avec une pensée gourmande pour l'eau-de-vie qui les cernait de toutes parts.

Les tonnelets d'eau-de-vie solidement amarrés, Hugo se retira dans sa cabine, qui n'était encore qu'une tente de toile, bien close pourtant. Il ouvrit son livre de bord. En écrivant soigneusement les chiffres et le détail des marchandises, il eut une pensée pour Louise. Il la revit assise dans le verger de la ferme, un cahier sur les genoux. Vêtue de son sarrau bleu, avec ses fins cheveux blonds noués d'un ruban, elle le regardait comme s'il était un héros.

Chère petite sœur !

Mais l'image de la fillette s'estompa rapidement. Sous la coque du bateau cognait l'eau de la Charente. La voile frémissait. Hugo cria, le visage tendu :

— Hé ! Claude ! Largue les amarres ! Prochaine escale au port de Cognac. Ensuite, Saintes et Taille-bourg, où nous dormirons.

7

Sur le fleuve

Après l'école, Louise rentra chez elle à petits pas, comme ralentie par le poids d'une grande douleur. Hugo était parti. Cette fois, il ne reviendrait pas avant le milieu de l'automne. Patron pour de bon, capitaine de la *Marie-Flavie*, il sillonnerait le fleuve durant des semaines et des mois. Peut-être même qu'il reverrait cette Alexandrine aux yeux noirs dont il rêvait encore.

Le chemin grimpait vers la ferme, entre deux halliers de ronces et d'aubépines. La fillette s'arrêta, mangea quelques mûres dont le jus violet macula ses doigts et ses lèvres. Ses joues ruisselaient, mais elle luttait contre les sanglots gonflant dans sa poitrine. Soudain elle crut entendre l'écho de ses larmes, tout proche. Cela provenait d'un buisson, à l'ombre d'un vieux cerisier. Intriguée, la fillette quitta le chemin, emprunta une sente et déboula à l'orée d'un champ moissonné.

— Mais c'est la Catherine !

Apparemment, elle n'avait pas été la seule à avoir été chagrinée par le départ des mariniers. La jeune femme était couchée à même la terre, un bras replié sur son visage. Son corps s'agitait de spasmes chaque fois qu'elle reniflait. Louise eut envie de s'enfuir. Elle connaissait surtout Catherine de réputation, grâce aux ragots répandus par les vieilles du bourg. Mais une vague pitié la poussa à approcher.

— Hé ! Qu'est-ce que tu as ? murmura-t-elle.

Catherine baissa son bras. Rouge, la bouche meurtrie et les paupières mi-closes, elle répondit :

— Je te reconnais, toi, tu es la fille de Bertrand Figoux…

— Oui !

Elles se regardèrent longuement, puis Catherine se redressa en arrangeant sa robe.

— Eh bien ! Tu étais sur le quai ! déclara-t-elle d'un ton dur. Et pourquoi tu pleurniches, gamine ?

— J'en sais rien ! répondit Louise, sur la défensive. Et toi, que fais-tu sur nos terres ? Tu n'habites pas là. Ta mère, c'est la mercière de Saint-Simeux…

Catherine éclata d'un rire tragique. Toute sa personne, des abondants cheveux roux à la gorge gonflée de chair rose, inspirait à Louise une sorte de dégoût mystérieux.

— Tu en sais, des choses, petite ! Mais tu ne connais encore rien des hommes. Tous des croquants. Ils te culbutent au coin d'un bois, ils prennent leur plaisir, et ensuite, au revoir, ma jolie !

— Je dois m'en aller ! bredouilla Louise, brûlante de gêne.

— Non, reste… cria presque la jeune femme. Tu es une fille, toi aussi, alors je te préviens. N'accorde rien à un gars si t'as pas la bague au doigt. J'ai fait la folle, c'est fini ! Ceux qui me montraient du doigt, ils vont me traîner dans la boue, bientôt… Et les autres, mes galants, ils me tourneront le dos, comme s'ils ne m'avaient jamais troussée les soirs de bal.

Louise ne bougeait plus. Il était trop tard, elle ne

pouvait pas échapper aux paroles de Catherine. Ces mots-là faisaient naître de vilaines images, évoquaient le péché dont parlait si souvent le curé.

— Le Claude, il me voulait, il m'a eue ! Il m'a parlé mariage, c'était le premier. Mais ça ne l'a pas retenu au pays. Le voilà parti… C'est de la faute d'Hugo, aussi. À croire qu'il était jaloux, parce qu'il m'avait vue au bras de Claude.

Catherine se tut un instant, à bout de souffle. Louise, figée, la bouche ouverte, attendait.

— Ne me regarde pas comme ça ! hurla la jeune femme en s'asseyant tout à fait. Tu te dis que je suis une catin… Toi, tu es sage, tu files doux. Tu auras une dot, il paraît. Ton père, il a du bien, les vignes, les prés, le bétail… c'est Hugo qui me l'a dit ! Celui-là, il ne pense qu'aux sous. Je l'aurais épousé, lui, mais il ne voulait pas, vois-tu ! Et je suis grosse, à ce jour, oui, mademoiselle, j'ai un gosse dans le ventre, et je ne sais pas de qui il est ! Alcide, Hugo ou Claude ? Les frères Roux ou le gars du Sud ? Qu'est-ce que je vais devenir, hein ?

Catherine commença à s'arracher des mèches de cheveux, se balançant d'avant en arrière. Puis elle tapa à grands coups la terre grise, semée de chaume. Louise en avait assez entendu. Elle trouva enfin la force de courir pour remonter le chemin.

Hortense tirait de l'eau au puits. Elle vit arriver sa fille dans la cour de la ferme, livide, le regard affolé. Elle lança, mi-inquiète, mi-amusée :

— As-tu croisé un garou, petiote, pour avoir cette mine ?

Louise fit non de la tête. Elle ne voulait pas réfléchir. Vite, sa chambre, son lit, l'édredon rouge, l'oreiller. Avec le sentiment d'être blessée cruellement, la fillette se coucha avant le soleil, tout habillée. Incapable de pleurer davantage, elle s'efforça de chasser de son esprit l'horrible vérité. Hugo avait embrassé Catherine sur la bouche, il lui avait mis un bébé dans le ventre, comme le taureau fait aux vaches ou le bouc, aux chèvres.

— Pas lui ! gémissait-elle, pas lui. C'est sûrement Claude le père. Ce n'est pas Hugo. Pas lui...

Ce n'était pas un désespoir d'enfant. La jalousie s'éveillait en elle, en même temps que la femme. Mais, curieusement, son amour pour l'infidèle en fut encore plus fort.

La *Marie-Flavie* venait d'arriver à Tonnay-Charente. Hugo, debout à la proue de sa gabare, retrouvait avec un plaisir mitigé les quais de cette ville où il avait souvent fait escale quand il était matelot pour ses oncles. Mais, à cette époque, il avait la garde du bateau et il descendait rarement à terre.

J'y suis allé une fois de trop ! songea-t-il. Le temps de rencontrer Alexandrine. Depuis, son souvenir me ronge le cœur. Si seulement elle habitait toujours ici !

Le jeune capitaine alla taper sur l'épaule de Claude, qui le secondait à merveille, donnant un coup de main au halage, payant les éclusiers à qui il arrachait toujours un éclat de rire, tant il avait l'art de blaguer.

Émile, lui, continuait à s'émerveiller de tout ce qu'il découvrait. Dans le port de Cognac, il était resté bouche bée devant toutes ces gabares à quai, la forêt des haubans, le va-et-vient des commis, les mâts de charge tournant comme des bras géants pour embarquer ou débarquer les marchandises.

Les grosses tours de la porte Saint-Jacques lui avaient semblé gigantesques, ainsi que le clocher de l'église Saint-Léger. Hugo avait commenté le parcours à son mousse, afin de l'instruire également.

— On n'en sait jamais assez, Émile ! avait-il déclaré en passant à Saintes. Le fleuve, ce n'est pas que l'eau, les écluses. Il faut connaître les bacs, les berges, les affluents.

Le mousse avait hoché la tête en contemplant la belle architecture de la cité saintongeaise. Hugo lui avait montré un pont dont les pierres blanches semblaient scintiller au soleil.

— Le pont Palissy ! Du bel ouvrage, flambant neuf. Quand j'avais ton âge, mes oncles m'ont emmené voir les arènes de Saintes, qui ont été construites par les Romains il y a des milliers d'années. C'est notre première descente ! avait ajouté Hugo, nous n'avons pas le temps de flâner ! Comme je l'ai dit à ta mère, tu rentreras le crâne plein d'instruction, car les voyages forment la jeunesse, moussaillon !

La *Marie-Flavie* était ancrée au port. Claude se promit de profiter de l'escale pour demander à Hugo d'écrire à Catherine.

Nous ne sommes partis que depuis trois semaines[1], mais je veux lui donner des nouvelles. Hugo manie la plume aussi bien que le gouvernail, il rédigera ce que j'ai à dire en trois minutes !

À Tonnay-Charente, il leur fallait attendre l'arrivée des vaisseaux anglais et hollandais qui viendraient prendre livraison des cargaisons apportées de l'intérieur du pays.

Hugo, ainsi que nombre de ses confrères du fleuve,

1. Tout voyage dure environ 24 jours, mais les écarts peuvent être très importants : de 9 à 29 jours pour aller et revenir de Tonnay-Charente, et de 13 à 38 jours pour aller et revenir de Rochefort. (Source : Bruno Sépulcre.)

décida de passer quelques bons moments dans les tavernes du port. Il ne prenait qu'un ou deux verres de goutte, car aucun patron ne tenait à récolter une réputation de buveur. Les matelots n'avaient pas ce souci et en profitaient allègrement.

Dès le deuxième jour, Claude, grand joueur de cartes, délaissa le mousse pour s'enfermer des heures au bistrot du Soleil levant, un estaminet enfumé.

— Ne t'en fais pas, Émile ! déclara Hugo. Mon oncle Colin me garde un chiot. À la prochaine descente, tu auras de la compagnie. Une bête à bord, j'en veux une. La *Marie-Flavie* a besoin d'un gardien. Tiens, regarde qui voilà sur le quai. Ce brave Gédéon !

Hugo fit un signe au vieil homme dont la maigre silhouette lui était si familière. Gédéon avait eu ses habitudes, jadis, à Saint-Simon, quand il accostait au chantier de radoub, avec sa gabare, la *Sans-Peur*.

— Je vais à terre un moment, Émile ! Ho ! Gédéon !

L'ancien gabarier, escorté d'un autre homme qui paraissait un peu moins âgé, mit sa main droite en visière pour observer celui qui l'interpellait.

— Mais c'est le fils Roux !

— En personne, Gédéon, et patron de son bateau, je vous prie, la *Marie-Flavie*.

— Eh bien, Hugo, répliqua le vieillard tout content, tu as encore grandi et forci. Ton père peut être fier de toi.

Le regard gris-bleu de Gédéon examina la gabare rapidement. Il s'y connaissait.

— Celle-là, je parie qu'elle sort des mains de ton père. Il n'a pas son pareil, le François !

Le compagnon de Gédéon hocha la tête, comme pour signifier qu'il pensait la même chose. Hugo lui sourit.

L'homme tendit une main calleuse :

— Bonjour, patron ! Je me présente, Antoine, je suis forgeron, je demeure à la sortie de la ville. Toi, mon gars, tu es le portrait de ta mère... Les cheveux, les yeux...

Hugo encaissa, un peu surpris. Puis l'émotion le prit. Sans doute, Antoine, vu son âge, avait dû rencontrer sa mère il y a vingt ans. Il se demandait déjà quand et à quelle occasion, lorsque le forgeron reprit :

— Ah ça, c'était une belle fille, la Marie-Flavie. Quand je dirai à ma femme que j'ai vu le fils de François Roux et de Flavie, comme on l'appelait par ici, elle va en causer la moitié de la nuit ! Jeanne et ta mère, c'étaient de bonnes amies, tu peux me croire.

Le vieux Gédéon s'était éloigné à petits pas, tout en contemplant d'un œil satisfait la coque de la gabare. Hugo, lui, commençait à comprendre. Les rumeurs, le long du fleuve, vont souvent bien plus vite qu'une brindille au gré du courant. Antoine et sa femme Jeanne devaient ignorer que sa mère était morte à sa naissance. Pourtant, il savait Marie-Flavie originaire de Saint-Simeux. À quel moment de sa courte existence avait-elle pu venir à Tonnay-Charente...

Antoine se roula une cigarette de gris, ce tabac brun dont Hugo n'appréciait guère l'odeur forte.

— Ouais... soupira le forgeron. On la regrette bien, ta mère. Je ne sais pas ce qui lui a pris de partir ! L'ouvrage ne manquait pas, tu penses, une couturière comme ça ! Et son logement était agréable !

Cette fois, Hugo protesta. Les paroles d'Antoine lui semblaient dépourvues de sens.

— Monsieur, vous devez faire erreur. Ma mère n'a jamais habité Tonnay... Elle n'était pas couturière. Et puis, je ne l'ai pas connue, elle est morte en couches.

La voix du jeune homme avait eu un tremblement.

Son interlocuteur ne s'en aperçut pas. Il fronça les sourcils, l'air fâché.

— Ah ça, je ne perds pas la boule ! Tu es bien le fils de François Roux, le charpentier-calfat ?

— Oui, sûr... balbutia Hugo.

— Et cet homme, on est d'accord, c'était l'époux de Marie-Flavie, ta mère, que je connais bien ! Tiens, je peux même te dire qu'elle serait flattée, la couturière, de voir que ton bateau, y porte son prénom. Mais elle a quitté le pays.

— Ce n'est pas possible, ce que vous dites, vous vous trompez... marmonna Hugo, je vous dis que ma mère est morte !

Son cœur cognait fort dans sa poitrine. Il respira une grande bouffée d'air, mais ne se sentit pas mieux.

Antoine lui trouva un drôle d'air.

— Qu'est-ce que tu as, mon gars ? On dirait que tu as vu un fantôme ! Viens donc boire un coup, qu'on discute un peu. Ton histoire, elle n'est pas claire ! Oh ! Gédéon, tu nous suis, j'emmène le fils Roux au bistrot. Il a besoin d'un remontant.

Hugo reprit ses esprits. Il cria à Émile :

— Surveille la gabare, petit ! Si je vois Claude, je lui dis de te rejoindre.

Dans la salle enfumée de la taverne, certains clients saluèrent Hugo d'un signe joyeux. C'était d'autres hommes du fleuve qui le connaissaient. Le forgeron le guida jusqu'à une table.

— Pose-toi, fiston ! Je vais commander trois gouttes, ça redonne des couleurs.

Gédéon, content de l'aubaine, donna une bourrade amicale à Hugo. Celui-ci lui prit le poignet en demandant d'un ton étrange :

— Et toi, Gédéon, toi qui es un ami de mon père, tu le savais, pour ma mère ?

Le vieillard se pencha un peu, l'air ébahi :

— Ta mère ? Je ne l'ai jamais vue, moi ! Je croyais qu'elle était morte, cette pauvre femme...

— Moi aussi ! soupira le jeune homme. Antoine prétend le contraire. Je ne comprends pas. Écoute, Gédéon, il vient de me dire que ma mère était couturière à Tonnay-Charente, qu'elle en est partie je ne sais quand ! Alors mon père m'a menti...

— J'en sais point rien ! Je suis de passage, j'ai rendu visite à un de mes fils.

Le forgeron revenait. Il entendit les derniers mots d'Hugo. Sa main, large et forte, se posa sur l'épaule du jeune homme.

— Je suis désolé, mon gars ! Je ne sais pas pourquoi tes parents se sont séparés, mais je dis la vérité, ta mère, elle est vivante. Encore belle, avenante, les cheveux noirs. Elle habitait impasse de la Fontaine. Parole d'Antoine ! Ma femme peut t'en causer. Les voisins de la Flavie aussi.

Hugo avala le verre d'eau-de-vie d'un seul trait. L'alcool le réconforta. Il écouta à peine la discussion animée qui opposait maintenant Antoine et Gédéon. Une seule pensée l'obsédait : sa mère était encore en vie, quelque part... Un coup sur la tête ne l'aurait pas mieux assommé.

— Non, mon père ne m'aurait pas caché une chose pareille ! murmura-t-il. C'est une histoire de fou !

Le jeune gabarier avait besoin de silence, de calme. Il devait réfléchir.

— Je m'en vais ! dit-il. Merci pour la goutte. Au revoir, Gédéon.

Le forgeron tenta de le retenir :

— Reste avec nous, voyons. On va causer de...

— Non, je dois partir... le travail...

Hugo n'en pouvait plus. Il sortit comme si le diable le poursuivait.

Émile et Claude attendaient Hugo sur le pont de la *Marie-Flavie*. Avant de franchir la passerelle, il lut le nom peint en jaune sur la coque. Il avait voulu, en baptisant ainsi sa gabare, rendre hommage à la mémoire de sa mère et, du même coup, faire plaisir à son père. Il se rappela brusquement l'air bizarre de François Roux quand il lui avait annoncé son choix. *Mon père n'a pas été si content que ça !*

— Oh ! Hugo, qu'est-ce que tu fabriques ? hurla Claude. Les bateaux hollandais sont annoncés. Le commissaire du port te cherche.

Les obligations de son métier reprirent le jeune homme. Il en fut soulagé. Ses compagnons le virent monter à bord, enfiler sa veste noire, son chapeau du dimanche et repartir à terre sans leur dire un mot.

— Il fait une drôle de tête, le patron ! souffla Émile.

— Ouais, savoir ce qu'il a ? répondit le matelot.

Ils guettèrent son retour, mais, à la nuit tombée, alors que les navires marchands venus de la lointaine Hollande mouillaient dans le port, Hugo n'était toujours pas rentré.

Après avoir rencontré le commissaire du port, qui souhaitait examiner le livre de bord de ce nouveau gabarier, Hugo avait erré dans la ville. Il croyait ne pas chercher l'impasse de la Fontaine, mais ses pas le conduisirent vers l'église. De là, il parcourut plusieurs ruelles, derrière le monument, jusqu'à se retrouver devant une petite fontaine enclavée dans un muret. Un filet d'eau coulait sur une grille de fonte.

Une vieille femme, debout sur le pas de sa porte, l'interpella :

— Si vous avez chaud, monsieur, vous pouvez boire, l'eau est bonne.

— Merci, madame...

Hugo hésitait, observant les maisons d'un œil soucieux. Il ne parvenait pas à imaginer sa mère ayant vécu dans l'une d'elles. Loin de son époux François et de son fils.

— Pardon, madame, demanda-t-il enfin, on m'a dit que Marie-Flavie, une couturière, demeurait par ici ! Vous la connaissiez ?

Tout heureuse de causer, la vieille femme approcha à petits pas.

— Vous cherchez la Flavie ? Mon pauvre, elle n'est plus là. Voyez, elle habitait cette maison, là-bas, avec le petit jardin devant. À présent, c'est loué à un apprenti boucher, un bon garçon.

Le forgeron lui avait au moins dit la vérité sur ce point, mais rien ne prouvait qu'il s'agissait bien de sa mère. Plus Hugo y songeait, plus cette histoire lui paraissait ne pas tenir debout. Pourtant il respirait mal, oppressé par une vague angoisse. Il fit un effort pour paraître naturel. Avec gentillesse, il avança :

— Cette dame, vous lui parliez ? Enfin, vous étiez sa voisine... Alors, vous l'avez vue souvent...

La vieille plissa des yeux malins, étudiant le visage du jeune homme. En hochant la tête, elle lui dit à voix basse :

— M'est avis que vous êtes de sa famille, non ? Je l'ai compris tout de suite, allez ! La Flavie, elle ne se liait pas trop, mais elle m'a rapiécé des draps. On a causé un peu. Je savais pas qu'elle avait un beau gars comme vous... Vous seriez pas son fils, non ? Vous lui ressemblez, y a pas à dire... et vous...

Ce jour-là, le destin joua un mauvais tour à Hugo. La vieille femme allait terminer sa phrase quand un homme sortit à son tour dans la rue. L'air méfiant, il se mit à crier :

— Oh la mère ! Ton fricot est en train de brûler ! Et qu'est-ce qu'il veut, celui-là ? Il est pas d'ici...

— Je suis gabarier, monsieur ! commença Hugo.

— Fiche le camp, bon sang ! On les connaît, les marins, toujours à chercher un sale coup !

La vieille femme, affolée, s'engouffra dans l'étroit corridor. Hugo sentit effectivement une odeur de graisse chaude. Il s'éloigna à grands pas, peu désireux de se mesurer avec l'énergumène qui le toisait d'un regard menaçant.

À quoi bon ? se répétait-il en marchant au hasard. Ma mère ne vit plus à Tonnay. Je l'ai peut-être croisée un jour, sur le quai, quand j'étais mousse. Mais non, c'est impossible, cette histoire ! Je perds la tête.

Il continua à parcourir la ville, le cœur serré, misérable. Peu à peu des souvenirs lui revenaient. Le jeune homme s'obstina à évoquer la moindre parole de son père au sujet de son épouse. Et, au crépuscule, il ne doutait plus. Marie-Flavie était vivante.

Sa mémoire ne le trompait pas... François Roux n'avait jamais aimé parler de la défunte. Quand son fils l'interrogeait, il coupait court à la discussion. Si le petit garçon, le jour des Morts, demandait à se rendre sur la tombe de sa mère, la réponse se faisait vague, chargée d'un mystère qui, à l'époque, le troublait. Et cet entêtement de son père à ne pas se remarier !

Bien sûr, puisqu'il la savait en vie !

À ce point de ses réflexions, Hugo entra au Grand Café du Port. Là, il se mit à boire, ce qu'il faisait rarement.

Claude le trouva à demi affalé sur une table, devant une bouteille vide. Le matelot ne chercha pas à comprendre. Il chargea son jeune patron sur ses épaules et s'empressa de le ramener à bord de la gabare.

La *Marie-Flavie* avait fait ses preuves, ne craignant pas d'aller caboter, à la voile, dans le Pertuis d'Antioche, entre les îles d'Oléron et de Ré. Claude et Émile avaient découvert les vagues de l'océan Atlantique avec une surprise inquiète. Cela ne ressemblait plus à la paisible descente du fleuve. Hugo se révéla à cette occasion un excellent marin.

Après cette expédition en mer, le jeune capitaine décida d'une halte de trois jours dans le port de La Rochelle. Il arpenta la vieille ville durant des heures, avec l'espoir de revoir Alexandrine. Il allait jusqu'à demander dans des commerces ou des auberges si l'on ne connaissait pas la jeune fille. Mais personne ne semblait l'avoir vue.

Claude l'interrogeait patiemment :

— Mais qu'est-ce que tu as donc, Hugo ? Tu traînes dans toutes les tavernes de La Rochelle, même les plus mal famées ! Et je trouve que tu bois trop ! Tu as une tête à faire peur.

Le matelot n'obtenait aucune explication. La *Marie-Flavie* quitta la côte atlantique pour entrer dans l'estuaire, en direction de Rochefort.

Septembre s'achevait. Ce matin-là, alors qu'ils abordaient à Rochefort, une pluie drue, froide pour la saison, s'abattit sur le pont de la gabare qui passait sous les murs de l'Arsenal royal. Hugo connaissait bien ce vaste édifice, construit à la fin du XVIIe siècle sur l'ordre du Roi-Soleil, qui le voulait grand et beau.

— Après l'eau salée, un bon grain ! cria Claude qui se tenait à la barre. Oh ! Émile, sois content, tu auras moins de travail...

Le mousse pouffa. La plaisanterie venait à point, car Hugo avait reproché à Émile, la veille, de ne pas assez laver la cale et le pont de la *Marie-Flavie*.

Le patron de la gabare, enveloppé dans un épais manteau à capuche qu'il tenait d'un de ses oncles, sortit de sa cabine :

— Eh ! Claude, tu blagueras plus tard. Demain, on commence la remonte jusqu'à Saint-Simon ! Ce soir, on charge gros. Prépare les amarres.

Les humeurs instables d'Hugo commençaient à tracasser le matelot. Depuis ce soir, à Tonnay, où il l'avait trouvé ivre mort, quelque chose avait changé le jeune homme. Ils prirent leur repas dans la cale, comme c'était le cas quand il pleuvait. Émile avait fait cuire des haricots, avec du lard gras. Leur menu ne variait guère, à moins d'une belle prise dans les eaux du fleuve. Le mousse devenait un adroit pêcheur et la Charente était poissonneuse. Goujons, barbeaux, perches, carpes, brochets ou encore anguilles amélioraient souvent l'ordinaire.

Une fois à quai, le bateau sembla exhaler un dernier frisson de tout son bois encore neuf. Régulièrement, Hugo inspectait l'état des charpentes, de l'étoupe, redoutant une voie d'eau. Il vouait à sa gabare une véritable passion, mais il regrettait un peu de l'avoir baptisée Marie-Flavie maintenant qu'il doutait.

Mon bateau portera ce nom jusqu'à son dernier voyage. Ma mère le mérite-t-elle ? Si mon père m'a caché qu'elle était vivante, il avait sûrement de bonnes raisons... pensait-il souvent.

Les réponses l'attendaient à Saint-Simon. Au bout de la remonte. Hugo ne savait pas s'il avait hâte de connaître la vérité. Et puis, en questionnant François Roux, n'allait-il pas ranimer une ancienne blessure… ?

Cent fois il avait eu envie de se confier à Claude, mais une pudeur le retenait. Alors il gardait son secret et en souffrait. Cent fois Hugo regretta d'avoir reconnu le vieux Gédéon.

Allons, patience ! se raisonnait-il. Quand je reverrai mon père, il me dira ce qui s'est passé… Il faut que je sache, c'est trop injuste.

8

Retour au pays

Debout à l'avant de son bateau, Hugo aperçut le premier, au loin, le clocher de Saint-Simon. Deux robustes bœufs halaient la gabare, aidés par le vent d'ouest qui gonflait la voile. Les bouviers les encourageaient d'un cri répétitif, auquel personne ne faisait plus attention, hormis les lavandières, qui redoutaient d'être bousculées ou poussées à l'eau par les cordages.

Émile nettoyait le pont avec acharnement, histoire de montrer à ses parents qu'il faisait un bon mousse. Claude tenait la barre, sa pipe entre les dents.

La *Marie-Flavie* devait se sentir plus légère, délestée d'une cargaison de bois exotique à Cognac. Hugo avait rempli ses contrats. La veille, à la date du 15 octobre 1865, le jeune homme s'était penché sur ses comptes. Une fois payés les éclusiers, les haleurs, les droits de navigation, son matelot et son mousse, il ne lui restait pas beaucoup d'argent, mais le gain était supérieur à son ancienne paye. Certes, il avait pris un peu de retard, mais il rentrait tête haute.

Papa sera content ! avait-il songé, satisfait.

Maintenant, ils suivaient le bras du fleuve qui les ramènerait chez eux. Hugo eut un frémissement de joie en reconnaissant les frênes immenses, juste en aval du Pas du Loup. Claude se voyait déjà dans les bras de sa Catherine, tandis qu'Émile rêvait des brioches tièdes que sa mère lui cuirait, le lendemain dimanche.

Une petite silhouette, sur la berge, agitait les bras. Un enfant sans doute, emmitouflé dans une cape cirée, car il pleuvait encore fort. Hugo, trempé, répondit au signal de bienvenue. Puis il se précipita sur une perche. Claude venait de libérer la gabare des filins de halage. Il leur fallait guider le bateau jusqu'au quai, en évitant les eaux trop basses.

Des hommes accoururent :

— Oh ! Par là, Hugo ! Alors, de retour au pays !

Hugo éclata de rire en découvrant la face ruisselante de son oncle Colin.

— Où est mon père ? cria-t-il. Il m'avait promis d'être là, à m'attendre…

Colin baissa les yeux, haussa les épaules. Claude lui jeta l'extrémité des amarres. La proue de la *Marie-Flavie* vint buter doucement contre les pierres du quai. Hugo cala la passerelle et, en deux enjambées, foula le sol de son village.

— Dans mes bras, petit ! marmonna Colin en l'étreignant.

Son oncle ne l'avait pas habitué à tant d'affection. Quelque chose n'allait pas ! Hugo sentit l'angoisse broyer son cœur. Il chuchota :

— Qu'est-ce qui se passe, dis-moi ?

— Mon pauvre gosse ! Je ne sais pas comment te dire ça ! Ton père, Hugo… Nous l'avons enterré lundi dernier. Il avait pris froid, avec toute cette pluie et ce vent du nord. J'ai fait venir le docteur, mais c'était trop tard. La poitrine… tu te souviens comme il toussait, son cœur n'a pas résisté.

Hugo se dégagea, défiguré par le chagrin. Il aurait

voulu pleurer, hurler, mais il suffoquait, blême, les yeux hagards. Enfin il parvint à balbutier :

— Papa ! Il est mort ? Comme ça, sans moi... tout seul ? Je ne suis pas rentré à temps ! Non, ce n'est pas possible.

Claude, navré, lui tapota l'épaule :

— Pleure un bon coup, Hugo ! Pleure, va, ça te fera du bien. C'était son heure. Tu n'y peux rien.

Louise courait sur le chemin de halage. Elle allait arriver trop tard, le mal serait fait. Depuis la mort de François Roux, l'adolescente s'obstinait à surveiller le fleuve en se postant au Pas du Loup. Elle voulait annoncer la terrible nouvelle à Hugo avant les autres, pour dire la chose à sa manière de femme, avec douceur et précaution. Naïve, elle croyait réussir, mais la *Marie-Flavie*, enfin de retour, s'était libérée de la traction des bœufs plus tôt que d'ordinaire.

Alors Louise courait, pataugeait, le bas de sa robe couvert de boue. Lorsqu'elle s'arrêta sur le quai, à bout de souffle, Hugo était agenouillé et se tenait la tête à deux mains. Autour de lui, les hommes du village restaient muets, immobiles. Et la pluie ne cessait pas. La scène avait quelque chose de tragique.

— Hugo ! appela seulement Louise en avançant encore.

Il se redressa, la vit, tremblante et toute pâle. Colin voulut aider son neveu à se relever, mais celui-ci le repoussa.

— Ma Louisette ! Tu es là, toi au moins, tu es là !

Malgré son chagrin, elle reçut ces simples mots avec un infini bonheur.

— Viens, Hugo ! murmura-t-elle en lui tendant la main.

Ils montèrent vers le bourg, à petits pas. Claude entraîna Colin et les autres.

— Allons boire un coup au chaud. Le patron, il a besoin d'être seul.

Hugo poussa un gémissement en entrant chez lui. Chaque objet lui rappelait son père. Mais il vit aussi qu'un feu brûlait dans la cheminée. Sur le trépied, une marmite laissait échapper une vapeur odorante. La table brillait, frottée au savon noir ainsi que le bahut.

Louise s'empressa de mettre une assiette et des couverts. La maison semblait vivante, elle, et le jeune homme se surprit à guetter le pas de François Roux, qui aurait pu être à l'étage ou dans le cellier…

— Louise, qui a cuit la soupe ?

— C'est moi, Hugo ! répondit-elle en ôtant sa pèlerine trempée.

Hébété, il l'observa. La fillette avait grandi, ses cheveux que l'humidité assombrissait lui collaient au front.

— Sèche-toi un peu, Hugo !

Comme un automate, il s'assit sur la chaise calée au coin du feu. Louise remplit un verre de vin et le lui apporta.

— Toi aussi, tu grelottes ! souffla-t-il. Allons, chauffe-toi…

Elle obéit en silence, mais demeura debout à côté de lui. Il n'y avait plus trace d'enfance en elle, mais Hugo ne s'en aperçut pas. Il but le vin, soupira et, spontanément, il prit Louise par la taille et appuya son front contre sa poitrine. Là, il put pleurer, dans le giron de son amie.

— Louisette, je voulais tant le revoir ! Lui raconter mon premier voyage. Lui montrer les sous que j'ai gagnés. Et il est mort, mon pauvre père… J'avais tant de choses à lui demander. Tant pis, il ne saura pas… Papa, oh ! papa, ne m'abandonne pas…

Louise avait fermé les yeux. Le poids de cette tête d'homme, si lourde et si confiante, contre ses jeunes seins, l'emplissait d'un délicieux malaise. Ses mains hésitaient à se poser parmi les cheveux noirs ou sur les fortes épaules secouées de sanglots. Elle se contentait de répéter, en chantonnant presque :

— Là, là, calme-toi… Là, là !

Hugo n'avait jamais connu la tendresse maternelle, le réconfort d'une présence féminine. Louise, quand elle osa l'enlacer et le bercer, apaisa peu à peu la douleur causée par le deuil.

Ils passèrent un long moment ainsi, tous deux rassurés par le contact de l'autre. Puis quelqu'un frappa à la porte. C'était Colin. Il entra sans attendre de réponse. En les voyant enlacés, il fronça les sourcils, étonné :

— Ton père s'inquiétait, Louise ! Il va faire nuit. Rejoins-le à l'auberge. Je vais rester avec Hugo.

Elle reprit sa pèlerine en murmurant :

— Fais-lui manger de la soupe, Colin.

— Oui, petite, ne t'inquiète pas… Je ne le quitte pas.

Les deux hommes commencèrent à discuter. Colin se sentit tenu d'évoquer les dernières heures de son frère aîné.

— Il n'a pas souffert, enfin, pas trop. La toux l'avait tellement épuisé, alors il a cessé de se battre, il s'est laissé partir. Les affaires sont en ordre, la maison t'appartient, le bateau, le lopin de terre près du chantier. Il était fier de toi, ça, on est tous témoins. Avant de passer, il m'a dit que tu lui avais donné ses plus grandes joies.

Hugo eut un dernier sanglot.

— Je ne le décevrai pas, mon oncle. Tout le long du fleuve, les gens pourront témoigner que je fais mon travail comme il faut. Et la *Marie-Flavie* continuera à voyager.

Le jeune gabarier se lança dans le récit de ses aventures. Colin écoutait pour deux, se disant que, peut-être, François Roux, de là-haut, tendait également l'oreille.

Minuit sonna. Le feu s'était éteint. Ce fut au tour de Claude d'entrer, ruisselant de pluie.

— Patron, ça tient toujours de me loger cette nuit ?

— Bien sûr… Prends mon lit, je dormirai dans celui de mon père. Louisette a changé les draps ! Quelle brave petite !

Colin, voyant son neveu en bonne compagnie, décida finalement de rentrer chez lui.

— À demain, Hugo ! Quand repars-tu ?

— Dès lundi. Je voulais passer quelques jours ici, mais ce n'est plus la peine. J'aime autant m'en aller le plus vite possible.

Hugo reprit le fleuve sans avoir posé de questions à quiconque au sujet de sa mère. Même lorsqu'il se retrouva au cimetière, devant la tombe de François Roux, entouré de ses deux oncles, Colin digne et grave, Alcide en larmes, un peu saoul, le jeune homme garda le silence. Cela lui sembla indécent de leur demander s'ils en savaient plus sur la belle Marie-Flavie, que son fils unique croyait morte depuis vingt ans.

Seul Claude, la veille du départ sur le fleuve, eut droit aux confidences de son patron. Le matelot résolut vite le problème :

— Ne te rends pas malade, Hugo ! Tu aurais dû m'en parler plus tôt… Ce forgeron, il a confondu avec une autre femme. Tiens, des Flavie, j'en connais une dizaine à Toulouse, et des François Roux, je peux t'en dénicher un demain, à Angoulême ou ailleurs.

Ton père était un honnête homme, pourquoi t'aurait-il menti ?

Ce raisonnement calma Hugo. Éprouvé par le deuil inattendu qui le frappait, il se jugea dès lors orphelin de père et de mère. Parfois, il se souvenait des affirmations d'Antoine le forgeron et son cœur battait plus vite. Mais il chassait ces pensées troubles de toute sa volonté, car son métier exigeait de lui lucidité et sérieux.

Quant à Claude, dès que la *Marie-Flavie* eut quitté les berges de Saint-Simon, il annonça une drôle de nouvelle à son ami :

— Catherine est grosse, depuis ce fichu mois d'août où nous nous sommes fréquentés. Je lui ai promis de l'épouser à mon prochain passage. Le curé nous a fiancés.

— Et tu es certain d'être le père ? interrogea Hugo, le front soucieux. Parce que Catherine, sais-tu, elle n'est pas du genre fidèle.

— Eh bien, tant pis ! Elle me plaît, cette femme ! Si elle dit vrai, je ne vais pas la laisser dans l'embarras. À mon âge, ça me tente, un gosse…

Hugo se mit à sourire, attendri. Claude était un brave garçon, au fond. Il marmonna, prudent :

— Si les affaires marchent comme il faut, je te donnerai un meilleur salaire, Claude, mais ce n'est pas une promesse.

Le patron et le matelot échangèrent une énergique poignée de main en guise d'accord. La gabare descendait mollement le fleuve. Émile sommeillait dans la cale. Hugo, le regard tourné vers un avenir de labeur et de franche camaraderie, ne vit même pas, bien après le Pas du Loup, la fine silhouette de Louise. Elle était arrivée en retard sur le quai. Désespérée, elle avait couru à perdre haleine, tout cela pour ne récolter que la vision d'un dos tourné, d'un visage tendu, d'un regard qui ne la cherchait pas...

En larmes, la poitrine serrée, Louise sanglota tout haut :

— Il ne m'a même pas dit au revoir...

La petite amoureuse s'assit sur l'herbe humide. Les semaines écoulées l'avaient vraiment endolorie. Il y avait eu les affreuses paroles de Catherine, puis, un jour d'automne, la mort de François Roux. Maintenant, les vieilles du bourg racontaient que l'étranger, le matelot d'Hugo, allait épouser la Catherine, qui portait un enfant de lui. Quand Louise avait entendu la chose, à l'épicerie, son âme avait de nouveau déployé des ailes de joie.

Hélas ! Une heure plus tard, son amie Lucienne, devant l'école, lui apprenait que la *Marie-Flavie* reprenait la descente du fleuve.

Il aurait dû m'attendre ! Il aurait dû sentir que je viendrais jusqu'au Pas du Loup...

Louise retourna au bourg. L'institutrice la gronda sévèrement pour son absence. Ses camarades se moquèrent de ses yeux gonflés par les larmes, de son nez rougi. Le soir, alors qu'elle passait, le cœur gros, devant la maison du père Martin, le vieil homme la héla depuis sa porte.

— Et alors, petite, ça n'a pas l'air d'aller...

— J'ai du chagrin, père Martin !

Le guérisseur s'avança, en s'appuyant sur un bâton de noisetier. Il scruta le joli visage de Louise.

— Dis-moi, tu n'aurais pas un amoureux ? Tu es bien jeunette, mais le cœur n'attend pas... Dans mon pays, en Limousin, j'en connais qui se sont mariés à quatorze ans.

114

Louise soupira. Le père Martin lui inspirait confiance, bien plus que Lucienne ou même sa mère, toujours préoccupée de son ménage.

— Il y a un gars qui me plaît, répondit-elle, mais lui se moque de moi. Il est parti sans me dire au revoir, pour longtemps.

Le vieil homme eut un bon sourire. Il demanda, pour distraire sa visiteuse :

— Et tes vaches, ont-elles eu du lait grâce à mon topin ?

— Oui, ma mère était bien contente, mais elle n'a rien vu, rien su !

— Veux-tu apprendre un autre de mes secrets, ma mignonne ?

Louise approuva. Son chagrin s'apaisait car, des yeux verts de celui que l'on prenait pour un sorcier, rayonnait une immense bonté.

— Écoute ! Noël approche. Cette nuit-là, sais-tu que les bœufs retrouvent la parole ? Si tu entres dans l'étable sans bruit, tu les entendras sûrement causer entre eux ! Et moi qui te parle, cette nuit-là aussi, j'ai vu s'ouvrir des rochers ! À l'intérieur se trouvait un trésor, bijoux d'or et d'argent, écus sonnants !

— Vrai ? marmonna Louise en fronçant les sourcils.

— Comme je te le dis ! Et as-tu des brebis ?

— Seulement trois, père Martin.

— Eh bien, si tu veux les protéger des maladies, au prochain premier mai, fais-les sauter neuf fois par-dessus un fossé, elles se porteront bien l'année durant et te feront de beaux agneaux[1].

Louise se prit à rêver, entraînée dans l'univers magique du guérisseur. Pourtant elle devait rentrer.

---

1. Extrait de l'ouvrage *Contes, coutumes et dictons* de Charente-Limousine, de Jean-Louis Quériaud.

— Au revoir, père Martin ! Merci... pour les brebis, promis, je le ferai !

Martin la regarda s'éloigner. Il se gratta le menton en ronchonnant :

— Diable ! Cette petiote n'est guère heureuse... Mais un jour, elle aura ce qu'elle veut ! C'est une forte tête...

Bertrand Figoux pensait peut-être la même chose de sa fille. Le soir, après la soupe, lui trouvant un air songeur, il lui conseilla de bien se tenir les jours où Hugo Roux serait au pays.

— Si tu te conduis mal à douze ans, tu nous feras honte à quinze ! Je suis un homme respecté, moi ! Alors gare à toi ! Sais-tu, la mère, que ta fille consolait le fils Roux comme une femme l'aurait fait ! Et lui, il en profitait ! C'est Colin, l'oncle, qui me l'a raconté...

Hortense haussa les épaules en se taillant une part de fromage caillé par ses soins. Elle lança un coup d'œil curieux à Louise, rouge de confusion, puis répondit à son mari :

— Ne te mets pas des saletés en tête ! Nous les marierons peut-être, ces deux-là. Hugo a du bien. Il est honnête comme l'était son père, et travailleur.

Ces quelques mots changèrent l'attitude de Louise à l'égard de sa mère. D'indifférente, elle devint douce et aimante. Sans doute Hortense y fut-elle sensible car, à dater de ce jour, elles s'entendirent à merveille et luttèrent ensemble contre les colères de Bertrand Figoux. Cette alliance vint à point, car un fléau redoutable ne tarderait pas à dévaster le pays des vignes.

L'existence d'Hugo devint celle de tous les gabariers. Les descentes et les remontes du fleuve, les escales le long des quais de Saint-Simon, de Jarnac, de Cognac, de Saintes, de Taillebourg, les chargements et les livraisons, sans compter les nombreuses querelles avec un éclusier qui ne l'aimait pas et lui cherchait des histoires à chaque passage. Les meuniers s'en mêlaient souvent, exigeant des éclusiers le lâcher des eaux, ce qui pouvait immobiliser une gabare pendant quatre jours. Les riverains aussi cherchaient des ennuis aux mariniers. Ils prétendaient que le chemin de halage mordait sur leurs pâturages, les obligeait à couper des arbres qu'ils auraient pu laisser grandir encore.

En 1867, une tragédie frappa les terres charentaises. Les hommes prononçaient partout, dans les tavernes, au coin des champs, un mot savant : le phylloxéra !

Ainsi nommait-on un champignon parasite qui détruisait les vignobles. Un vent de panique souffla sur les campagnes, semant la ruine, la désolation, le malheur.

Bertrand Figoux faillit se pendre à une des poutres de sa grange, mais son épouse l'en dissuada, lui assurant qu'ils avaient assez de louis d'or de côté pour tenir bon.

Les grands négociants de la région, qui avaient heureusement une solide fortune, s'empressèrent de chercher une solution. Dans les salons de Cognac, on se rassura en misant sur de nouveaux pieds de vigne à acclimater, qui seraient plus résistants à la maladie. Ainsi se répandit une rumeur rassurante : le phylloxéra ne s'attaquait pas à une autre variété de plants américains qu'on allait importer.

Hugo se vit contraint, le commerce des vins se trouvant singulièrement ralenti, de remplir sa cale de charbon, ou même encore de pierres de taille. Cela obligeait Émile et Claude à de grands nettoyages, car leur patron exigeait un bateau propre comme un sou neuf à chaque chargement et déchargement.

Le matelot séjourna à Saint-Simon environ deux jours tous les deux mois, le temps d'assister au baptême de son fils Pierre et de mettre en route une petite sœur ou un petit frère.

Hugo avait loué sa maison du bourg à Catherine et à Claude, car il préférait dormir sur sa gabare lorsqu'il mouillait au pays. Le jeune capitaine, confronté à mille soucis, prit de la maturité et une certaine dureté. Il avait renoncé à revoir sa belle Alexandrine mais, curieusement, se montrait chaste durant les escales. Cette fille aux yeux noirs, à la peau dorée, lui revenait à l'esprit, au cœur, dès qu'il regardait une autre femme.

Il refusait de « s'encanailler », selon les mots de son père défunt, dans les tavernes. Bref, comme disait Claude, le jeune homme menait une vie de moine, ne quittant plus le bord de la *Marie-Flavie*.

Puis vint le printemps 1868, précoce et chaud. Sur les rives du fleuve, les saules doraient leurs chatons duveteux au soleil tandis que les prés, d'un vert vif, s'étoilaient de fleurs jaunes, rouges et violettes.

Hugo, en quittant une nouvelle fois Saint-Simon, éprouva une sensation de griserie qui le surprit. Le jeune homme n'avait plus rien d'un adolescent. Fort, la peau brunie par les étés sur l'estuaire, il offrait au ciel bleu le jeu de ses muscles longs et durs. Sur son torse à peine voilé de quelques poils noirs brillait un médaillon. C'était la première fois qu'il portait ce bijou. Son oncle Colin le lui avait remis, très ému.

— Je l'ai gardé chez moi, tant que je te voyais si malheureux de la mort de notre pauvre François. Il m'avait demandé de te le donner le jour où tu serais un homme pour de bon. Ne le perds pas, Hugo, il y tenait, ton père. C'était le seul portrait de ta mère qu'il possédait...

Hugo, une fois seul, avait ouvert le bijou. Il avait découvert à l'intérieur un petit dessin aux couleurs effacées, représentant une jolie femme brune, dont le regard aussi noir que le sien semblait regarder quelque chose de triste. Il s'était empressé de refermer le boîtier. Sa mère restait et resterait toujours une inconnue, vivante ou morte. Mais, afin de respecter la mémoire de son père, il avait décidé de ne pas quitter le médaillon.

Lorsque la *Marie-Flavie* fut prête à reprendre ses voyages, les flancs bien garnis d'étoupe et passés au goudron, il s'était senti aussi joyeux que le jour du baptême de son bateau.

Louise l'évita à chacun de ses retours. Il prit cela pour un caprice de fillette. Tout le monde savait aussi, à Saint-Simon, combien Bertrand Figoux se rongeait en contemplant son vignoble ravagé par le phylloxéra. Rien de surprenant si son enfant unique en pâtissait.

Hugo pensa d'ailleurs qu'elle avait elle aussi souffert de la catastrophe qui les avait touchés et qu'elle n'osait pas le lui montrer.

Ainsi, en ce mois de mars 1868, Hugo avait rencontré une fois seulement sa « petite Louisette », le dimanche, après la messe. Elle avait encore grandi. Toute mince, sa robe grise légèrement soulevée par des seins menus, celle qu'il aimait comme une sœur avait détourné son beau regard doré en l'apercevant. Ses longs cheveux lâchés sur ses épaules, Louise lui parut une ravissante jeune fille, mais il n'avait pas cherché à l'approcher. Il s'était même dit, amusé :

Bah ! Ma Louisette a déjà quatorze ans. Elle doit rêver de son amoureux, elle se moque bien de son vieux camarade Hugo, à présent !

Et le lendemain, le fleuve l'avait emporté, ses eaux vertes parcourues de frémissements sous le vent du sud.

— Tends la voile, Émile ! Nous irons plus vite, mais gare à ne pas dépasser les bœufs !

Hugo criait ses ordres d'un ton chaleureux, ce qui n'échappa pas à Claude. Sans lâcher sa pipe, il lança à son patron :

— Parole, ça me fait plaisir de te voir d'aussi bonne humeur, Hugo ! Aurais-tu croisé une belle fille derrière le chantier Meslier ?

— Non, hélas ! Par contre, Émile ne peut pas en dire autant !

Le mousse, devenu un grand gaillard de quinze ans, rougit jusqu'aux oreilles. Il avait jeté une ligne, espérant remonter un brochet, et ricana en répondant à son patron :

— Vous avez des yeux derrière la tête, capitaine ! J'ai juste courtisé la Lucienne… Elle m'a donné un baiser, y a pas de mal, non ?

Hugo éclata de rire. Son sang palpitait, soudain plus ardent. Une faim étrange l'habitait. Il la connaissait depuis l'âge de seize ans. C'était l'envie d'une femme. Il se mit soudain à chanter à tue-tête, vite imité par ses acolytes. Le joyeux refrain qu'ils hurlaient en frappant des mains était à chaque voyage prêt à jaillir des lèvres de tous les mariniers.

> *Voilà les gars de la marine,*
> *Quand on est dans les cols bleus*
> *On n'a jamais froid aux yeux*
> *Partout du Chili jusqu'en Chine,*
> *On les r'çoit à bras ouverts,*
> *Les vieux loups d'mer*[1]...

1. Jean Boyer.

9

Alexandrine

Hugo arpentait le quai de Tonnay-Charente. Les hautes voiles blanches de la flotte hollandaise qui venait prendre livraison de sa cargaison d'eau-de-vie se dessinaient sur l'embouchure du fleuve, orangées par le soleil couchant.

Claude et Émile, à sa demande, s'étaient mis en quête d'une bonne auberge où dîner. Une aubaine que les compagnons d'Hugo mettaient sur le compte de l'état satisfaisant de sa bourse. Ils choisirent, après y avoir bu un verre de vin blanc, l'auberge de la Marine. Le mousse, toujours gourmand, s'était enthousiasmé à la vue d'une brochette de poulet, luisante de graisse.

Égayés à l'idée d'une agréable soirée, ils revinrent au port. Hugo surveillait le déchargement des fûts qu'il avait transportés depuis Cognac. Il leur cria :

— Ce sera fini dans une heure, surtout si on leur donne un coup de main. Allez, du courage, après ça, je vous offre un pichet de vin blanc !

Après une rapide toilette, les trois hommes entrèrent enfin dans l'auberge. Hugo, vêtu d'une chemise bleue et d'un gilet noir, attira aussitôt les regards féminins.

Une respectable matrone, assise près de la cheminée, lança en riant :

— Pour un beau mâle, c'est un beau mâle que voilà ou je ne m'y connais plus !

— Comparé au patron, on fait figure de tristes sires, mon pauvre Émile ! plaisanta Claude.

Hugo n'entendit pas. Gêné par le commentaire de la femme, il s'assit à une table, dans un coin tranquille d'où il pouvait observer le reste de la salle. Aussitôt, un regard de velours noir capta le sien, s'en empara et lui fit oublier le brouhaha habituel des auberges. Le jeune homme ressentit une vague de chaleur, un nœud d'émotion au creux de sa poitrine. Ce regard sombre, velouté, il le connaissait...

Une jeune fille s'avança vers leur table d'une démarche souple. Elle portait une robe d'un rouge sombre qui mettait en valeur un corps sculptural. D'une voix à la fois timide et accueillante, elle articula :

— Bonjour, Hugo... Hé, messieurs ? Nous avons de beaux poulets rôtis, ce soir...

Hugo resta muet de stupeur. Alexandrine se tenait devant lui. Il dut reprendre ses esprits afin de ne pas avoir l'air complètement idiot.

— Je vous fais confiance, mademoiselle ! s'écria Claude, ébloui. Nous avons faim et très soif... N'est-ce pas, capitaine ?

Alexandrine eut un sourire tremblant, sans pouvoir quitter Hugo des yeux. Puis elle murmura en tournant les talons :

— Je vous apporte du vin, puisque vous avez si soif !

Claude donna un coup de coude à Hugo.

— Ma parole, tu lui plais ! Cette façon qu'elle a eue de te regarder... On aurait dit qu'elle voyait le bon Dieu ! Elle te connaît ? Comment... ?

Hugo reprit ses esprits. Il passa ses mains sur son visage, puis les baissa. Ses traits paraissaient illuminés d'une joie immense.

— Claude ! souffla-t-il. Cette fille, je la cherchais depuis des années. Elle s'appelle Alexandrine ! Nous étions comme fiancés, du temps que j'étais matelot pour mes oncles. Elle avait quitté Tonnay... Claude, elle est là ! Là, tu entends ?

Les doigts d'Hugo serraient le bras de son ami à lui faire mal. Émile observait la scène sans dire un mot. Jamais il n'avait vu à son patron une expression aussi réjouie.

Alexandrine ne tarda pas à revenir. Elle aussi affichait un sourire éclatant. La jeune fille eut le temps de chuchoter à l'oreille d'Hugo, en posant le pichet de vin sur la table :

— La patronne me surveille. Je finis mon service à minuit.

Hugo fit signe qu'il comprenait. Le jeu des regards brûlants, des frôlements de jupe, des nuances dans la voix dura toute la soirée. Il était tard quand Claude décida de ramener Émile à bord de la *Marie-Flavie*.

— Le gosse a trop bu, patron ! Et moi avec !

— Je vous rejoindrai plus tard... répondit Hugo. Je dois parler à Alexandrine.

Claude lui décocha un clin d'œil entendu, secrètement ravi.

Hugo resta seul à la table. Dans l'angle opposé, quatre convives commençaient une partie de muette. Alexandrine leur servit un pichet de bière, puis s'approcha du jeune homme.

— Vos amis vous ont abandonné ?

— Ils sont partis se coucher. Moi, je n'ai pas sommeil ! déclara Hugo. Je vous ai enfin retrouvée... répondit-il, plus audacieux que par le passé.

Elle se fit grave pour répondre :

— Depuis mon retour à Tonnay, je ne vous ai jamais revu !

— Moi non plus ! À mon avis, nous n'avons pas eu de chance, car ce n'est pas ma première escale. Je suis maître gabarier depuis deux ans. Je vous ai même cherchée à La Rochelle, car votre ancienne patronne, au Navire d'argent, m'a dit que vous étiez partie là-bas…

La jeune fille soupira de soulagement :

— Oh ! Vous m'avez cherchée ! Attendez-moi, surtout, j'ai encore des clients à servir.

Hugo saisit le poignet d'Alexandrine en murmurant, câlin :

— Je ne bougerai pas d'ici. Ensuite je vous raccompagne chez vous. Nous pourrions nous promener, comme avant… La nuit est tiède, une vraie nuit de printemps !

— Chut ! répliqua-t-elle d'un air faussement fâché. Je ne suis pas devenue une fille à marins ! À tout à l'heure…

Hugo la contempla tandis qu'elle circulait entre les tables.

Elle est belle, tellement belle… se répétait-il.

Éperdu, le jeune homme se laissa aller à des rêves enflammés. La romance d'adolescents qui les avait réunis jadis prenait ce soir des allures de passion couvant sous la cendre. Hugo s'imagina embrassant enfin la bouche d'Alexandrine, aux lèvres gonflées, d'un rouge cerise…

Alexandrine lui avait conseillé de sortir de l'auberge un peu avant elle. Hugo, en faisant les cent pas dans la rue obscure, se revit quatre ans plus tôt, guettant près du Navire d'argent l'arrivée de la jeune fille.

Cette fois, elle le rejoignit en courant presque.

— Hugo ! murmura-t-elle. Je suis si contente de vous revoir.

— Et moi donc ! s'écria-t-il. Je ne vous ai pas oubliée. Il y a pire encore, aucune autre femme n'a pu toucher mon cœur ni mon corps depuis tout ce temps !

Alexandrine fronça les sourcils d'un air incrédule.

— Il faut me croire ! J'ai tellement pensé à vous…

Elle le fixa longuement. Un sourire ravi passa sur son beau visage :

— Je vous crois, Hugo, car je pensais à vous, moi aussi, et les autres hommes, du coup, ne me plaisaient plus. Cela me rendait sage.

Hugo la prit par le bras. Il avait tellement espéré ces retrouvailles qu'il lui semblait inutile de feindre. Le désir lui brûlait le corps.

— Alexandrine ! Je me suis senti perdu, trahi, quand vous avez disparu. Et si vite, sans me prévenir !

— Je n'ai pas pu… Ma mère s'est décidée avec tant de hâte. Elle avait rencontré une femme ici, qui lui proposait de reprendre sa clientèle, à La Rochelle. D'abord, je l'ai suivie. J'ai songé à laisser une lettre pour vous au commissaire du port, mais je ne savais même pas votre nom de famille…

Hugo devait se contenir pour ne pas dévorer de baisers l'épaule ronde d'Alexandrine, qui le frôlait parfois. Il lui dit tout bas :

— Au moins, cela m'aurait consolé, cette lettre. Vous savez, j'ai perdu mon père. Je n'ai plus que mes oncles comme famille. Mais je suis capitaine de ma gabare, à présent. Vous viendrez la voir ? C'est un bateau qui m'attire bien des compliments… la dernière œuvre de François Roux, charpentier-calfat !

Alexandrine s'appuya un instant contre lui. Ils marchaient vers l'église.

— Faisons demi-tour ! s'écria-t-elle. Je loge dans une mansarde, sous les toits de l'auberge de la Marine. Je n'ai plus à m'aventurer dans les ruelles sombres…

Il fut ému de l'entendre faire allusion à leur première rencontre, très mouvementée. Tout bas, il lui avoua :

— En fait, ces marins hollandais, si je les revoyais, je leur dirais merci, car ils m'ont permis de vous connaître, Alexandrine. J'ai eu bien des épreuves depuis cette nuit-là, mais votre souvenir m'aidait…

La jeune fille lui prit la main. Leurs doigts se nouèrent, comme pour une promesse. Ils étaient de nouveau devant l'auberge de la Marine.

— Hugo, ne m'en veuillez pas, mais je me lève avant le jour, pour nettoyer la salle. Nous nous reverrons dimanche, je dispose de mon après-midi.

— Nous le passerons ensemble ? demanda-t-il, pressant.

— Oui ! Et nous parlerons plus longuement.

Le jeune homme hésitait. Il se pencha un peu, dans l'espoir d'un baiser. Alexandrine recula vivement :

— Soyez sérieux, je vous en prie ! Et ne venez pas demain. Je préfère attendre dimanche…

Très déçu, Hugo fit oui de la tête. Il ne comprenait pas bien les réticences d'Alexandrine, mais il les respecta.

— Alors, à dimanche… Je serai ici, à cette place, le cœur plein d'espoir.

Elle lui adressa un sourire lumineux avant de pousser une porte étroite qui jouxtait un grand portail.

— Au revoir, Hugo ! Je descendrai à midi. J'aurai de quoi déjeuner.

La nuit parut interminable à Hugo. D'abord, il eut du mal à trouver le sommeil. Ensuite des rêves voluptueux le réveillèrent plusieurs fois. À l'aube, tout son corps tendu de désir et d'émoi, Hugo pensa, surpris :

Je suis amoureux ! Follement amoureux... Je n'ai jamais cessé de penser à Alexandrine, mais depuis que je l'ai revue, c'est différent. Je l'aime.

Il n'avait connu jusqu'alors que des ébats rapides, au hasard des rencontres, dans les tavernes. Catherine avait été sa maîtresse, mais leurs quelques étreintes champêtres ne ressemblaient en rien à l'amour.

Je voudrais fonder une famille ! Ne plus être seul ! Je dois faire ma demande à Alexandrine... Oui, mais pourquoi vit-elle seule, sans sa mère, maintenant. Est-elle vraiment aussi sage qu'elle le prétend ?

Hugo se posa la question franchement, tandis qu'il se rasait et qu'il ne voyait de son visage qu'un angle bizarre, dans le petit miroir du bord.

— Eh bien, patron, tu es matinal ! lança Claude qui s'étirait au soleil. Alors ? As-tu troussé cette belle serveuse ?

Les doigts d'Hugo se crispèrent sur le manche de son coupe-chou. À l'instant, il aurait pu se jeter sur son matelot et l'assommer. Puis, comprenant que son ami usait des plaisanteries habituelles entre mariniers, il s'apaisa.

— Ne parle pas d'elle comme d'une simple fille de joie, Claude ! déclara-t-il cependant. C'est une demoi-selle... et si Dieu le veut, elle pourrait bien être celle que j'épouserai !

— Diantre ! marmonna Claude, je te demande bien pardon, Hugo. C'est du sérieux ! Mais de là à causer mariage, tu la connais à peine !

Le jeune homme se rinça les joues et le cou. Avec un haussement d'épaules, il ajouta :

— J'ai toute ma vie pour la conquérir ! Et du coup, nous resterons à Tonnay deux jours de plus... Le vent n'est pas bon, nous attendrons un peu pour partir sur La Rochelle...

Émile, qui avait entendu, se frotta les mains de soulagement. Les voyages en mer de la gabare ne lui plaisaient guère.

— Moi, patron, je vais vous ramener du poisson, ces jours-ci.

Le mousse souriait. Hugo, attendri, se sentit enclin à la gentillesse.

— Profites-en aussi pour dénicher un chiot. Je n'ai pas tenu ma promesse, et voici deux ans que tu me rebats les oreilles avec ça.

— Merci, patron, merci bien.

Hugo soupira. La discussion le ramenait à ces jours cruels d'octobre 1865, quand il était rentré à Saint-Simon... La mort de son père l'avait tant fait souffrir, à cette époque, qu'il avait refusé d'emmener le chiot offert par l'oncle Colin. Mais la vie avait continué, jusqu'à le ramener vers Alexandrine. Encore quelques heures et il la reverrait...

Alexandrine, après avoir quitté Hugo, avait elle aussi beaucoup réfléchi. Ce beau jeune homme lui plaisait et cela ne datait pas d'aujourd'hui. Mais elle savait au fond de son cœur qu'il lui faudrait poser des conditions s'il lui promettait des fiançailles.

Pourtant, la joie de l'avoir revu, les paroles qu'ils avaient échangées la remplissaient d'espoir et de joie.

Il aurait pu se marier, ou s'engager avec une autre ! Il dit qu'il n'a pas pu m'oublier...

Elle avait fait sa toilette, s'était couchée en gardant une chandelle allumée.

Quand même, songeait-elle, si j'ai quitté La Rochelle, si je suis revenue travailler à Tonnay, c'est en me disant que je le reverrais peut-être... Et quand je l'ai aperçu au fond de la salle, mon Dieu, comme j'étais heureuse. Mon cœur me faisait mal…

Alexandrine s'endormit sans trouver de vraies réponses aux vagues questions qui la tourmentaient.

Le dimanche, à midi, la jeune fille se tenait debout sous la tonnelle de l'auberge de la Marine. En reconnaissant Hugo, elle eut un petit sursaut de nervosité. Lui, ébloui, osait à peine la rejoindre. Alexandrine lui semblait encore plus belle. Vêtue d'une robe très simple de cotonnade bleue, un fichu de dentelle noué sur la poitrine, elle avait natté ses cheveux bruns. Elle tenait un panier d'osier à la main.

Ils se sourirent, un peu gênés.

— J'avais peur de ne pas vous revoir ! dit-elle. Que vous décidiez de ne pas venir !

— Vraiment ? Pour qui me prenez-vous ? J'ai guetté l'heure du rendez-vous avec tant d'impatience.

Alexandrine lui prit le bras.

— Marchons… C'est dimanche, il y a un chemin bien plaisant au bord du fleuve. Nous mangerons sur l'herbe, cela me changera des odeurs de cuisine…

Ils bavardèrent aussitôt comme de vieux amis. Hugo découvrait le plaisir de badiner avec une jolie fille à la vue de tous. Pourtant, quand ils arrivèrent à la sortie de la ville, à l'ombre d'un bois de peupliers, le silence les intimida tous deux.

Hugo se dit qu'ils risquaient de passer la journée en discours futiles. Et de peur de ne plus en avoir le courage, il préféra se jeter à l'eau tout de suite. Sans réfléchir davantage, il lâcha quelques mots, comme si sa vie en dépendait :

— Alexandrine, vous me plaisez beaucoup… Enfin, c'est bien pire, je vous aime ! Je ne pense plus qu'à vous depuis vendredi…

Elle baissa la tête, songeuse. Ses doigts fins serrèrent un peu plus le bras du jeune homme.

— Vous aussi, vous me plaisez ! chuchota-t-elle. Et vous êtes gentil avec ça.

Hugo eut un rire léger, celui du bonheur. Il ignorait jusqu'à présent la douceur du sentiment amoureux, le cœur enivré de la présence de l'autre, l'attente d'un regard, d'un geste encourageant. Soudain, Alexandrine poussa un bref gémissement. Une mèche de ses cheveux s'était accrochée à une tige de ronce.

— Ne bougez plus ! Je vais arranger ça.

Il entreprit de démêler délicatement la chevelure soyeuse. Afin de l'aider, elle se retourna. Leurs visages se touchaient presque. Hugo ferma les yeux pour ne pas se jeter sur cette bouche à demi ouverte, sur la peau satinée et dorée du cou qui l'attirait irrésistiblement.

Alexandrine s'émut de sa retenue. Elle soupira, le souffle plus rapide :

— Hugo ! Moi aussi… je vous aime !

Le chant des oiseaux, la tiédeur de la brise, leur isolement dans la lumière verte du sous-bois… Ni l'un ni l'autre ne résistèrent à ce désir qui les faisait trembler. Ils s'enlacèrent, s'étreignirent. Hugo posa ses lèvres sur celles de la jeune fille et lui donna un baiser passionné. Alexandrine, cependant, ne perdit pas la tête. Doucement, elle se dégagea :

— Continuons la promenade, Hugo ! J'ai envie de marcher. Et j'ai faim…

— Bien sûr ! bredouilla-t-il, haletant. Ce sera plus sage…

— Oui, car je suis une fille sérieuse… Il y en a trop qui me font des promesses qu'ils ne tiendront pas. J'ai l'habitude avec les clients ! À les écouter, ils seraient prêts à m'épouser, mais je dois d'abord leur céder…

— Je ne vous demande pas ça ! protesta Hugo. Un baiser, ce n'est pas si grave.

— Cela peut le devenir… répliqua-t-elle.

Hugo, calmé, reprit la main d'Alexandrine. Elle le regarda avec tendresse. Ils marchèrent ainsi, croisant parfois une famille assise sur l'herbe ou occupée à pousser une voiture d'enfant.

— Je suis orphelin de père et de mère ! murmura le jeune homme. Quand je me marierai, je ferai en sorte d'être souvent à la maison, de protéger ma femme et mes petits…

— En étant gabarier ! s'écria Alexandrine. Je ne vous crois pas. Ces gens-là passent leur vie sur le fleuve… Parfois leurs épouses les accompagnent, ça, on me l'a dit… mais ces pauvres femmes laissent les derniers-nés à la grand-mère et triment du matin au soir… Et puis moi, je n'aimerais pas habiter dans une cale ! J'aime le soleil, porter de jolies toilettes le dimanche et me promener sur la terre ferme !

— Je connais des couples qui sont bien contents de travailler ensemble ! murmura Hugo. Ils ne se quittent pas. Dame, quand on s'aime fort…

La jeune fille posa son panier. Elle éclata de rire et partit en courant. Elle entraîna Hugo dans une course folle, le long d'un chemin. Sous un prunier en fleur, elle s'arrêta.

— Un dernier baiser avant le repas ! chuchota-t-elle.

Hugo l'embrassa d'abord dans le cou, à la naissance des cheveux. Puis il la serra contre lui, cherchant ses lèvres à nouveau.

La jeune fille n'avait pas la force de se libérer. De nature ardente, elle n'était pas insensible au désir qui enflammait Hugo. Mais elle tenta de le repousser quand il commença à l'entraîner vers le sous-bois.

— Aucun homme ne m'aura avant de me passer la bague au doigt ! dit-elle durement. Et je ne sais pas si je veux être la femme d'un gabarier !

Hugo recula, déçu. Il n'était pas un beau parleur. D'autres, à sa place, auraient conté mille sornettes à leur belle, dans l'espoir de la séduire malgré tout.

— Je gagne ma vie sur mon bateau, Alexandrine. Je voulais te parler mariage, aujourd'hui. Si tu refuses de m'épouser à cause de ça, tu me brises le cœur, mais cela ne m'empêchera pas de t'aimer, de rêver de toi. Tu es la première fille à qui je dis ces choses, et la dernière, sûrement. Adieu !

Bouleversé, Hugo avait tutoyé Alexandrine. Elle fit la moue et haussa les épaules. Il s'éloigna, martelant le sol d'un pas lourd. Étonnée de le perdre si vite, Alexandrine demeura un moment immobile. Elle souhaitait seulement le mettre à l'épreuve, mais le jeu n'avait pas duré. Ce fut en contemplant le mouvement souple des épaules d'Hugo, sa nuque large, hâlée par le grand air, qu'elle s'affola. Ne plus l'embrasser, ne plus le toucher, jamais…

— Hugo, attends ! Hugo !

Il ralentit, mais ne s'arrêta pas. Alexandrine se mit à courir. Lorsqu'elle le rattrapa, essoufflée, les joues rouges, il se retourna brusquement et interrogea :

— Tu veux encore te moquer de moi ?

— Non, je t'en prie ! Tu me plais tellement ! Je n'ai jamais ressenti ça, je te le jure ! Ne t'en va pas…

Ils eurent tous deux l'impression d'être liés par la seule force de leur regard. Hugo capitula bien vite. Il s'empara des mains d'Alexandrine et les caressa du bout des lèvres.

— Toi aussi tu m'as dit « tu » ! Cela me fait plaisir... Écoute, ma petite chérie, mon amour, au mois de mai, je reviendrai et nous nous fiancerons. Et si vraiment tu ne veux pas d'un gabarier, ma foi, je suis prêt à me faire charpentier, comme mon père ! Hélas, j'aurai des années d'apprentissage, car je ne suis guère habile à manier la tarière et le ciseau.

La jeune fille se colla à lui :

— Je me moque que tu sois la moitié du temps sur ton bateau, si tu passes le restant avec moi... Et tu me donneras des enfants. Je n'aurai pas le temps de m'ennuyer quand tu seras parti... Nous t'attendrons tous ensemble...

Hugo ne cacha pas son bonheur. Il saisit Alexandrine par la taille et la fit valser, au milieu du pré.

— J'ai jusqu'à ce soir pour te conter fleurette, ma belle ! Profitons-en ! Et sois tranquille, je serai sage...

Il fallut pourtant se quitter. Alexandrine, la bouche meurtrie par les baisers d'Hugo, pleura doucement.

— Alors, demain, tu repars ?

— À l'aube. J'ai du bois de charpente à livrer au Château d'Oléron.

— Et au retour, tu pourrais t'arrêter un peu ?

— Non, ma colombe ! J'ai hâte de rentrer chez moi, à Saint-Simon. Je vais annoncer nos fiançailles à mes oncles. Je livre aussi du sel au port L'Houmeau, à Angoulême. Mais je ne passerai qu'un jour ou deux au pays ! Après, le fleuve me ramènera dans tes bras.

Ils s'embrassèrent encore, cachés sous le porche de l'auberge. Alexandrine hésita. Si elle laissait Hugo monter jusqu'à sa chambre, sous les combles, quel mal y aurait-il ? Elle l'avait jugé. Ce n'était pas un menteur. Et il semblait l'adorer. Mais il l'embrassa avec respect sur le front, comme s'il devinait sa faiblesse.

— Au revoir, Alexandrine. Ce voyage sera le plus beau, grâce à ton amour. Je penserai à toi tous les soirs, tous les matins, à chaque minute. Bientôt, je reviendrai te chercher.

La jeune fille approuva en silence. Une dernière fois, elle serra Hugo dans ses bras, puis disparut dans l'ombre de la cour. Il lui envoya un baiser. Puis, heureux comme un roi, il s'en alla en direction du port.

10

Chagrin d'amour

Le retour à Saint-Simon, par une splendide journée de la fin avril, combla les trois compagnons de
la *Marie-Flavie*. Sur le quai les attendaient plusieurs
femmes du village, qui revenaient du lavoir, poussant
leur brouette de linge humide. En apercevant la voile
de la gabare, elles trouvèrent une bonne occasion de
se reposer un peu.

Colin et Alcide, qui étaient au chantier pour surveiller les réparations de leur bateau, s'empressèrent
de traverser le fleuve afin de saluer Hugo.

La mère d'Émile, qui passait par là, cherchant son
autre fils, adressa de grands signes joyeux au mousse,
debout à la proue. Catherine accourut, prévenue par
une voisine. Elle y tenait, maintenant, à son Claude,
disait-on au bourg. Alourdie par une prochaine maternité, la jeune femme portait sur son bras un bambin
aux joues barbouillées.

Louise aussi était au village, car sa mère l'avait
envoyée à l'épicerie. Aux cris joyeux montant du quai,
elle comprit qu'une gabare accostait. Avant elle se
serait précipitée, mais un sentiment nouveau la pétri-
fiait. Depuis le soir où on les avait surpris, Hugo et

elle, enlacés comme des amants coupables, la jeune fille avait honte.

Il n'y avait pas longtemps, un garçon lui avait fait la cour, le jour de Pâques, et, depuis, son père la surveillait. Tout le monde plaignait Bertrand Figoux, rendu hargneux par la perte de ses vignes, mais on commençait à marmonner qu'il n'était pas le seul dans la région… Comme le répétait Hortense aux autres femmes, à la sortie de la messe :

— Mon mari nous fait payer cher son malheur, à ma fille et à moi ! Il devient à moitié fou ! Maintenant il est toujours chez le père Martin, à lui demander je ne sais quoi… Ce vieux sorcier, qui n'est pas de chez nous, il en connaît des choses ! Le soir des Rameaux, il a tiré un coup de fusil dans notre tas de fumier ! Il paraît que ça empêchera les rats de manger la récolte…

Ce fut à cause des colères de son père, justement, que Louise décida de vite remonter à la ferme, désespérée de ne pas avoir vu Hugo, même de loin. Elle l'aimait toujours autant, mais redoutait de lui causer des ennuis. L'apparition de son amie Lucienne, derrière l'église, changea ses projets.

— Oh ! Louise, où vas-tu ? La *Marie-Flavie* vient d'arriver… Je t'en prie, accompagne-moi, j'ai promis à Émile d'être sur le quai.

Louise soupira, indécise. Les deux filles n'allaient plus à l'école et se voyaient moins souvent. Cela n'empêchait pas les confidences. Ainsi Lucienne avait-elle raconté à son ancienne camarade de classe l'histoire du baiser que lui avait volé le mousse derrière les bâtiments du chantier, le jour du départ…

— Allez, viens donc, Louise ! Et Hugo sera content de te revoir !

— Bon, je te suis… tu as raison !

Elles se prirent par la main et coururent dans la

ruelle pentue, riant aux éclats. Lucienne, brune et ronde, s'arrêta la première, essoufflée.

— Regarde-les ! lança-t-elle d'une voix aiguë. Ils ont déjà débarqué. Oh ! Émile me fait signe ! Tu as vu, il a un chiot...

Louise approuva distraitement. Elle contemplait Hugo, le cœur serré. Il lui semblait plus vieux, plus grand et d'une beauté impressionnante. Ses dents brillaient, car il souriait à tous, ses cheveux noirs entouraient un visage aux traits nets, doré par le soleil.

— Je ne peux pas rester ! chuchota-t-elle à Lucienne. Il y a trop de monde, je leur dirai bonjour une autre fois.

— Tu es trop bête ! s'écria son amie en se précipitant vers Émile. Moi, j'y vais.

Hugo aperçut Louise au moment précis où elle s'éloignait d'une démarche vive. Il la rattrapa sans peine, en quelques foulées.

— Dis donc, Louise, tu n'es pas très accueillante ! Viens m'embrasser, petite sœur !

Les doigts du jeune homme tenaient fermement le bras de l'adolescente qui se retourna, très pâle, en gémissant :

. — Hugo !

— Bien sûr que c'est moi ! Tu me fais un drôle d'accueil, à tourner les talons comme ça !

— Je suis pressée ! mentit Louise. Mon père va être furieux.

Hugo la regarda mieux. C'était toujours la même, certes, mais devenue jeune fille. Tout à sa joie, il ne vit que l'amie de jadis.

— Allons, ne te sauve pas ! J'ai un secret à te dire. Tu seras la première à l'apprendre. Si on marchait jusqu'au Pas du Loup ?

Louise n'eut pas le courage de résister. Elle n'avait

137

pas approché son bien-aimé depuis des semaines, et l'occasion était trop belle.

— D'accord, on y va ! répondit-elle d'un ton encore enfantin.

— Ah ! Je retrouve ma Louisette, gentille et rieuse. Alors, ton père, comment se porte-t-il ?

— Ce n'est pas gai à la ferme. Maman fait des économies sur tout. Papa crie beaucoup. Il a renvoyé ses deux valets, mais je suis là, je travaille dur. Il ne se console pas d'avoir perdu ses vignes.

Hugo, attristé, jeta un œil sur les mains menues de la jeune fille, dont les égratignures, les rougeurs prouvaient qu'elle ne devait pas souvent se distraire.

— Les gros négociants ont confiance ! dit-il. Les nouveaux pieds de vigne importés d'Amérique devraient donner des vins convenables.

Louise écoutait surtout les nuances de la voix de son compagnon, émerveillée d'être seule avec lui, au bord du fleuve. Durant des années, ils avaient discuté ainsi, heureux de leur complicité. Hugo ôta sa veste et la posa sur l'herbe :

— Tiens, installe-toi là, sous notre arbre. Ce que j'ai à t'annoncer est très sérieux.

Elle obéit, pleine de curiosité et d'impatience. Peut-être Hugo allait-il rester au pays plus longtemps cette fois-ci, ou bien… Son cœur s'affola, ses joues s'enflammèrent. Sa mère, le mois dernier, lui avait expliqué qu'à bientôt quinze ans, elle était une vraie femme, en âge de se fiancer.

Soudain, Louise imagina un scénario. Hugo l'avait enlacée, deux ans auparavant, quand il pleurait son père. Là, sur le quai, il l'avait cherchée parmi la foule et entraînée à l'écart. Et s'il l'aimait… S'il avait décidé de se fiancer avec elle, sa Louise. Tête baissée, toute palpitante d'une terrible émotion, elle attendit.

Hugo cherchait ses mots. Embarrassé, il la prit par l'épaule.

— Je ne sais pas comment dire ces choses... Mais tu as toujours été une sœur pour moi. Alors, je crois que tu seras heureuse, quand tu sauras...

Louise respira faiblement, la gorge sèche. Le bras d'Hugo la brûlait, elle rêvait de recevoir un baiser, un vrai baiser d'amour.

— Voilà ! déclara vite le jeune homme. J'ai retrouvé Alexandrine. Encore plus belle qu'avant, si tu la voyais... Grande, brune, des yeux à rendre fou ! Et elle m'aime, Louisette, elle m'aime autant que je l'aime. Nous allons nous fiancer au mois de mai. Cet été, je vous l'amènerai. Je dois la présenter à mes oncles !

Le cœur sur le point d'exploser, Louise fit un effort immense pour ne pas éclater en sanglots. Elle se sentait glacée. Pourtant, Hugo l'entendit répondre, assez rapidement, d'une voix frêle :

— Je suis très contente pour toi, Hugo !

— Et moi donc, si tu savais combien je suis heureux, combien je l'aime, ma belle Alexandrine ! répliqua Hugo.

Chacun de ses mots s'enfonçait dans le cœur de Louise comme autant d'épines. Il ne pouvait pas imaginer sa souffrance, car elle regardait l'eau du fleuve, lui tournant un peu le dos. Il n'avait même pas perçu la tension de sa voix, ce léger tremblement provoqué par le chagrin.

— Tu verras, toi aussi tu l'aimeras, Louisette. Elle deviendra une grande sœur. Je pensais justement, en quittant Saint-Simon le mois dernier, qu'il était temps de me marier. Et le destin m'a redonné Alexandrine, la seule femme que je voulais !

Louise resta muette. Le bonheur d'Hugo aurait pu

la réjouir, s'il avait été un véritable frère de sang ; or il n'en était rien. Elle l'aimait sincèrement et se voyait dépossédée, en un instant, de son espoir le plus cher et le plus ancien : devenir son épouse devant Dieu.

— Je dois rentrer à la ferme ! murmura-t-elle. Je dirai la nouvelle à mes parents…

Le jeune homme, pressé de fêter son retour au bourg, et surtout de parler à ses oncles, se leva avec entrain, indifférent au désarroi de son amie.

— Viens, je te raccompagne jusqu'à l'église, ma petite Louise, au cas où un bandit du genre d'Émile te chercherait des ennuis.

— Non, ce n'est pas la peine, Hugo. Je vais prendre le chemin du logis. Cela me rallonge, mais j'ai envie de marcher. Il fait si bon.

Louise réussit à sourire. Hugo, ennuyé de la laisser seule, hésitait à s'éloigner.

Gentiment, il lança :

— Eh bien, au revoir, Louisette ! Tu sais, tu es très jolie…

— Merci…

Ce n'était qu'un murmure. Ils se séparèrent au Pas du Loup, ce lieu témoin de leur longue amitié. Louise grimpa le sentier, n'ayant qu'un désir, se retrouver seule pour pleurer à sa guise.

— Je ne l'épouserai jamais ! balbutia-t-elle, en larmes. Pour lui, je ne suis qu'une enfant, une petite sœur. Il ne pense plus qu'à son Alexandrine… Mon Hugo…

Ce prénom étrange d'Alexandrine la hantait. Cent fois, Louise le répéta, incrédule. Quoi ? Hugo était parti, et pendant qu'elle, folle d'amour, travaillait aux champs ou au potager en attendant son retour, il revoyait cette fille, il la demandait en mariage…

Lucienne et Émile, tenant le chiot au bout d'une

ficelle, se promenaient sur le coteau. Ils crurent entendre un bruit de sanglots et s'arrêtèrent, inquiets. Ils firent encore quelques pas pour découvrir Louise, couchée de tout son long au milieu du chemin et pleurant à perdre haleine...

— Mais qu'est-ce que tu as, ma mie ! s'écria Lucienne alarmée.

— Je suis tombée ! bredouilla la jeune fille. Laisse-moi, j'ai mal, ça passera !

Émile approcha doucement. En l'apercevant, debout près d'elle, Louise se redressa, un peu agressive :

— Ce n'est rien, je vous dis ! Laissez-moi donc !

Et toute rouge, le nez et les yeux tuméfiés par le chagrin épanché sur l'herbe de sa terre natale, elle s'en alla, courant presque.

Ce fut sa mère qui la consola, soupçonnant la nature de son mal. Hortense coucha sa fille, bassina ses tempes. Au fond, elle se demandait pourquoi le retour d'Hugo la bouleversait autant.

— Là, ma petite, tu t'es mise dans un bel état ! Si tu pleures pour un homme, tu n'as pas fini ! Allons, calme-toi...

Mais dès le lendemain, à la sortie de la messe à laquelle Louise n'assista pas, étant toujours alitée, la femme de Bertrand Figoux comprit ce qui se passait. On parlait beaucoup d'Hugo Roux et de sa future, une belle serveuse de Tonnay-Charente. Hortense, de retour à la ferme, fit celle qui ne savait pas.

Cependant, à partir de ce moment-là, elle décida d'étudier l'allure des garçons du coin en âge de se marier, et de se renseigner sur les parents de ces éventuels partis. Il fallait à Louise un prétendant capable de lui faire oublier Hugo, mais c'était une mère avisée ;

ce dernier devrait avoir « du bien », afin d'assurer à sa fille une existence convenable.

— Alors, comme ça, tu as une promise ? s'écria Colin, les sourcils froncés.

Hugo hocha la tête d'un air triomphant, puis servit un verre de vin à son oncle. Ils étaient attablés à l'auberge du Bouif, face à face.

— Et cette fille, est-elle sérieuse ? Enfin, tu me comprends, une serveuse… À Tonnay !

— N'en dis pas plus ! protesta le jeune homme. Ma fiancée ne ressemble pas à ces femmes faciles que l'on croise sur les quais. Et d'ailleurs je la connais depuis des années. C'est cette jeune fille que j'avais défendue contre des marins hollandais…

Colin soupira un peu trop fort. Hugo, agacé par les sous-entendus et le manque d'enthousiasme de son oncle, ajouta :

— Quand tu la verras, tu changeras d'avis ! Une beauté, et gentille, travailleuse. Le mois prochain, à mon retour ici, je ferai aménager la cale de la gabare. Une cuisine, une chambre. Claude et le mousse prendront mon abri à l'arrière du bateau.

— Cela te coûtera cher, Hugo ! Si ton père était là, je ne dis pas, mais…

— Il n'y a pas de mais ! Si Alexandrine accepte de vivre à bord, je travaillerai le double, mais nous aurons ce qu'il faut.

Ils se turent un instant, l'un et l'autre mécontents. Hugo porta par habitude sa main au médaillon qui ornait sa poitrine.

— Colin, ne te fais pas de souci pour moi. Je vais me marier. Quoi de plus normal ! Il me faut une femme. Et celle-là, je l'aime comme un fou…

Le lendemain, Hugo repartait en direction du port L'Houmeau, un quartier très animé de la basse ville d'Angoulême, où il devait prendre livraison d'une importante cargaison de pièces de canon.

Louise vit passer la gabare. Assise au bord du quai, les larmes aux yeux, la jeune fille observa la silhouette de son bien-aimé, qui se tenait à l'arrière du bateau, appuyé au gouvernail. Elle ne fit pas un geste pour attirer son attention. Cela n'aurait servi à rien puisque, dans deux mois au plus tard, Hugo épouserait Alexandrine. Elle se sentait résignée, vaincue.

— Je ne t'oublierai jamais, Hugo ! murmura-t-elle seulement. Sois heureux…

Hugo aurait voulu descendre le fleuve bien plus rapidement, mais il devait se plier aux haltes habituelles, aux tracasseries des éclusiers. De surcroît, après Cognac, il eut affaire à des hommes pour le halage. Ceux-ci demandaient un salaire exorbitant.

— Eh ! patron ! lui lança Émile dès le premier soir, si vous continuez à traiter les haleurs de flemmards et de voleurs, ils vous laisseront en plan… C'est qu'elle pèse, la *Marie-Flavie*, avec toute cette fonte dans son ventre.

— Il suffirait d'un peu plus de vent ! hurla Hugo. Nous n'avons pas pu hisser la voile, tu parles d'une poisse !

Claude, songeur, se contenta de hausser ses larges épaules. Il regrettait d'avoir laissé une fois encore sa Catherine prête à accoucher. Mais Hugo semblait enragé, à cause de cette fille brune dont il se languissait. En vérité, le matelot regrettait un peu l'époque où l'amour semblait être le dernier souci à bord.

Pendant le repas, Émile poussa de gros soupirs. Entre

les deux hommes manifestement d'humeur morose, il s'ennuyait ferme. Lui, il aimait causer et blaguer. Il marmonna, malicieux :

— Alors, patron ! Prêt pour le mariage ?

Hugo regarda son mousse avec amitié. Voilà un sujet dont il ne se lassait pas.

— Au mois de juin, gamin ! D'ici là, je vais faire arranger la cale. Alexandrine aura un bon lit et une cuisinière.

— Ah ça ! ricana Émile. Le lit servira plus souvent que la cuisinière...

Claude lâcha sa pipe et grogna :

— Écoutez-le, ce mioche, il nous donnera bientôt des leçons ! On dirait qu'il connaît les femmes mieux que nous autres...

Émile se redressa fièrement. Son visage rond, semé de taches de rousseur, s'empourpra :

— Tiens, la Lucienne et moi, on est de bons amis. Même que ça n'a pas plu à Louise, de nous voir ensemble !

Hugo, qui allait mordre dans sa tranche de pain, pouffa.

— Quel petit coq ! Je ne crois pas que tu sois du goût de Louise, Émile.

— C'est à prouver ! s'écria le mousse. Pourquoi donc elle pleurait si fort, hier, sur la colline. Même qu'elle était couchée dans le chemin, à gémir comme si elle souffrait du petit mal[1].

— Hier, dis-tu ? interrogea Hugo. Je l'ai laissée au Pas du Loup, elle ne semblait pas malheureuse...

Claude jeta à son ami un regard étrange. Le matelot aurait parié que la jolie petite Louise était amoureuse de son patron. Il se garda bien de donner son avis.

_____

1. Épilepsie.

Hugo se leva et alla se pencher sur son livre de comptes, mais les paroles d'Émile l'obsédaient. Il imagina sa Louisette en larmes, en chercha la raison avant de conclure :

Bah ! Un caprice de gosse. Son père lui mène une drôle de vie, aussi...

Hugo, pressé de rejoindre Tonnay, oublia vite le mystérieux chagrin de Louise. Au bout du voyage l'attendait Alexandrine. Il en rêvait tout éveillé et, souvent, effleurait du bout des doigts, au fond de sa poche, un minuscule coffret qui contenait une bague. Le bijou l'unirait à sa fiancée, mieux que des serments.

11

Le médaillon

Enfin, ils aperçurent Tonnay, le fleuve élargi, aux eaux souples, profondes. Le vent soufflait de l'ouest, apportant les parfums iodés de l'océan. Dès que la gabare se retrouva à quai, Hugo fit une grande toilette et laissa Claude et Émile veiller au débarquement de la cargaison.

Le jeune homme courut presque jusqu'à l'auberge de la Marine. Alexandrine servait un couple assis sous la tonnelle.

En apercevant Hugo, elle porta une main à sa poitrine, ses joues s'enflammèrent. Elle fit un détour pour lui souffler à l'oreille :

— Bonjour, matelot ! À ce soir, sous le porche. Il y a un banquet, je ne viendrai pas avant minuit.

— Bonsoir, ma belle ! Je t'adore ! répondit-il tout bas.

Maintenant, il leur fallait attendre. Alexandrine s'affaira près de la cheminée, et des fourneaux aux tables, en riant de joie. Pas un instant elle n'avait douté du retour de son amoureux, mais on racontait tant de choses tragiques sur les gabariers. Des bateaux s'échouant, des patrons noyés, pris au piège des eaux pendant les crues.

Même si le temps restait beau et le fleuve, tranquille, combien de fois avait-elle tremblé pour son fiancé... Quant à Hugo, il retourna à bord de la *Marie-Flavie*. Assis à la proue, il repassa cent fois l'image de sa belle, rose d'émotion en le voyant apparaître.

— Si vous l'aviez vue ! conta-t-il à ses compagnons. J'ai cru qu'elle allait tomber raide de bonheur ! Ses yeux brillaient, elle respirait fort. Et jolie à perdre la raison...

— Tu ne fais rien à moitié ! se moqua Claude. Pendant des années, monsieur ne regarde pas une fille, et puis le voilà tremblant et nigaud à souhait, sous le regard de sa belle !

Émile pouffa. Il avait jeté une ligne et il guettait le bouchon de bois rouge qui flottait, agité par le vent.

— Votre promise, faudra l'inviter à souper sur le bateau. Si son père veut bien... Ah ça, vous n'en avez pas causé ! Vous n'avez pas encore demandé sa main aux parents ?

Hugo balaya la remarque d'un grand geste.

— Alexandrine m'aime ! Et je pense être un honnête homme, je gagne mon pain. Son père est mort, sa mère sera bien obligée de m'accepter, même si je sais qu'elle n'aime pas les gabariers... Eh, quelle heure est-il, moussaillon ?

— Il ne fait pas encore nuit, mais la lune se lève ! Patience, patron, patience...

Pour tuer le temps, Hugo revint s'installer sous la tonnelle de l'auberge de la Marine. Il commanda du vin blanc que sa serveuse préférée apporta en souriant d'un air ravi. Enfin, le clocher de l'église sonna minuit. Alexandrine quitta la salle, enveloppée d'un châle de coton fleuri.

— Viens, allons faire un tour ! La patronne ne te perd pas de vue, elle est tellement curieuse…

— Eh bien, il fallait lui dire que je suis ton galant ! La jeune fille passa son bras sous celui d'Hugo.

— Je le lui dirai demain. J'avais hâte de te retrouver. Il fait si bon…

Hugo se pencha vers Alexandrine et l'embrassa dans le cou. Elle sentait une discrète odeur de lavande à laquelle se mêlaient des relents de fumée et de friture.

— J'aime le vent du soir ! soupira-t-elle. Il me parle des îles lointaines, du grand large. Dis, Hugo, tu m'emmèneras sur la mer ?

Il la prit par la taille, la serra contre lui.

— Nous irons jusqu'à Saint-Martin-de-Ré, en lune de miel. Tous les deux. Tu verras, je te ferai une vie d'aventure, ma chérie…

Des projets plein la tête, de l'amour plein le cœur, le désir au ventre et l'envie impérieuse d'être toujours ensemble, ils se sentaient comblés et partis pour un avenir radieux.

Ils marchèrent longtemps, étroitement enlacés. Ils croisaient parfois des marins pris de boisson qui apostrophaient la jeune fille. Hugo leur montrait le poing.

— Allons, calme-toi ! murmura-t-elle. Ils ne sont pas méchants. Tu es le seul pour moi, sais-tu ? J'ai rêvé de toi toutes les nuits.

Hugo s'aperçut qu'ils étaient revenus devant l'église. Ils s'assirent sur les marches, à l'abri du grand porche. Le lieu lui sembla paisible. Alexandrine le regarda. Son visage, baigné par la clarté étrange de la pleine lune, parut à son fiancé d'une beauté irréelle. D'un doigt, il effleura son front, son nez, sa bouche. Puis il sortit de sa poche le petit écrin en cuir.

— Tiens, mon amour ! C'est pour toi !

— Vraiment ? Oh ! Hugo ! Qu'elle est belle…

Alexandrine contemplait la bague en argent, ornée d'une pierre bleue.

— Mais cela a dû te coûter bien cher ! souffla-t-elle.

— Rien n'est trop beau pour celle que j'aime !

La jeune fille passa la bague à son doigt, éblouie. Hugo se mit à rire, charmé de la voir si heureuse. Soudain, elle se jeta à son cou et quémanda un baiser. Leurs lèvres se trouvèrent aussitôt, douces, câlines, bientôt avides.

— Viens chez moi… bredouilla Alexandrine.

— Tu es sûre ? demanda-t-il. Je ne peux pas promettre d'être sage si je suis seul avec toi… dans ta chambre !

Ils montèrent un escalier exigu et sombre. Précédant Hugo, Alexandrine, une chandelle à la main, lui fit signe de ne pas faire de bruit. Au second palier, elle murmura :

— Mes patrons dorment ! Il ne faut pas les réveiller.

Lui, la bouche sèche tant il était ému, approuva. Deux étages plus haut s'ouvrit la porte du paradis.

— Voici ma chambre ! dit-elle, les yeux baissés. Jamais un homme n'y est entré…

Hugo découvrit une petite pièce curieusement aménagée. De larges tentures aux motifs orientaux cachaient le plâtre, sûrement délabré, des murs. Le parquet disparaissait sous des fourrures blanches, qui semblaient bien usées. La cheminée, bâtie en briques, supportait un chandelier à six branches, garni de bougies, et une statuette de lion.

— J'achète ces choses dans la boutique d'un usurier qui les récupère auprès des marchands étrangers. Comme ça, j'ai l'impression de voyager, moi aussi.

Mets-toi à ton aise, je vais faire un brin de toilette, car j'ai l'impression de sentir la mauvaise cuisine !

Gêné, Hugo vit Alexandrine passer derrière un paravent. Des clapotis, un bruit de linge froissé le mirent dans un état proche de la fièvre. Il quitta sa veste, ses chaussures. Ce n'était pas la nuit de noces qu'il avait tant de fois déjà imaginée, cependant le désir lui brûlait le ventre.

Il aurait été incapable de repousser l'instant de posséder Alexandrine. Il rejeta le souvenir de quelques sermons du curé de Saint-Simon. De toute façon, ils allaient se marier, alors un peu plus tôt, un peu plus tard, où était le mal ?

— Ah ! Je me sens mieux ! déclara la jeune fille en surgissant devant Hugo, sa peau mate encore nacrée par l'eau de la toilette.

— Que tu es belle, mon Dieu !

Elle s'immobilisa, rougissante. Ses longs cheveux bruns ruisselaient sur ses épaules dénudées : elle ne portait qu'un bustier de coton blanc et un large jupon. Sa gorge se soulevait rapidement chaque fois qu'elle respirait, un peu trop vite.

— Tu es le premier, je le jure !

— Je te crois, Alexandrine, et tu fais de moi l'homme le plus heureux de la terre. Viens ! N'aie pas peur...

Hugo était assis au bord du lit, sa voix d'habitude ferme et grave exprimait une sorte de timidité. Il posa sa joue contre le ventre de la jeune fille, restée debout, et lui enlaça la taille.

— Je serai le plus fidèle des époux, Alexandrine ! Je te chérirai, je te protégerai. Si tu ne te plais pas à bord de mon bateau, je deviendrai marchand, pour te couvrir de belles choses.

— Chut ! fit-elle en se penchant.

Il délaça son bustier, découvrant les seins ronds et un peu lourds. Puis il balbutia :

— Ne te moque pas, mais je n'ai jamais vu une fille nue. Avant d'être à mon compte, j'étais matelot sur la gabare de mes oncles. Je n'ai connu que des compagnes d'un soir, dans les ports. Tu comprends. Toi, c'est différent, je veux tout voir, tout savoir, tout apprendre de toi...

Alexandrine gémit faiblement lorsqu'il ôta, avec maladresse, le bustier et le jupon. Les doigts tremblants, il caressa la culotte blanche au liseré de dentelle qui partait de la taille et descendait aux genoux.

— Viens ! lui dit-il en lui faisant signe de s'allonger. Tu frissonnes ! Pourtant, il fait très chaud.

— Je t'aime, Hugo ! Tu ne me feras pas mal, dis ?

— Oh non, n'aie crainte... Je serai plus doux que le vent du printemps, ma beauté !

Hugo se déshabilla en hâte. Malgré son angoisse, la jeune fille admira le jeu de ses muscles. Elle tendit une main pour toucher sa poitrine assombrie par une toison drue et bouclée. Ils s'embrassèrent, affolés par le contact de la peau de l'autre, tiède et satinée, découvrant du bout des doigts des sensations qui irradiaient leur corps.

Alexandrine se détendait, rassurée par la tendresse impatiente de son fiancé. Il la couvrait de baisers légers sur la gorge, la nuque, le ventre, les cuisses. Répétant souvent, dans un souffle :

— Tu es si belle, tellement belle ! Et à moi, tout à moi.

— Oui... à toi, tout entière !

Hugo n'en pouvait plus. Il se glissa sur Alexandrine dont les grands yeux noirs brillaient d'impatience. Soudain, le médaillon que le jeune homme n'avait pas enlevé vint danser sur la pointe d'un sein.

— Oh ! pouffa-t-elle. Tu me chatouilles.

— Attends, je vais me débarrasser de ça.

Alexandrine saisit l'occasion pour marquer une pause et reprendre un peu ses esprits. Elle se sentait assaillie de sensations délicieuses et voulait en profiter pleinement. Pour bien marquer ce moment qui devait rester un souvenir exquis, elle avait besoin de reprendre conscience de la réalité. Elle s'assit, taquine et provocante, et examina le bijou d'un air faussement suspicieux. Elle demanda d'une voix veloutée :

— C'est une de tes conquêtes qui te l'a offert ?

— Non ! Il appartenait à mon père. À sa mort, un de mes oncles me l'a donné.

Alexandrine le regarda, attendrie. Elle tournait le médaillon entre ses doigts.

— Tu as vu, il y a un coquelicot et des marguerites gravées. C'est joli... Oh ! on peut l'ouvrir !

Hugo fit oui de la tête, amusé par la mine curieuse de sa fiancée. Il profita de la diversion pour la contempler, admirant une fois encore la perfection de ses formes. Il vit ainsi sursauter le beau corps abandonné, tandis qu'un cri étouffé s'élevait dans la chambre.

— Qu'est-ce que tu as, Alexandrine ? demanda-t-il, inquiet.

Elle le fixait d'un air égaré. Puis il crut entendre ces mots bizarres :

— Ma mère, Hugo, c'est ma mère ! Où as-tu trouvé ce médaillon ? C'est le portrait de maman.

L'instant précieux du désir lancinant et du plaisir partagé se changea brusquement en minutes de cauchemar. Hugo cherchait à comprendre, sans y parvenir. Que venait de dire Alexandrine ? Pour quelle obscure raison lui parlait-elle, surtout en un pareil moment, de sa mère ?

— Tu te trompes sûrement ! bredouilla-t-il, saisi

d'une vague crainte. Ce dessin représente ma mère, mais je ne l'ai pas connue.

Alexandrine avait saisi son châle pour se couvrir. Sa nudité lui semblait brusquement insupportable.

— Enfin, que t'arrive-t-il ? cria Hugo.

— Chut ! Moins fort ! Il m'arrive que tu portes à ton cou le portrait de ma mère, Marie-Flavie. Dis, a-t-elle été ta maîtresse ?

— Es-tu devenue folle ? Ma propre mère ! Ne l'insulte pas ! D'accord, elle s'appelait aussi Marie-Flavie, mais ça ne veut pas dire qu'il s'agit de la même personne.

— Mais je te dis que c'est ma mère ! Il n'y a pas deux femmes comme elle. Je ne peux pas me tromper !

Alexandrine tremblait de stupeur. Hugo voulut la prendre dans ses bras. Elle recula, farouche, en bégayant :

— Tu me dois des explications. Laisse-moi me rhabiller. Ne me touche plus, Hugo ! D'abord, je veux comprendre.

Hébétés et désarmés, ils sentaient confusément la gravité de ce moment et de cette découverte inattendue.

Tous deux se vêtirent en silence. Comme au milieu d'un mauvais rêve, Hugo crut réentendre la voix du forgeron Antoine :

« Ta mère habitait Tonnay. Elle était couturière de son état. Va voir rue de la Fontaine. »

Il regarda la jeune fille qui pleurait doucement. La vérité lui sembla soudain très simple. Il suffisait pour l'établir de poser deux questions…

— Dis-moi, Alexandrine, ta mère, que fait-elle, comme métier ? Et où logeait-elle ?

— Maman est couturière. Nous avons vécu un moment rue des Fours, puis rue de la Fontaine.

— Mon Dieu ! cria Hugo. C'est bien ça ! Mais alors… !

Alexandrine renifla. Elle se tenait près de la fenêtre, observant Hugo comme s'il s'agissait d'un inconnu.

— Comment ça, je serais donc ta sœur ? Quelle horreur ! Hugo, qu'avons-nous fait ?

— Écoute, ce n'est pas la peine de nous fâcher. Il y a sûrement une explication. J'ai eu tort, moi, de ne pas te parler plus tôt de ma mère. Je l'ai toujours crue morte à ma naissance, car c'est ce que mon père m'avait dit. Mais il y a deux ans, ici, à Tonnay, un homme m'a affirmé que ma mère était vivante, qu'elle avait habité rue de la Fontaine… qu'elle était couturière. Je n'ai rien compris, tu sais, même quand une vieille femme m'a confirmé les paroles de cet Antoine…

— Le forgeron ? demanda Alexandrine comme pour appuyer la triste vérité.

— Oui, le forgeron. Je suis rentré chez moi, avec l'intention d'interroger mon père. Hélas, il était déjà enterré. Je ne saurai jamais pourquoi ma mère m'a abandonné. Et de qui tu es la fille…

Alexandrine se rapprocha. À présent, elle croyait Hugo, ce qui ne l'empêchait pas d'être brisée par le chagrin.

— Alors, tu serais mon frère ? fit-elle, en larmes. Maman m'aurait mise au courant, quand même. Elle n'avait pas le droit de me cacher ton existence. Nous avons failli commettre un péché terrible, Hugo ! Non, ce n'est pas possible…

Le jeune homme releva la tête et la dévisagea. Ces yeux noirs, cette bouche, cette chevelure, comment n'avait-il pas vu auparavant la ressemblance frappante entre Alexandrine et le portrait du médaillon fatal.

— Oui, je suis ton frère et nous allions coucher

ensemble, à cause d'elle. Quand je pense que j'ai baptisé mon bateau la *Marie-Flavie* ! Je la hais, tu m'entends ! D'abord elle laisse mon père seul, ensuite elle m'enlève la femme que j'aime... car je t'aime, Alexandrine ! Je te voulais et je me fais horreur ! Tu m'entends ? Je me fais horreur !

Alexandrine se tenait tout près d'Hugo.

— Ta gabare porte le nom de ma mère ! Moi qui n'ai pas voulu aller sur le quai.

Hugo faillit la repousser, car elle lui touchait les cheveux.

— Que fais-tu ? C'est fini, nous ne serons jamais amants.

— N'aie crainte ! Je cherchais la dernière preuve. La tache que tu as là, sous l'oreille, au creux du cou. Regarde, j'ai la même.

Hugo, stupéfait, vit la jeune fille relever sa lourde chevelure. Le côté de son cou était marqué comme lui d'une plaque brune.

— Je tiens ça de papa, paraît-il ! murmura-t-elle. Il est mort quand j'étais toute petite. Hugo ! Tu es vraiment mon frère... Nous avons la même mère, et apparemment le même père !

Ébranlés par cette soudaine révélation, épuisés par leur désir si brutalement interrompu, perdus dans leurs sentiments et atteints dans leur cœur, ils ne savaient plus que penser. C'était comme un puzzle hallucinant dont ils essayaient d'agencer les morceaux, tout en redoutant la scène reconstituée qu'ils allaient découvrir.

Alexandrine se jeta sur son lit et sanglota sans bruit. Hugo, anéanti, l'écouta pleurer pendant plus d'une heure. Il se sentait trompé, humilié. Ainsi François Roux l'avait élevé dans le pire des mensonges. Et autour du charpentier, sans doute, tout le monde avait menti. Ses oncles, sa grand-mère, les gens du bourg.

Cette nuit-là, révolté, dégoûté, il fit le serment de ne plus jamais retourner à Saint-Simon.

Hugo et Alexandrine parlèrent jusqu'à l'aube, couchés côte à côte, en se tenant par la main. Il lui raconta son enfance à Saint-Simon, et, peu à peu, ses propres mots le réconfortèrent.

— François, mon père, je sais qu'il m'a aimé de tout son cœur. Je ne manquais de rien. Il me gâtait, pourtant l'argent ne tombait pas du ciel. Quoi que j'apprenne, il restera mon seul père. Celui qui m'a élevé !

Alexandrine, elle, tenta d'évoquer leur mère, la mystérieuse Marie-Flavie.

— Maman pleurait souvent, dès qu'elle posait sa couture. Elle n'était pas très affectueuse, mais douce, gentille. J'ai grandi dans le silence, pas une chanson, pas un rire. À seize ans, j'ai cherché une place de serveuse, car j'avais besoin de voir du monde, de bavarder. Maman me l'a reproché. Ensuite, elle est partie vivre à La Rochelle, comme tu le sais. Quand j'ai décidé de revenir ici, elle a protesté, mais j'ai tenu bon. J'étouffais là-bas, et puis je voulais te revoir.

— Et cela ne l'inquiétait pas de te savoir seule à Tonnay ! Vrai, quelle mère…

— Mais si ! Je dis qu'elle a protesté, mais en fait, elle était très malheureuse. Elle m'a même supplié de rester à La Rochelle. Moi, j'avais envie d'être libre, d'aller danser au bal, le dimanche…

L'aurore blanchissait la lucarne lorsque Hugo se leva. Alexandrine recommença à pleurer.

— Mais qu'est-ce que je vais devenir ? dit-elle en suffoquant. Je t'aimais tant et j'étais si fière de me marier. Tu me manques déjà ! Ah ! pourquoi es-tu mon frère ? Maudit soit le sort ! J'aurais préféré ne jamais te rencontrer, je voudrais mourir…

Hugo haussa les épaules. Durant la nuit, lui aussi avait versé des larmes sur ses rêves écroulés.

— Ma petite sœur ! Je ne t'abandonnerai pas, tu peux en être sûre. Et un jour, belle comme tu es, je sais que tu en épouseras un autre.

Alexandrine sanglota plus fort.

— C'est toi que je voulais, toi, toi seul. Hugo, allons à La Rochelle. Maman nous dira la vérité. Si tu n'étais pas mon frère, après tout ? Elle a pu m'adopter ? Dis, si nous pouvions quand même nous marier…

— Tu oublies cette tache que nous avons tous les deux sous l'oreille, sur le cou ! Pourtant tu as raison, nous irons à La Rochelle le mois prochain, quand j'aurai livré mon marchand d'Ars-en-Ré.

La jeune fille se pendit à son cou. Avec douceur, elle embrassa Hugo sur les joues.

— Reviens vite, je t'en prie. Une chose ne changera pas, c'est mon amour pour toi. Je n'ai pas le droit de te désirer, mais je suis libre de te chérir.

Lésé dans son cœur et frustré dans sa chair, Hugo n'eut pas le courage d'affronter les questions et les joyeuses plaisanteries de ses compagnons. Émile et Claude l'accueilleraient avec des mines réjouies, voire goguenardes, il ne le supporterait pas. Il décida de se promener aux alentours de la ville, afin de trouver un peu de paix intérieure. Cela fut inutile. Une mauvaise rage contre sa mère bouillonnait au fond de son cœur.

Ne sachant pas les raisons de sa conduite, il la jugea infidèle et coupable. Enfin, à midi, le ventre creux et l'esprit agité de mille pensées, il remonta à bord de la *Marie-Flavie*.

Le mousse lavait le pont à grande eau. Claude faisait cuire des poissons. Le chiot aboya en voyant apparaître Hugo.

— Tais-toi, Finaud ! Tu me casses les oreilles.

La voix de leur patron et ami intrigua les deux hommes. Le ton rude, sifflant, ne présageait rien de bon. Aussi jugèrent-ils préférable de se taire.

Émile étudia la physionomie d'Hugo et, songeant à une querelle d'amoureux, marmonna seulement :

— Le repas est prêt, si vous avez faim, patron !

— Nous partons demain sur Ré et Oléron ! répondit Hugo sans lever les yeux.

Claude protesta :

— Les gars d'ici m'ont conseillé d'attendre. La mer est forte, qu'ils disent. Voyons, Hugo, je suis père de famille, je n'ai pas envie de couler au large de La Rochelle.

— Eh bien, je trouverai un autre matelot ! s'emporta le jeune homme, furieux. Et si tu as peur toi aussi, Émile, je peux même me passer de mousse.

Un silence pesant suivit le coup de colère d'Hugo. Ils mangèrent sans plaisir, en évitant de se regarder. Claude déclara, une fois sa pipe allumée :

— D'accord, je reste. Pas question qu'un autre type que moi touche au gouvernail de cette gabare. Et tant pis pour la Catherine ! Si elle devient veuve, je parie mon béret qu'un autre me remplacera vite.

Émile ajouta en riant :

— Moi pareil. J'ai point de femme, mais je nage mieux que le patron. Alors, en cas de coup dur, je le repêcherai, un hameçon piqué aux fesses.

Hugo ne put s'empêcher de sourire. Ému de la patience et de la loyauté de son équipage, il soupira :

— Je vous demande pardon. Ce n'est pas votre faute. Mais je ne peux plus me marier. On en parlera plus tard…

Claude et Émile se posèrent bien des questions. Soit, la noce ne se ferait pas, pourtant Hugo repoussa le départ de trois jours, allant tous les matins et certains soirs en ville. Certes, il n'avait pas la mine d'un galant comblé, plutôt un air torturé qui les tracassait. Le matin du départ, ils poussèrent un soupir de soulagement. Le patron avait retrouvé un peu d'entrain.

En naviguant voile déployée vers l'île de Ré, Hugo annonça soudain :

— Le mois prochain, je dois me rendre à La Rochelle avec Alexandrine. Nous irons en diligence. Pendant ce temps, vous mouillerez à Rochefort. Six jours de congé, avec consigne de surveiller le bateau.

Claude lança un oui hésitant. Selon lui, Hugo perdait la tête à fréquenter cette serveuse. Le matelot prêta à Alexandrine, bien à tort, un tempérament capricieux, propre à transformer en idiot un homme sain et aimable, mais il garda ses opinions pour lui.

12

Le secret de Marie-Flavie

Hugo n'était pas habitué à se déplacer dans un véhicule à roues, de plus tiré par des chevaux. Assis à côté d'Alexandrine, il regardait le paysage défiler derrière la vitre.

— Je préfère voyager sur l'eau, cela secoue moins ! constata-t-il.

— Sans doute… répondit tristement la jeune fille. Mais le mieux, m'a-t-on assuré, c'est le chemin de fer !

Le frère et la sœur, réunis par un destin cruel, ne pouvaient pas encore imaginer que ces voies ferrées, dont le tracé commençait à s'étendre à travers la France, signeraient un jour l'arrêt de mort du transport fluvial.

— Je n'ai pas écrit à maman ! déclara soudain Alexandrine. Elle va être surprise de me voir.

— Tant mieux, elle n'aura pas le temps d'inventer une fable à mon sujet.

Hugo cachait mal sa grande nervosité. Dans moins d'une heure, il serait en face de cette mère dont il ignorait tout. Une femme qui n'avait pas hésité à l'abandonner alors qu'il n'était qu'un bébé.

Le jeune homme se rappela avec amertume ses chagrins d'enfant, quand il voyait un de ses camarades d'école courir vers sa maman, l'embrasser. À Saint-Simon comme ailleurs, ce genre de scène avait le don d'éveiller en lui une douloureuse nostalgie.

Alexandrine posa sa tête sur l'épaule d'Hugo. Ils n'éprouvaient plus de désir l'un pour l'autre, car la brutale révélation de leur lien de parenté les avait anéantis ; cependant ils se permettaient des marques d'affection, ce qui les consolait un peu. Une profonde tendresse grandissait entre eux.

— Au moins, j'ai un frère, murmura la jeune fille. Le plus beau des frères, le meilleur cœur… Mais je déteste maman. Quoi qu'elle nous dise, je ne lui pardonnerai jamais ce qu'elle a fait. Nous séparer, nous mentir, nous priver de toutes ces années ensemble… Quelle raison, si grave soit-elle, peut entraîner une telle décision ?

Ce fut dans cet état d'esprit qu'ils descendirent de la diligence, au cœur de l'ancienne cité huguenote qui avait résisté bien souvent à la vindicte des rois de France. La ville, port et place forte, comme en témoignaient ses remparts, avait établi sa richesse sur le commerce du sel et du vin.

Alexandrine guida Hugo vers les quais, dominés par les imposantes silhouettes des deux tours bâties à l'entrée du port.

— La tour Saint-Nicolas et la tour de la Chaîne ! marmonna le jeune homme d'un ton amer. Je les vois depuis des années, mais je ne savais pas que ma mère les voyait aussi, de ses fenêtres, si j'en crois le chemin que tu me fais prendre !

Alexandrine soupira.

— J'aurais voulu t'emmener ici une fois nos noces célébrées ! gémit-il. Je connais plus les pierres des quais que la ville. Il y règne un air de fête… C'est bien dommage.

Elle eut un petit rire proche des larmes.

— Maman habite rue Saint-Sauveur ! Je ne lui ai rendu visite qu'une fois, mais nous ne sommes plus loin.

Ils arrivèrent enfin. Alexandrine lui désigna l'église Saint-Sauveur :

— Maman vient y prier souvent !

— Elle peut prier ! répliqua durement son frère. Nous devrions être ici tous les deux, comme des fiancés, pas autrement…

Alexandrine éprouvait le même sentiment de frustration, de bonheur volé. Elle s'imagina un instant prête à présenter son promis à sa mère. Comme ils auraient été gais, amusés d'un rien, de cette marchande de fleurs, de ce petit singe qu'ils avaient vu et qui dansait sur la musique d'un orgue de Barbarie, au beau milieu du trottoir.

— Il faut y aller ! souffla Hugo. Ciel, je suis moite de peur.

— Courage ! chuchota sa sœur. Nous avons le droit de savoir la vérité.

Ils frappèrent à une porte, au second étage d'un immeuble ancien. Un carton bleu indiquait :

« Marie-Flavie Roux, couturière à façon. »

Tous deux entendirent un froissement de tissu, suivi d'un bruit de pas énergiques. Alexandrine serra le bras d'Hugo si fort qu'il grimaça.

— Qui est-ce ? demanda une voix grave, chantante.

— C'est Alexandrine, maman !

La porte s'ouvrit en grand aussitôt. Hugo vit apparaître une femme devant lui, très belle encore, vêtue d'une robe verte à crinoline. Ses cheveux noirs, semés de fils d'argent, étaient coiffés en bandeaux, comme ceux de l'impératrice Eugénie.

Marie-Flavie souriait, mais elle sembla étonnée de découvrir un jeune homme au bras de sa fille. Elle l'embrassa et les invita à entrer :

— Eh bien, quelle surprise… Tu aurais dû m'écrire, Alexandrine. Je dois livrer une toilette chez madame de Létaud à trois heures.

— Ta cliente attendra, maman ! répliqua la jeune fille d'un ton dur.

Hugo, très gêné, suivit les deux femmes jusqu'au petit salon. Marie-Flavie, qui sentait l'animosité de sa fille, se retourna et dévisagea le jeune couple avec attention. Elle ne comprenait pas comment Alexandrine pouvait autant ressembler à celui qui était sûrement son galant, voire son promis. D'une voix moins ferme, elle demanda :

— Tu ne nous présentes pas ?

Elle n'obtint pas de réponse. C'est alors que, détaillant plus précisément le visage du nouveau venu, son regard s'arrêta fixement sur la tache qui se dessinait sur le cou d'Hugo.

Brusquement, Marie-Flavie blêmit. Elle venait de comprendre. Elle se troubla et s'écria :

— Oh mon Dieu ! Est-ce possible ? Hugo ? Tu es Hugo, n'est-ce pas ? Comment… Alexandrine, mon enfant, qu'avez-vous fait ?

— Je t'ai amené mon frère, voilà tout ! Et tu l'as reconnu aussitôt ! Bravo, maman, tu as quand même un peu de mémoire. Il a dû changer pourtant, puisque tu l'as abandonné au berceau !

Une rage vengeresse faisait vibrer la voix d'Alexandrine. Le confort du petit appartement de sa mère, coquet et trahissant une certaine aisance, décuplait sa

163

colère. Hugo le sentit. Ému malgré tout de se trouver en présence de celle qui l'avait mis au monde, il protesta :

— Alexandrine, calme-toi. Nous sommes là pour discuter, juste discuter !

Mais il était trop tard. Sa sœur arpentait la pièce, furieuse. Sa peine, son espoir réduit en miettes, la vue de sa mère, livide et tremblante, la firent hurler.

— Oui, c'est Hugo, ton fils ! Je l'ai rencontré à Tonnay, car il est gabarier… Nous devions nous marier, tu vois ça ! J'allais épouser mon frère, oui, et pire encore, j'ai failli me donner à lui, parce que je l'aimais. Regarde, il m'avait même offert une bague.

— Mon Dieu, quel malheur, quelle horreur ! balbutia la femme en portant une main à son cœur. Mes pauvres petits !

Alexandrine jeta, méprisante :

— Rassure-toi, j'ai ouvert à temps le médaillon qu'il portait au cou. Ton portrait que le malheureux François Roux avait conservé. En voilà un saint homme !

Hugo saisit la jeune fille par le bras.

— Tais-toi, Alexandrine. Laisse-la s'expliquer.

Rattrapée par son passé, Marie-Flavie hocha la tête. Elle pleurait, courbée en deux sous le poids de la culpabilité. Hugo ne put s'empêcher d'avoir pitié.

— Au moins, vous m'avez reconnu bien vite ! dit-il.

— Ce sont tes yeux ! Et ton visage. Tu as les mêmes traits que ta sœur, aussi… Oh ! Je vous en prie, mes enfants, pardonnez-moi. Pardonnez-moi ! C'est le prix que j'ai dû payer à ta naissance, mon fils. François m'a chassée…

Ils crurent que leur mère perdait connaissance. En effet, elle titubait, cherchant un siège. Pas un ne fit un geste secourable, cependant. Confrontés à cette femme si belle, d'une élégance impressionnante, ils se sentaient glacés jusqu'au fond du cœur.

— Asseyez-vous ! murmura Marie-Flavie entre deux sanglots. Je vais vous raconter ce qui s'est passé. Ah ! J'ai tellement honte, depuis des années.

Alexandrine, raidie par la rage, s'installa sur un canapé tendu de soie beige à larges motifs roses. Hugo, qui avait mis son costume du dimanche, hésita à prendre place sur ce joli siège. Il croyait sentir sur lui la vase et l'eau du fleuve, les embruns de l'océan. Le salon était si petit, l'air, étouffant malgré la fenêtre ouverte.

Marie-Flavie les fixa longuement. Ses enfants étaient réunis, le garçon et la fille, chez elle, à La Rochelle. Hugo, surtout, la fascinait. Il était si beau, tout en muscles, droit et fort.

— Tout a commencé à Châteauneuf, il y a des années... gémit-elle. J'étais alors une jeune fille, aussi jolie que toi, Alexandrine, et qui rêvait d'amour. Pendant une procession, j'ai rencontré un garçon de mon âge. Nous nous sommes revus plusieurs fois, en cachette. Il n'était pas du peuple, lui, ses parents étaient de riches négociants. Les vignes, bien sûr. Mais je l'aimais. Ciel, je l'aimais à la folie ! Un soir, il m'a rejointe au bord du fleuve. La lune brillait, l'air sentait bon le lilas et l'herbe coupée. Nous nous sommes donnés l'un à l'autre. Il voulait m'épouser, ça, je peux le jurer. Sa famille a refusé. Lui, Alfred Lemaître, se marier avec la fille d'une épicière ! Nous avons continué à nous voir, un mois peut-être, mais ses parents s'en sont aperçus, ils m'ont même injuriée et menacée... Ils désiraient que leur second fils, Alfred, devienne prêtre. Nous étions si désespérés par tant de haine et d'obstacles que j'ai renoncé. Il est entré au séminaire, me jurant qu'il ne toucherait jamais une autre femme que moi... J'avais le cœur brisé. Alors, mes parents, las de me voir pleurer, m'ont envoyée chez une tante, à Saint-Simeux. Là, j'ai connu François Roux à un bal. Il est tombé très amoureux de moi. C'était un brave garçon. Je serai franche, Hugo, même si je n'éprouvais pas pour lui les sentiments que je vouais à Alfred, j'appris à l'aimer d'une autre façon. C'était un homme honnête, généreux. Tout s'est passé très vite. Il m'a épousée. Nous étions heureux ensemble, et quand je me suis aperçue que j'attendais un bébé, il a crié de joie. Tu es né, Hugo, à Châteauneuf où nous avions loué une maisonnette, car ton père travaillait à la menuiserie du père Magloire. Les premiers jours, j'étais si mal en point, à cause de l'accouchement, que je me suis contentée de te bercer, de te nourrir. François s'occupait de toi comme le meilleur des pères. Et puis, un matin, en te faisant ta toilette, j'ai découvert une tache sombre sous ton oreille, au cou. Une autre, sur ta poitrine...

Alexandrine poussa un profond soupir. Elle portait les mêmes marques.

Marie-Flavie reprit son souffle, s'essuya les yeux. Hugo attendait la suite de l'histoire.

— Quand j'ai vu ça, mes enfants, j'ai cru devenir folle de douleur. Mon fils était celui d'Alfred, je ne pouvais pas en douter, puisque j'avais vu sur le corps de mon amant ces mêmes taches sombres. Je devais la vérité à François. Le soir même, je lui racontai tout de mes amours avec Alfred, dont il ignorait complètement l'existence. Le malheureux, comme il a souffert en apprenant que tu n'étais pas de lui, Hugo, je l'ai vu pleurer, assis au coin de l'âtre. Je lui ai demandé à genoux de me pardonner, de me garder. Je lui avais déjà promis fidélité devant Dieu, le jour de nos noces, je répétai ce serment, lui jurant qu'il n'aurait pas de femme plus aimante. Il n'a rien voulu entendre. Il m'a dit de partir, que personne ne serait informé de mon déshonneur, mais il a exigé de te garder, il t'avait attendu avec tant de joie, toi, mon petit Hugo. Je l'ai supplié encore et encore. Je te donnais le sein, tu pouvais tomber malade d'un sevrage trop brusque. François n'a pas cédé. « Je l'aime déjà comme mon fils ! disait-il. Je l'élèverai, il aura un nom, un père honorable. Je vais aller travailler à Saint-Simon, où habitent mes frères. Je leur raconterai que tu es morte. »

Je suis partie au matin, emportant juste quelques affaires. J'ai pris la patache pour Saintes. Là, je me suis placée dans une fabrique de jupons, toute proche des arènes romaines. J'étais habile, on m'a vite envoyée travailler à Bordeaux, chez un neveu de mon patron. J'étais bien jeune, j'avais tellement honte. Je n'osais parler à aucune ouvrière, de peur de lui avouer mon malheur. Je pensais à toi tous les jours, Hugo, ne sachant même pas si tu étais mort ou vivant.

Alexandrine se leva et marcha jusqu'à la fenêtre. Cette page du passé de sa mère, elle en ignorait tout, et François Roux lui apparut comme un homme bien dénué de sensibilité. Au bord des larmes en imaginant la détresse de sa mère, elle chercha à se reprendre, criant presque :

— Et moi, maman ? Comment suis-je née ? Si Hugo est mon frère, mon père est Alfred ! Un prêtre ! Quelle horreur, quelle honte ! Dis, c'est bien vrai, tu as couché avec cet homme alors qu'il portait une soutane.

— Alexandrine, ma chérie, ne sois pas si méchante ! Je peux bien te dire le secret de ta naissance. Puisque tu aimais Hugo, tu comprendras peut-être ! Je vivais ici, dans cette ville. Seule, toujours seule. Un soir, je suis allée me confesser, tant l'absence de mon bébé me déchirait le cœur. Oh ! Dieu n'a pas pitié, parfois. Lorsque le prêtre m'a parlé, j'ai reconnu sa voix que jamais je n'avais oubliée. C'était Alfred, mon grand amour. Lui aussi m'avait reconnue… Il venait d'apprendre par mes lèvres qu'il était père mais que nous serions séparés de notre fils. Il se mit à pleurer. Il tremblait d'émotion, parce que j'étais toute proche de lui, derrière la grille. Nous avons lutté, mais nos doigts, par un interstice, se sont effleurés. La passion m'a envahie à nouveau, plus forte encore que par le passé. Je l'ai imploré de me revoir, lui donnant tout bas mon adresse. Et il est venu. Nous nous aimions tant malgré ces années d'absence.

Hugo ouvrit son col de chemise. Il avait très chaud et les paroles de sa mère le troublaient. Elle leur parlait en femme, sans souci de les choquer. Il eut envie de partir, de fuir. Marie-Flavie, pécheresse, le séparait à jamais d'Alexandrine. Il avait pu espérer faiblement qu'il n'était pas son frère. Non, les choses s'imbriquaient à la perfection. Avait-il besoin d'en entendre davantage ?

Mais Marie-Flavie soulageait enfin son âme, livrant ce lourd secret qui torturait sa vie depuis plus de vingt ans.

— Alfred et moi, nous nous sommes revus très souvent, il me rejoignait le soir dans mon appartement rue des Arènes. Tu y es née, ma fille, et nous étions bien heureux d'avoir une jolie petite. Cette accalmie n'a pas duré. Ses parents ont eu vent de l'affaire et sont venus faire un véritable scandale. Alfred est parti pour Tonnay-Charente, où il a continué à être prêtre. Évidemment, je l'ai suivi… Mais nous vivions dans la crainte de sa famille et je pris un logement rue de la Fontaine, tandis qu'il habitait le presbytère. Je gagnais bien ma vie comme couturière. Et puis mon pauvre amour est tombé malade. Je t'ai confiée à une voisine, Alexandrine, et j'ai couru à son chevet. La phtisie l'a emporté en moins d'un mois. Si tu n'avais pas été là, ma fille, je me serais tuée sur son corps. Lui seul m'a vraiment aimée, choyée. Vous allez me juger, me maudire, pourtant je ne peux pas mentir. Nous étions tous deux comme un seul être, une seule âme, un seul cœur, et notre chair se complétait. Nous brûlions du même feu. Vous êtes nés de cette passion, mes petits !

Marie-Flavie se tut, incapable de retenir un flot de larmes. Hugo aurait voulu la consoler, il ne put faire un geste. Cette femme éplorée l'effrayait un peu. Après tout, pensait-il, elle se lamentait sur son amour perdu, pas sur le sort de ses enfants. Il regarda sa sœur, droite et pâle, debout près du buffet.

— J'ai juste deux ans de moins qu'Hugo, maman ! Tu as vite retrouvé ton cher Alfred. Pourquoi ne m'as-tu jamais parlé de lui ? Le jour de ma communion, tu m'as dit : « Ton père, qui est au ciel depuis longtemps, serait bien content de te voir ! » Tu aurais dû me parler de mon frère ! Nous aurions pu aller lui rendre visite.

— Et provoquer un scandale à Saint-Simon ! répondit sa mère. On me croyait morte. Enfin, à part Colin qui savait.

— Mon oncle Colin ! s'exclama Hugo. Il savait !

— Oui, mon petit. Il m'a rencontrée à Tonnay, une fois, sur le quai. C'est un brave homme. Il m'a enfin donné de tes nouvelles. Quand j'ai su que tu étais un bon garçon, costaud et travailleur, quelle joie !

Hugo se leva à son tour, blanc de colère.

— Colin aurait dû me parler, bon sang ! Je vous croyais morte, mais je vous adorais. J'ai demandé à mon père d'aller sur votre tombe, de vous porter des fleurs. Il refusait, comme il a refusé de vous garder.

Marie-Flavie se redressa, les mains jointes :

— Mon fils, je t'en prie, pardonne-moi. Ne sois pas aussi dur que François ! Viens dans mes bras, une seule fois, que je puisse te toucher. Après, fais ce que tu veux. Raye-moi de ta vie, de ton souvenir, mais je voudrais t'embrasser. C'est la prière d'une mère.

Hugo crut entendre Alexandrine éclater en sanglots. Il hésitait, quand sa mère ajouta :

— J'ai quitté Tonnay il y a deux ans, à cause de toi. Colin m'avait appris que tu avais ta gabare, qu'elle portait mon nom. J'ai eu trop peur de te croiser, de me trahir. Sotte que je suis ! Je n'ai pas songé à ta sœur, qui pouvait te rencontrer ! Enfin si, j'y ai pensé, mais bien avant... Quand je me suis dit que tu pouvais être matelot sur la gabare de tes oncles... Cela m'a tourmentée pendant des jours et des nuits et...

— C'est pour cela que tu m'as interdit de m'approcher des quais ! s'écria Alexandrine, pâle de colère. Toutes ces histoires sur les gabariers, c'était pour m'éviter de croiser un garçon qui pouvait me ressembler, ou Colin qui aurait pu soupçonner la vérité en me voyant !

— Oui, il y a un peu de ça... avoua Marie-Flavie en baissant la tête. Je me disais surtout que cela suffirait à te tenir à l'écart, mais j'ai été stupide ! On ne peut rien contre le destin...

Hugo recula. Avec une netteté affreuse, il revivait cette nuit tragique où il avait dû renoncer à l'amour d'Alexandrine. Il murmura :

— J'aurais pu commettre l'inceste, avec ma sœur. Lui faire un enfant ! Je ne veux plus vous voir, madame, ni vous ni personne. Et je suis content, car celui que j'ai cru mon père pendant vingt ans dort au cimetière. S'il vivait encore, je ne pourrais pas le regarder en face. Il a détruit tout ce que je respectais. Votre souvenir, mon amour, tout. Adieu, madame ! Je suis désolé, mais cette situation est trop cruelle pour nous tous...

Le jeune homme sortit de l'appartement. Il avait envie de hurler. Alexandrine le rejoignit aussitôt, défigurée par le chagrin.

— Hugo ! Mon pauvre Hugo ! Comme tu as mal ! Viens, ne restons pas là.

Le frère et la sœur laissèrent leur mère seule avec ses douloureux souvenirs. Marie-Flavie comprit qu'elle ne les reverrait peut-être jamais. Elle cacha son visage entre ses mains, en réprimant des cris de douleur. Les heures douces de jadis lui revinrent. Les baisers fervents d'Alfred, leurs étreintes sur l'herbe, dans la chambre rouge, rue des Arènes… Les heures pénibles aussi, la naissance d'Hugo, son jeune corps meurtri par le travail de l'accouchement, les allées et venues de François dans la pièce du bas, ce François qui l'aimait mais n'avait pas pu lui pardonner.

Puis elle revécut l'instant des premiers pas d'Alexandrine. Sa belle fillette aux joues dorées et aux jambes potelées, qui gambadait à l'ombre des tilleuls. Et depuis des années, pas une caresse, pas un baiser, ses doigts tirant l'aiguille, des nuits et des nuits à regretter ses erreurs.

Mais c'était une femme fière, accoutumée à la solitude et au chagrin. À trois heures, Marie-Flavie se présenta chez sa cliente, son ouvrage terminé sur le bras. Puis elle se dirigea vers l'église Saint-Sauveur où elle avait déjà allumé tant de cierges. Cette fois-ci, ses prières durèrent jusqu'à la nuit.

Alexandrine et Hugo disposaient encore de deux heures avant de reprendre la diligence. Ils se dirigèrent vers la porte de la Grosse Horloge, qui faisait partie de l'enceinte des fortifications.

— Allons sur les quais ! suggéra le jeune homme. Je me sens oppressé… Tous ces gens, cette foule, ils ont l'air si joyeux, contrairement à nous. Regarde ce couple ! Ils vont rentrer chez eux et s'aimer ! Ce simple bonheur nous est interdit !

Sa sœur l'entraîna de son pas alerte. Quand ils furent au pied des hautes tours, face au large, Hugo respira à pleins poumons l'air vif aux senteurs familières. Il éprouva un vague réconfort à retrouver l'océan large et puissant. En bon gabarier, il admira les bateaux le sillonnant, l'habileté des marins.

— Ah ! fit-il. J'ai hâte de sentir le tillac de ma gabare sous mes pieds !

— Et moi ! déclara Alexandrine, il ne me restera rien. Je n'ai pas envie de revoir ma mère, ni de reprendre ma place à l'auberge. Pour être franche, Hugo, j'aurais préféré devenir la maîtresse à bord de ton bateau, et voir du pays...

— Alors suis-moi ! murmura-t-il. Je dirai la vérité à mon matelot ! Il n'y a pas de mal à vivre avec sa sœur...

Alexandrine haussa les épaules. Il était inutile de rêver. Tout en contemplant le vieux port de La Rochelle, hérissé de mâts, de vergues et de voiles, elle dit très bas :

— Non, Hugo. Pendant quelques mois, il est plus sage de nous séparer. Le temps d'accepter notre lien de parenté, d'oublier notre chagrin...

Il n'y avait rien à ajouter. Ils entrèrent dans une taverne, décorée de filets de pêche et de peintures colorées retraçant le siège de La Rochelle. Sans gaîté, ils dégustèrent des moules et du vin blanc sec et âpre.

Pendant le trajet de retour, assis côte à côte au fond de la diligence, ils restèrent silencieux, mais ils pensaient tous les deux à leur mère, car le long récit de ses malheurs leur revenait sans cesse en tête.

— Nos parents n'ont pas eu de chance ! dit enfin la jeune fille. Ils auraient pu se marier, vivre tranquilles. Nous aurions grandi ensemble...

— Je ne veux plus penser à eux ! Ils ont fait notre malheur. Je vais t'avouer une chose, Alexandrine, je ne retournerai pas à Saint-Simon. Il y a moyen de faire commerce sur le fleuve, seulement en aval de Cognac. Et ma gabare tient bien la mer. Je chercherai des contrats du côté de Tonnay et de Rochefort.

Alexandrine ferma les yeux, très lasse.

— Moi, j'ai envie de partir, très loin. Le mois dernier, je n'avais pas osé te le dire, une femme m'a proposé une place de gouvernante à Paris. Je serai mieux payée qu'à Tonnay. J'ai de l'instruction, vois-tu, grâce à ma mère. Elle m'a envoyée étudier chez les Sœurs de Notre-Dame.

— Alors, je ne te verrai plus ! murmura Hugo.

— Ce sera plus sage ! Nous nous écrirons.

Alexandrine serra la main de son frère qui avait les yeux brillants d'émotion.

— Ma petite sœur ! Je suis bien heureux de t'avoir connue.

— Moi aussi, Hugo.

Le temps passa. Hugo tint sa promesse de ne pas rentrer à Saint-Simon. Son oncle Colin lui écrivit à Rochefort, aux bons soins du commissaire du port, mais son neveu ne lui répondit pas.

La *Marie-Flavie* remontait et descendait le fleuve, mais faisait toujours halte à Cognac. Claude, au bout de quatre mois, quand il comprit que son patron évitait Saint-Simon, décida de le quitter.

— Je rentre au pays, moi ! J'ai une femme, bientôt trois gamins. Je ne sais pas ce que tu fuis, Hugo, mais ce n'est pas une façon d'agir. Il y a des gens qui t'aiment, là-bas…

Hugo regretta sincèrement le départ de Claude. Il engagea un homme d'une quarantaine d'années, taciturne et habile, que l'on nommait Rémi. Émile et lui furent vite bons amis, et fins pêcheurs. Le menu à bord ne varia guère : poissons frits et haricots.

Alexandrine resta à Tonnay. Paris lui faisait un peu peur, à la réflexion. Ses patrons la mirent aux cuisines, ce qu'elle préférait. Hugo et elle, le dimanche, allaient se promener au bord du fleuve, se racontant leurs souvenirs ou leurs mésaventures de tous les jours. Mais, durant l'hiver, en décembre 1869, la jeune fille partit pour La Rochelle. Sa mère lui avait écrit. Elle était bien malade et la réclamait à son chevet.

— Je dois y aller, Hugo ! Elle n'a que moi pour la soigner. Je ne suis pas tranquille, j'ai peur... Je chercherai une place là-bas.

Après le départ de sa sœur, Hugo demeura indécis une bonne semaine. Mal à l'aise, obsédé par une appréhension sourde, il décida de la rejoindre. Il confia le bateau à Émile.

— Je ne serai pas longtemps absent. Une affaire de famille.

Durant le voyage, il revit Marie-Flavie en larmes, le suppliant de se laisser embrasser. Il se demanda soudain comment il avait pu se montrer aussi dur avec elle. Quoi qu'elle ait fait, c'était sa mère. Elle lui avait manqué durant des années, et il n'avait pas eu un élan vers elle, alors qu'il la retrouvait vivante. Si jamais cette maladie l'emportait, il perdrait toute chance de lui pardonner, de la connaître. Il ne tarda pas à la plaindre. Quand il fut arrivé à La Rochelle, la peur le saisit.

— Mon Dieu ! Et s'il était trop tard ! Non, je vous en supplie...

Le jeune homme courut sous une pluie glaciale

jusqu'à la rue Saint-Sauveur où habitait Marie-Flavie. Il monta les marches quatre à quatre et frappa à la porte.

Alexandrine ouvrit :

— Hugo, mais qu'est-ce que tu fais là ? Tu es tout pâle.

— Je ne sais pas, j'ai eu peur ! Je veux embrasser maman. Je m'inquiétais trop pour elle, il fallait que je vienne. Qu'a-t-elle ?

— Le médecin pense au croup. C'est comme une grosse angine mais avec obstruction des voies respiratoires au niveau de la gorge. C'est vraiment grave et il faut attendre quelques jours pour se prononcer.

La jeune fille eut un faible sourire en le prenant par la main.

— Viens la voir. Ne fais pas de bruit, elle est très faible. Je suis très anxieuse, mais je crois que ta visite lui fera du bien.

Hugo s'empressa au chevet de sa mère alitée et lui caressa les cheveux. Elle avait des difficultés à reprendre son souffle et ses yeux étaient marqués de grands cernes sombres. Marie-Flavie était épuisée mais consciente.

— Hugo, enfin, mon enfant chéri, murmura-t-elle faiblement. Si tu savais combien je t'aime...

Devant ce spectacle, il osa enfin dire les mots qu'il retenait depuis si longtemps.

— Maman, maman ! J'ai tant pensé à toi pendant toutes ces années. J'ai tant regretté ton absence. Et maintenant, tu es là. Bats-toi, je t'en prie, et nous pourrons peut-être rattraper le temps perdu. Je suis venu te dire que je te pardonne et que je t'aime. Il ne faut plus penser au passé, mais profiter de notre avenir. Maman, je t'en supplie, reste avec nous...

Tous ces mots étaient sortis spontanément, d'une voix douce mais décidée. Hugo se sentait soulagé, apaisé et convaincu que leur histoire ne pouvait pas s'arrêter là. Il s'installa dans un petit fauteuil, au chevet de la malade.

Pendant deux nuits et un jour, Marie-Flavie oscilla entre conscience et inconscience, apaisement et étouffement, sommeil et agitation. Le frère et la sœur se relayaient, impuissants mais attentifs, guettant des signes d'amélioration qui semblaient ne jamais arriver. Puis, au second matin, après une nuit légèrement plus calme, le médecin constata que la fièvre avait enfin baissé et que la respiration de la malade se faisait plus régulière et plus aisée. Il se montra soulagé et très optimiste.

— Je pense qu'elle est sauvée, mes enfants. Elle a beaucoup de chance de vous avoir. Du calme et du repos pour une guérison complète et, bientôt, il n'y paraîtra plus.

Cet épisode douloureux, cette épreuve avaient tissé des liens fraternels entre les deux jeunes gens qui se sentaient réunis par une même affection pour leur mère.

Quelques jours plus tard, dans le petit appartement de Marie-Flavie, ce fut la fête, car une maman avait enfin retrouvé ses enfants. Alexandrine servit du vin rouge et des biscuits, tandis que le poêle ronronnait. La jeune fille resplendissait. Elle avait postulé comme vendeuse dans un magasin de la rue Chaudrier, à l'ombre des arcades, et la directrice l'avait engagée la veille. Pour Alexandrine, passer des fourneaux qui vous cuisaient les joues à l'atmosphère luxueuse d'un tel commerce relevait de l'événement.

— Je vais être habillée comme une demoiselle, Hugo, et je ne sentirai plus la friture et la fumée. Et tu pourras nous rendre visite souvent.

— Je suis bien content, petite sœur ! Je parie que tu trouveras vite un galant !

— Et toi, mon fils ? demanda Marie-Flavie de son

lit. Tu es si bel homme, les femmes doivent te tourner autour ! J'aimerais te voir marié à une brave petite, sérieuse…

Hugo baissa la tête. Il ne regardait plus les filles depuis des mois. Ce fut à cet instant précis qu'étrangement, il pensa à Louise. Il la revit, si blonde et si belle, sur le quai de Saint-Simon. Elle avait sans doute encore embelli. Ses parents lui avaient peut-être trouvé un fiancé…

— Cet été, je rentrerai au pays ! dit-il seulement.

Marie-Flavie eut ses enfants à son chevet pendant plusieurs jours. Ils discutèrent beaucoup, renouant par leurs souvenirs respectifs un véritable lien familial. C'était merveilleux !

Le dernier soir, Hugo chantonna à sa mère la complainte des gabariers[1] :

Nous, gabariers, descendons la Charente
Nos femmes au port chaque jour nous attendent (bis)
Sur nos gabares à fond plat on emporte
Du bon cognac, des trésors de toutes sortes… (bis)

Marie-Flavie s'endormit paisiblement, après avoir imaginé le clapotis de l'eau sur la coque d'un bateau, le vent chuchotant dans les frênes. Alexandrine la couvrit avec tendresse. Puis, elle s'approcha de son frère pour lui dire d'un ton câlin :

— Maman a raison, Hugo ! Tu es jeune, bel homme. Cherche une épouse… Je te promets de l'aimer comme ma propre sœur.

1. Paroles de Cathy Rabiller.

13

Louise

Louise sortait de la boulangerie Blais où elle avait acheté des brioches pour sa mère. Vêtue d'une nouvelle robe de satin bleu ciel, la jeune fille éprouvait le plaisir innocent de porter une toilette neuve, un jour de grand soleil. Son existence à la ferme n'était pas des plus gaies. Aussi avait-elle appris à trouver de la joie dans le moindre événement. Cela allait de la naissance des poussins à la satisfaction d'une promenade entre les haies du chemin, loin du regard sévère de son père.

La fin du printemps 1870 semait mille fleurs des champs sur les coteaux voisins, tandis que poussaient avec une lenteur désespérante les premiers plants de vigne importés d'Amérique, qui devaient sauver les viticulteurs français.

— Bien le bonjour, ma petite Louise ! lui lança la mercière, debout sur le seuil de sa boutique. Vous êtes très élégante, mais il vous faudrait du ruban pour votre chignon.

— Pourquoi pas, madame Jean ? Il doit me rester six sous !

Louise soupesa sa bourse. À ce moment, un cri

monta du quai ou de l'île, se répercutant jusqu'à la place de l'église.

— La *Marie-Flavie* est de retour ! La *Marie-Flavie* !

Les mots pénétrèrent en rafale dans l'esprit de Louise, puis jusqu'au fond de son cœur. Elle tendit l'oreille pour s'assurer qu'elle ne rêvait pas. Cependant, en voyant madame Jean fermer aussitôt son magasin, elle ne douta plus. La boulangère se précipita en gesticulant :

— Mon Émile ! Un an que je ne l'ai pas vu !

Louise n'osait plus bouger, tant ses jambes tremblaient. Hugo, ici, Hugo au pays… Elle avait tellement redouté ce retour, car sûrement sa femme l'accompagnait, il venait la présenter à ses oncles.

— Je remonte à la ferme ! murmura-t-elle.

Personne ne l'entendit. Elle avança un peu. Apercevoir la voile lui suffirait. On la bouscula. C'était Lucienne qui dévalait la rue. Louise pensa soudain à Claude, l'ancien matelot de la *Marie-Flavie*. Il était rentré à l'automne, s'était placé comme journalier. Sa femme Catherine faisait le ménage chez le maire.

Je n'ai pas voulu lui parler, à cet homme, mais il m'aurait peut-être dit ce qui a retenu Hugo si longtemps loin de chez lui. Tant pis, je le saurai bien assez tôt.

Malgré ce raisonnement, une force étrange la poussait à descendre vers le quai comme les autres gens du bourg. Sous le tissu de sa robe, tout son jeune corps frémissait d'anxiété. Revoir Hugo, réentendre sa voix, croiser son regard, tout cela la tentait, mais le voir au bras d'une autre, quelle douleur ce serait… Elle hésitait, ne sachant pas si elle en aurait le courage.

Après tout, se dit-elle, j'ai le droit, moi aussi, d'approcher du quai, d'être là, Hugo sera tellement occupé qu'il ne m'apercevra pas !

Enfin, elle le vit parmi la foule. Il serrait des mains, discutait en riant, brun de peau, les cheveux noués sur la nuque par un foulard rouge. Qu'il était beau, encore plus beau que dans son souvenir ! Louise en perdit le souffle. Cette fois, rien n'aurait pu la faire fuir. Éblouie, elle s'avança, presque hypnotisée.

Hugo, soulagé de ne pas voir son oncle au milieu de ceux qui l'accueillaient, distingua brusquement une silhouette ravissante. Il détailla le corps mince, à la poitrine haute et ronde, la taille fine, puis le visage à l'ovale charmant. Ce furent les cheveux d'un blond foncé et le regard clair qu'il reconnut.

— Louise ! appela-t-il. Dieu du Ciel, mais tu es une vraie demoiselle ! Viens un peu, là... Allons, viens me dire bonjour !

Elle obéit, affolée. Où était sa rivale ? Cette superbe Alexandrine... La jeune fille cherchait une beauté brune près d'Hugo, ne voyait autour de lui que des figures familières : Émile et son chien, les forgerons, les scieurs de long, le boulanger et son épouse... Lucienne riant aux éclats, la mercière, le curé et les charpentiers-calfats. Pas d'Alexandrine, pas de beauté brune... Elle avait dû être retenue par quelque événement imprévu !

Mais Hugo la prenait déjà aux épaules.

— Louisette, dis-moi quelque chose ! C'est bien toi, quand même ! Tu as l'air d'une dame... Quel âge as-tu donc ? Tu es tellement belle !

— Dix-sept ans, Hugo ! bredouilla-t-elle, la gorge sèche.

Hugo ne parvenait pas à la lâcher, de peur de la voir disparaître. Durant des années, Louise avait su le consoler, l'amuser, l'écouter. Elle avait appris avant François, Colin et les autres, qu'il rêvait de posséder sa gabare, qu'il aimait Alexandrine. Elle avait fidèlement partagé sa jeunesse. Ils avaient grandi ensemble et, par la force de l'habitude, il ne l'avait jamais vraiment regardée. Pourtant, elle était devenue une femme, et même une femme séduisante.

C'est ma meilleure amie, ma sœur ! songea-t-il. Non, Louise, au moins, n'est pas ma vraie sœur, et qu'elle est jolie !

Louise se dégagea doucement. Jamais Hugo ne l'avait fixée de cette façon ardente, émerveillée.

— Allons boire un verre, ma Louisette ! J'en ai, des choses à te raconter...

Elle accepta son bras, étonnée. Ils arrivaient devant la taverne quand Colin leur barra le chemin.

— Hugo ! Quelle bonne surprise ! Dis donc, mon neveu, où étais-tu passé ?

Louise perçut la tension soudaine de son ami. Colin, tout agité, continua :

— Mais tu devais te marier, non ? Où est-elle, ta femme. Tu nous la caches !

— Colin ! répondit sèchement Hugo, tu n'as pas à t'inquiéter. Je suis toujours célibataire. Il n'y a pas eu de noces... Je passerai chez toi ce soir. Pour l'heure, j'ai invité Louise. Elle est la seule ici qui ne m'a jamais trahi !

Sur ces mots, Hugo entraîna la jeune fille ébahie, en laissant son oncle mortifié. Cependant, Colin ne se posa pas trop de questions. Il comprit que son neveu devait avoir appris la vérité. Cela devait arriver un jour ou l'autre. Sans doute à Tonnay, il avait rencontré sa mère, cette Marie-Flavie si fière.

Louise s'installa à une table située un peu à l'écart. La patronne du Bouif, reconnaissant Hugo, leur apporta du vin blanc tiré à la cave.

— Je n'ai pas l'habitude de boire ! protesta Louise. Avec le chemin en plein soleil qu'il me reste à faire...

Hugo sourit, amusé.

— J'ai le temps, cette fois. Si tu marches de travers, je te raccompagnerai, Louise.

Il la dévisagea, presque timide. Il ne se souvenait pas du dessin de ses lèvres, de la courbe de sa joue, mais ce qu'il découvrait en la contemplant le bouleversait. Son âme, son cœur, bien tourmentés depuis des mois, venaient de s'apaiser, grâce à la seule présence de Louise. Il eut envie de poser sa tête sur ses genoux et de dormir là, bien à l'abri. La jeune fille était vraiment son repère, son port d'attache.

— Le vin est fort ! soupira-t-il. Alors, ma Louisette, es-tu fiancée ?

— Non, Hugo ! Ma mère ne pense qu'à ça, me marier, mais je n'en ai pas envie. Pour épouser un homme, il faut l'aimer...

— Et tu n'en aimes aucun ?

Louise s'empourpra. Il lui était impossible de répondre. Heureusement, les épreuves qu'il avait traversées avaient rendu Hugo plus perspicace. La rougeur de son amie le fit rire.

— Allons, tu peux me dire son nom, je garderai le secret. Je t'ai bien parlé d'Alexandrine, il y a un an.

— Je dois rentrer, Hugo ! s'écria-t-elle dans l'espoir d'échapper à cette conversation. Mon père va encore grogner si je suis en retard. Et toi ? Et Alexandrine ? Tu l'as épousée, mais tu ne voulais pas l'avouer à ton oncle. C'est ça ?

Hugo éprouvait un profond sentiment de sécurité. À Louise, il pouvait se confier. Se penchant par-dessus la table, il chuchota d'une voix grave et énigmatique :

— Je ne suis pas marié. Et Colin n'est pas mon oncle. Si tu me rejoignais, à six heures ce soir, au Pas du Loup ? Je te raconterai tout.

Louise ouvrit de grands yeux lumineux. Hugo était

revenu, seul. Il l'avait emmenée à la taverne, il lui souriait d'un air ravi et lui donnait rendez-vous.

— Je viendrai, Hugo ! À six heures.

La *Marie-Flavie* avait besoin de réparations avant de reprendre ses incessants voyages sur le fleuve et en mer. Hugo en discuta plus d'une heure avec les charpentiers-calfats employés chez Louis Meslier. Il fut touché de la réponse :

— En souvenir de ton père, on veut bien travailler vite et pour trois sous, mais prévois de rester à quai au moins une semaine, Hugo. La *Marie-Flavie* est un beau bateau, ce sera un plaisir de la remettre en état !

Nanti de cette promesse, le jeune homme alla frapper chez Claude. Ce fut Catherine qui le reçut.

— Tiens, le fou du fleuve, comme mon gars t'a surnommé. Entre donc, j'ai du café au chaud.

Elle avait bien changé, l'ardente rousse qui s'offrait aux gabariers au coin des bois. Alourdie par la maternité, Catherine portait un tablier sale, une jupe reprisée.

— Le Claude, il est aux champs, du côté de Juac. Avec deux bouches à nourrir, bientôt trois, il ne rentre qu'à la nuit et repart à l'aube. Mais je préfère ça. Au moins, il dort dans mon lit...

Hugo hocha la tête, mal à l'aise. Le café, une boisson qu'il n'aimait guère, lui sembla aigre et gras. Un petit garçon descendit l'escalier.

— C'est ton fils Pierre... s'écria-t-il. Il a grandi ! Il promet d'être un colosse, comme son père.

— Ouais, fit Catherine. Attends, je vais chercher la petite. Un trésor, rousse comme moi.

Hugo chatouilla sous le menton une poupée aux cheveux carotte, qui dormait à demi, puis il s'empressa de prendre congé. Il verrait Claude plus tard, maintenant il devait passer chez Colin, son « oncle ».

Louise ne rentra pas tout de suite chez elle, préférant frapper à la porte du père Martin qui était devenu au fil du temps une sorte de bon camarade. Malgré leur grande différence d'âge, ils aimaient bavarder ensemble et se comprenaient bien. Peu à peu, au fil de leurs rencontres, le vieux guérisseur avait confié à la jeune fille la plupart de ses secrets, tissés de coutumes ancestrales et de la connaissance des plantes.

Quand elle avait vu son père désespéré par la destruction de ses vignes, Louise avait supplié le père Martin d'intervenir, mais il s'était exclamé :

— Ma pauvre petiote, je ne peux rien faire ! Le mal qui frappe le vignoble est plus fort que moi et mes magies...

Ce jour-là, dès qu'elle vit le brave sourire de son vieil ami, elle s'écria :

— Père Martin ! Celui que j'aime est revenu au pays. Je le croyais marié à une fille de Tonnay, mais c'était faux... Je le revois ce soir ! Oh, je devais vous le dire, je suis si heureuse !

— Je te souhaite bien du bonheur, ma mignonne ! marmonna le guérisseur, ému. Depuis tous ces mois que tu te ronges le cœur... Et tu es bien gentille de ne pas oublier ton vieux Martin, qui s'inquiétait de toi.

Louise ne se décidait pas à partir. Il lui semblait qu'elle devait absolument demander conseil au vieil homme, ou peut-être espérait-elle une prédiction de bonheur qu'il lui ferait spontanément, comme cela lui arrivait.

— Père Martin ! murmura-t-elle avec une moue implorante, puis-je faire vraiment confiance à Hugo Roux ? Croyez-vous que je peux espérer ? Pensez-vous que...

— Je peux te dire si l'orage éclatera demain, mais pour les histoires d'amour, tu es plus forte que moi ! répliqua le guérisseur. Ton cœur a toutes les réponses, ma pitchoune !

Louise se sauva en riant. Elle fut rapidement à la ferme et là se jeta au cou de sa mère :

— Maman ! Hugo est de retour ! Il faut que tu m'aides, je t'en prie. Il m'a donné rendez-vous à six heures ce soir au Pas du Loup. Et papa ne voudra pas que je sorte si tard !

Hortense épluchait des pommes de terre. Le couteau lui échappa des mains.

— Qu'est-ce que tu racontes ? Hugo Roux ! Mais il est marié, on m'a dit...

— Non, maman, ce sont des mensonges. J'en saurai davantage bientôt et je te raconterai... Alors, dis-moi comment faire ?

Hortense soupira. Louise était à demi décoiffée, car elle avait dû courir tout le long du chemin.

— Calme-toi donc, ma fille ! Si ton père te voit dans cet état, ça n'arrangera pas tes affaires. Il t'attend pour l'aider dans le champ du haut.

— Je monte me changer ! s'écria la jeune fille, en jetant des regards inquiets du côté de la porte. Si tu lui disais que je vais à confesse...

Cette fois, Hortense fronça les sourcils.

— En voilà une idée ! Ce n'est pas veille de grand-messe. Non, je trouverai mieux. Dépêche-toi donc, si tu ne veux pas le mettre en colère.

Louise travailla avec ardeur, malgré le soleil et l'impatience qui la faisait frémir. À cinq heures, son père et elle rentrèrent à la ferme. C'était le moment de la traite.

— Papa, demande au Jeannot de t'aider. Je crois que maman a besoin de moi.

Elle se sauva sans attendre la réponse. Hortense poussa un petit cri consterné en la voyant rouge et en sueur.

— Tu es fraîche, ma pauvre fille ! Monte un seau d'eau et fais vite un brin de toilette. File après ça, je dirai à ton père qu'il me fallait un pain de sucre à l'épicerie.

— Merci, maman ! Je t'aime… Oh ! je t'aime !

Louise embrassa Hortense sur le front. C'était la seule marque d'affection qu'elles s'autorisaient toutes deux, dans les grandes occasions.

La jeune fille s'enferma dans sa chambre avec un soupir joyeux. Elle ne parvenait pas à croire à son bonheur. Avec des gestes tremblants, elle versa de l'eau dans la large cuvette en porcelaine qui trônait sur sa commode et s'aspergea le visage et le cou. Sa chemise de lin en fut inondée. Louise l'ôta et la lança sur une chaise. Puis ce fut sa jupe et son jupon qui tombèrent mollement sur le parquet. Sa nudité lui donna des idées troublantes et ses joues s'empourprèrent.

Si je pouvais me baigner, tout entière, dans le fleuve… ou dans une de ces belles baignoires qu'ont les bourgeoises, en ville… La paille m'a égratigné les jambes.

Louise aurait voulu disposer à cet instant d'une garde-robe éblouissante. Mais si elle cédait à la coquetterie, son père pourrait s'étonner. Elle choisit donc de mettre une robe très simple et de laisser ses cheveux défaits. Avant de partir, elle s'approcha, un peu anxieuse, du petit miroir rond suspendu à un clou. Son reflet lui donna satisfaction. Jamais elle n'avait trouvé ses lèvres aussi roses, ni ses yeux aussi brillants.

C'est l'amour qui me rend belle… mon amour…

Hugo attendait au Pas du Loup. L'entrevue avec Colin s'était relativement bien passée. Le frère de François Roux avait donné sa version des faits, à sa manière empruntée, celle d'un homme peu coutumier des histoires compliquées et des grands discours.

Le jeune homme, fort du témoignage de sa mère, de celui de son oncle, se sentait apaisé. Ces gens avaient menti, certes, mais maladroitement, par peur de causer de la peine au petit garçon qu'il était jadis. Il en vint à comprendre les tourments de son père, car il avait redonné au charpentier-calfat son respect et son titre de père, justement. Après tout, François l'avait aimé, éduqué, il s'était sacrifié pour lui.

Un bruit de pas, aussi léger que celui d'une biche, fit tressaillir Hugo. Louise approchait, vêtue d'une robe jaune en simple calicot. Ses cheveux dénoués, aux boucles souples, dansaient sur ses épaules.

— Ah ! Te voilà enfin ! J'avais peur que ton père te retienne à la ferme.

— Je serais partie par la fenêtre ! plaisanta-t-elle.

Hugo éprouvait une singulière timidité. Il n'avait plus en face de lui une enfant joyeuse, mais une jeune fille au corps délié, au visage empreint d'une gravité troublante.

— On peut s'asseoir ! murmura-t-il. L'herbe est bien sèche. Dieu, que tu es jolie…

— C'est gentil, tu me dis ça à chaque fois que nous nous revoyons.

— Avant, je te regardais comme un grand frère ! Tu étais ma Louisette, la sœur que je n'avais pas eue. Mais bien des choses ont changé, toi aussi, d'ailleurs… Je t'admire avec les yeux d'un homme. Comprends-tu ?

— Oui ! murmura Louise.

Ils s'installèrent au pied de leur frêne, tandis que l'eau verte du fleuve glissait le long des berges. De nouveau, Hugo eut l'envie de s'étendre et de poser sa tête sur les genoux de Louise. Elle lui caresserait les cheveux et lui se laisserait aller, simplement. Soudain, il se rappela un soir d'octobre. Il avait appris la mort de François Roux et le pleurait, accablé, près de la cheminée. Louise était auprès de lui. Elle l'avait consolé avec patience. Il se souvint alors de la douceur de ses gestes, de la chaleur de son jeune corps.

— Ma chère Louise… soupira-t-il. Tu m'as toujours aidé, soutenu, et moi, je ne t'ai rien donné. Je n'ai rien partagé.

La jeune fille n'osa pas répondre. Se retrouver à ses côtés dans la lumière rose du soir comblait son cœur. Elle se sentait faible soudain, prise du désir intense de le couvrir de baisers.

— Ma Louise, je suis bien content d'être revenu au pays. Sais-tu, j'ai une drôle de chose à te raconter. Il s'agit de ma mère, Marie-Flavie, et d'Alexandrine, que je devais épouser.

Hugo fit à Louise le récit complet de ses amours avec la belle serveuse de l'auberge de la Marine, jusqu'au soir de la tragique révélation qui les avait blessés, tous les deux. Puis il parla du forgeron Antoine, qui le premier avait semé le doute dans son esprit. Quand Hugo narra sa visite à La Rochelle et la confession de sa mère, bien vivante en fait, Louise poussa un cri effaré.

— Et tu as enduré tout cela ! Mon Dieu, je comprends pourquoi tu ne venais plus ici… Mon pauvre Hugo !

Louise lui posa la main sur l'épaule, attendrie. Ses lèvres tièdes, parfumées, se posèrent sur la joue du jeune homme. Le souffle court, il termina l'histoire.

À présent, Alexandrine et Marie-Flavie habitaient ensemble à La Rochelle. Il leur écrivait une fois par semaine.

— Alors, tu as de la famille… murmura Louise.

— Oui, une mère très belle qui coud des robes superbes pour les dames de la ville. Et ma sœur Alexandrine qui ressemble à une bourgeoise ! Elle fréquente un homme, qui est employé à la mairie. Je l'ai rencontré une fois seulement, ce Firmin, mais il m'a paru honnête et, surtout, très amoureux. Vois-tu, le temps répare tout. Alexandrine pensait qu'elle ne se consolerait pas de cette histoire, mais elle a eu vite fait de se trouver un fiancé…

Louise eut un petit rire pour avouer :

— J'aimerais bien les connaître ! Tous ! Marie-Flavie, ta sœur et son ami Firmin. Mais je n'irai jamais à La Rochelle !

— Comment ça, tu n'iras jamais ? Je t'emmènerai, moi, sur mon bateau, Louisette. C'est une bonne idée ! Je te présenterai à ma mère, et elle nous fera du coq au vin pour le déjeuner.

Tout heureuse de ces projets, Louise se blottit davantage contre le corps de son ami d'enfance.

Brusquement, Hugo prit conscience de la présence câline de la jeune fille, qui se tenait contre lui, pleine de compassion. Il ne put éviter de contempler sa gorge charmante et le creux délicat de son cou. Il éprouva aussitôt un désir violent, mais la chair n'était pas seule en cause. Il ressentait une harmonie intense, certain qu'elle le comprenait, qu'elle tremblait aussi du même émoi. Il demanda, la voix tendue :

— Louise, as-tu un amoureux ? Tu peux me le dire, à moi, même si tu te caches de tes parents ! Quand je t'ai parlé de ça, au Bouif, tu as rougi ! Je me doute que, belle comme tu es, les galants ne doivent pas manquer…

— Non, Hugo, je n'ai pas de promis, car les garçons qui me tournent autour ne me plaisent pas…

Louise respirait à peine, tête baissée. Ses mains, au creux de sa jupe, se nouaient et se dénouaient. À l'instant où elle pouvait avouer son amour à Hugo, elle éprouvait une immense timidité.

Lui, il l'observait, pris soudain d'un doute qui l'enivrait.

— Ma Louisette ? chuchota-t-il. Et dans ces deux mots il mit une ardente interrogation. Qu'est-ce que tu as ? Dis-moi…

Elle se retourna enfin, les yeux brillants, la bouche entrouverte.

— Hugo ! C'est toi que j'aime ! Voilà, tu le sais ! Je t'aime depuis que je te connais, je crois bien. Même petite fille, je ne vivais que pour toi…

Louise éclata en sanglots silencieux. Sa confession la libérait de plusieurs années de souffrance muette. Hugo, bouleversé, l'attira contre lui.

— Ma douce petite amie ! souffla-t-il. Et moi, je n'ai rien vu, rien compris.

Ils restèrent enlacés sans oser aller plus loin que cette tendresse pleine de promesses. Le clocher de Saint-Simon sonna sept coups. La jeune fille frémit, se dégagea avec délicatesse :

— Je dois rentrer, Hugo ! Mon père sera en colère, sinon. Surtout si je ne rapporte pas le sucre que je suis censée acheter à l'épicerie…

Hugo eut un sourire amusé. Il ne craignait plus Bertrand Figoux.

— Je te raccompagne au bourg, et même jusqu'à la ferme, Louise… Dis à ton père que je suis au pays, que je veille sur toi. Tu viendras au village, demain ?

Louise regarda Hugo avec une expression éblouie. Il l'embrassa sur la joue, luttant contre son envie de lui demander beaucoup plus. Ses lèvres, le creux de son décolleté, à la base du cou, où la peau paraissait d'une finesse de pétale de fleur.

— Maintenant je te vois, ma Louise, et je sais que tu m'aimes. Et moi, mon cœur bat bien fort, ce soir. Touche-le… Je ne mens pas…

Comme fascinée par la voix chaude du jeune homme, Louise passa sa main menue dans l'échancrure de sa chemise, s'aventura à la recherche de ce cœur affolé. Hugo fondit sous ces doigts innocents :

— Ma petite Louise ! Je suis fou ! Arrête, arrête ou je vais perdre la tête ! Ce n'est pas le moment… Tu es toute jeune, si jolie. Rentrons.

— Oui, tu as raison… répondit-elle tout bas.

Fidèles à leurs habitudes enfantines, ils quittèrent le Pas du Loup main dans la main…

14

Les amants du fleuve

La semaine avait passé très vite, de l'avis de Louise. Elle se hâtait vers les quais de Saint-Simon, pour un dernier rendez-vous avec Hugo qui repartirait sur le fleuve le lendemain, à l'aube.

Je crois que j'ai connu les plus beaux jours de ma vie ! se disait-elle en pressant le pas. J'ai vu Hugo tous les jours, et jamais il n'a été aussi gentil avec moi...

Louise ferma les yeux. Il lui semblait approcher son rêve de très près. Le jeune homme l'avait emmenée à la pêche, ils avaient mangé sur l'herbe tous les deux, comme des amoureux. Parfois, Hugo lui avait paru mal à l'aise, indécis. Il passait par des états d'exaltation suivis de longs silences.

Il sait que je l'aime, mais lui, que ressent-il ? songea-t-elle en s'arrêtant près de l'église.

Au même instant, Hugo discutait avec son ancien matelot à une table du Bouif. Claude fumait sa pipe, les paupières mi-closes sur un regard amusé.

— Tu me demandes, Hugo, ce que je pense de

Louise. Tu es mieux placé que moi pour avoir la réponse... Enfin, je t'avouerai que je la trouve bien jolie, forte et courageuse. Une femme de caractère, malgré ses allures de gamine.

Hugo avala un second verre de vin. Il fixa Claude d'un air impatient, puis déclara d'une voix adoucie :

— Vois-tu, je l'ai rencontrée toute la semaine. J'ai dû faire de gros efforts pour ne pas l'embrasser... Je me sens si bien près d'elle. Claude, elle me comprend, elle rit des mêmes choses que moi. Mais je l'ai toujours considérée comme ma petite sœur, alors...

Claude haussa les épaules. Il se pencha un peu, marmonnant au visage de son ancien patron :

— Cette petite, Hugo, elle t'aime ! Et pour de bon ! Le problème, c'est toi ! Qu'est-ce que tu veux faire ?

Hugo soupira. Il passa ses mains sur son visage :

— Je n'en sais rien. Je ne voudrais pas la faire souffrir encore. Pourtant, je crois que je suis un peu amoureux... Elle me plaît, ça oui !

— Laisse faire le temps, Hugo.

Fort de ce conseil, le capitaine de la *Marie-Flavie* se dirigea vers le quai. Louise l'y attendait. En l'apercevant, rose et lumineuse dans la lumière dorée du crépuscule, Hugo s'élança.

— Belle demoiselle ! Si nous allions jusqu'au Pas du Loup, pas longtemps, mais ici, pour se dire au revoir, il y a bien trop de témoins.

Louise pouffa en s'accrochant à son bras. Elle aimait quand Hugo prenait ce ton joyeux, qu'il l'appelait ainsi.

L'ombre des frênes les surprit. Le ciel se voilait, des brumes montaient du fleuve. Ils se sentirent isolés du monde entier en ce lieu qu'ils aimaient tant tous les deux.

— Ma Louisette ! commença Hugo. Je serai de retour au mois de juin. Tu vas me manquer…

La jeune fille le dévisagea sans répondre. Il la vit différente, soudain, plus grave et très belle. Elle avait une telle expression d'attente, de désir, qu'il en fut troublé.

— Louise ! gémit-il. M'accorderais-tu un baiser ?

Elle lui offrit naïvement sa bouche, en le prenant aux épaules. Son inexpérience même enchanta Hugo. Il pensait se contenter de peu, mais c'était elle qui s'abandonnait et le retenait contre son jeune corps, et plus ils s'embrassaient, plus une fièvre délicieuse les liait, confiants, entre le rire et les larmes. Bien vite, Hugo eut du mal à se dominer. Les longs mois de chasteté, la hardiesse innocente de Louise le menaient au bord de l'extase. À regret, il dut mettre fin à cette délicieuse torture :

— Soyons sages, ma Louisette ! marmonna-t-il. Je n'abuserai pas de toi… Je te respecte trop.

Elle fut incapable de lui répondre. Pourtant, il la sentit se blottir contre son torse palpitant. Il caressa ses cheveux soyeux :

— Remonte vite à la ferme, Louise. Ton père m'a lancé des œillades furieuses, hier. Je ne veux pas qu'il me juge mal. Sois patiente, à mon retour, je saurai ce qu'il en est.

Louise recula. Elle arracha un long brin d'herbe et le tordit entre ses doigts :

— Va rejoindre ta gabare, Hugo, et tes compagnons. Je rentrerai seule. Il ne fait pas encore nuit…

— Es-tu sûre ? dit-il le front soucieux. Je n'aime pas te savoir sur les chemins à cette heure.

— Pars donc ! Je suis de taille à me défendre ! Et puis, qui s'en prendrait à la fille de Bertrand Figoux,

au risque de recevoir un coup de fusil ? Allons, va !
Je t'attendrai ici, au Pas du Loup, au mois de juin…

Attendri, un peu inquiet cependant, le jeune homme
lui obéit. Louise le regarda s'éloigner, avec un sourire
triomphant qui n'avait plus rien d'enfantin…

Ce fut sur le fleuve, alors qu'ils approchaient de
Taillebourg, qu'Hugo fit le point sur ses sentiments.
Depuis le départ, il pensait constamment à Louise.
Certes, il avait été amoureux d'Alexandrine, et ces
tourments de l'absence, il les connaissait, mais cette
fois il s'y ajoutait une étrange impression, celle d'être
comme privé d'une partie de lui-même.

Il contemplait souvent les eaux de la Charente, assis
au gouvernail, en se souvenant des sourires de Louise,
de ses gestes.

*Qu'elle est gracieuse… oh ! ça, elle l'a toujours été.
Et ses cheveux, qu'ils sont doux, fins. Et ce parfum
dans son cou, qu'est-ce que c'est ? De la lavande,
de la verveine…*

Hugo ne pouvait pas se douter qu'il s'agissait d'une
eau de fleurs que le vieux guérisseur confectionnait
depuis deux ans pour Louise. D'ailleurs, il ne soup-
çonnait guère toutes les facettes de la personnalité
de la jeune fille. Il l'avait vue grandir sans se poser
trop de questions, pris par son métier. Elle, dans son
besoin de se distraire, d'apprendre, excellait en plusieurs domaines, la lecture, l'écriture, la science des
plantes que lui apprenait le père Martin.

Peu à peu, celle qu'il nommait encore Louisette prit
possession de son âme et de sa chair. Il fit des rêves
où s'exprimait son désir d'homme. Au réveil, ému et
haletant, il évoquait ces visions interdites : Louise, nue
et offerte, câline et gémissante sous lui.

Mais bon sang ! Je l'aime ! Comment ai-je pu en douter ? Je l'aimais déjà, quand j'étais plus jeune, car elle était gentille et affectueuse, mais à présent je suis amoureux... oui, amoureux ! Je suis sûr que cela ne lui déplaira pas de vivre sur la gabare... Elle verra du pays ! Elle est celle que j'attendais sans m'en rendre compte, comment ai-je pu être aussi aveugle... ?

Mais il lui restait beaucoup de jours avant de revoir le Pas du Loup. Après Tonnay, Hugo alla mouiller dans le port de La Rochelle, afin de demander conseil à sa mère et à sa sœur. Alexandrine l'embrassa avec enthousiasme, après l'avoir écouté parler de Louise :

— Je ne suis pas surprise, Hugo ! Et je vais te dire un secret. Quand tu disais son nom, avant, du temps où je pensais pouvoir t'épouser, j'étais un peu jalouse de cette gamine que tu adorais...

— Vrai ? Toi, jalouse ? C'était peut-être écrit, alors, qu'un jour elle serait mienne. Si tu savais combien j'ai hâte de la revoir, Alexandrine. Je la demanderai à son père, qui ne plaisante pas avec l'honneur. Et quand nous serons mariés, je reviendrai vous voir, maman et toi, que vous fassiez sa connaissance. La pauvrette, cela la changera de la ferme, une vie au grand air, sur le fleuve.

Marie-Flavie, mise dans la confidence, encouragea aussi son fils :

— Je suis heureuse pour toi, Hugo ! Si Louise est telle que tu me l'as décrite, je pense que vous aurez bien du bonheur ensemble.

Hugo entreprit la remonte du fleuve le cœur plein d'espérance. Lorsque son bateau approcha l'écluse du Pas du Loup, il éprouva un vertige de joie. Louise était assise sous leur frêne, en robe bleu ciel. Elle agita la main et se mit à marcher sur la berge pour suivre la lente avance de la gabare.

Le soir même, Hugo la retrouva derrière le mur d'enceinte du Logis d'Épineuil. Le mois de juin dans toute sa splendeur répandait sur la campagne des parfums capiteux de miel et de fleurs. Les grillons chantaient. Louise se jeta au cou de son bien-aimé.

— Je n'aurais pas supporté une autre journée sans toi, souffla-t-elle. Je t'aime, Hugo, au moins laisse-moi te le dire cent fois, mille fois.

— Ma Louise ! Tu m'as manqué, sais-tu ! Si j'avais pu revenir plus vite, je l'aurais fait ! Je t'aime, Louisette, ma chérie, ma petite... Je t'aime tant ! Je l'ai compris durant le voyage, car tu n'as pas quitté mes pensées. Et j'ai même rêvé de toi.

Louise eut un regard émerveillé. Elle demanda, d'une voix affaiblie par l'émotion :

— Redis-le, Hugo ! Oh ! je t'en prie, dis-le encore...

— Je t'aime, follette ! Je t'aime ! Tu es un cadeau béni du ciel, ma moitié, mon double. Avant je ne savais pas, maintenant je sais !

La jeune fille l'enlaça, cherchant ses lèvres. Hugo, effrayé par le désir qui montait en lui, murmura :

— Ma Louise, juste un baiser.

Il la repoussa tendrement, affolé par ce tissu jaune très fin qui moulait sa poitrine et sa taille. Louise, blonde, hâlée par le soleil, parée de cette couleur, repoussait à elle seule les ombres du soir d'été. Il l'étreignit, l'embrassa, puis fit de son mieux pour la repousser :

— Ma chérie, ne me tente pas ainsi. Je pourrais faire quelque chose que je regretterais ensuite. Tu es si belle, si jeune. Il faut nous fiancer... je dois parler à ton père !

Mais elle s'accrocha à lui, suppliante :

— Ne me laisse pas, Hugo, pas ce soir ! Tu dois le sentir, que je t'appartiens déjà. Depuis que j'ai su ce qui se passait entre les hommes et les femmes, je rêve que cela m'arrive, avec toi. Toi seul ! Je me moque du reste. Je t'aime tant... Je veux te rendre heureux. Tout de suite !

Alors il comprit, violemment ému, à quel point elle l'adorait et le désirait. Ce n'était plus une fillette, mais une vraie femme dont les baisers le grisaient.

— Viens ! murmura-t-il en la soulevant. Tu as raison, pourquoi attendre, puisque je vais t'épouser. Ne crains rien, plus personne ne nous séparera...

Il la porta dans ses bras, exactement comme lorsqu'elle n'était qu'une petite fille et qu'elle s'était blessée au genou. Puis il la coucha sous un saule dont le feuillage formait un abri. Là, Louise se laissa cajoler et caresser, tout en découvrant les secrets du corps masculin qui éveillait dans le sien des sensations insoupçonnées. Parfois la pudeur lui dictait un geste de refus, mais elle se dominait, paupières closes, et laissait Hugo lui apprendre les secrets du plaisir.

— N'aie pas peur, ma Louise, je ne te ferai pas de mal ! Ce sont nos noces, là, maintenant... Tu es la plus belle, la plus douce.

— Hugo, Hugo... Tu es là, tout près, je t'aime, je t'aime.

Leurs mots d'amour, chuchotés, se mêlaient aux chants des oiseaux que le crépuscule décuplait. Ce fut au sein de ce refuge végétal, non loin du Pas du Loup, qu'Hugo pardonna tout à fait à sa mère, quand il comprit enfin le sens de ses paroles : « Un seul corps, une seule âme. Nous brûlions du même feu... »

Si vraiment Marie-Flavie et Alfred, ses parents, avaient connu cette extraordinaire impression de communion, d'alliance charnelle et spirituelle qui les emportait et les consumait, Louise et lui, il ne pouvait plus leur en vouloir.

Ensuite ils se reposèrent, étroitement enlacés. Un peu meurtrie, la jeune fille pleurait de bonheur en silence. Il lui appartenait enfin, celui qu'elle attendait depuis tant d'années. Son père ne pourrait pas s'opposer au mariage, car, selon elle, il venait d'être consacré par leurs étreintes.

— Hugo, je t'aime… soupira-t-elle. Si tu savais comme j'avais besoin de toi !

— Ma douce Louisette ! Oublie ça, maintenant que je suis là ! J'ai de l'argent de côté. Je ne quitterai pas Saint-Simon avant un mois. Nous allons nous fiancer et publier les bans. La noce se fera en été.

— Mon trousseau est prêt ! pouffa Louise. Ma mère va être bien heureuse… Elle craignait tant de me voir devenir vieille fille. Tu feras l'affaire, comme gendre !

— Et toi, tu ne préfères pas épouser Émile ou le fils du maire, ce Paul qui te tournait autour, il y a trois ans ?

— Non, je ne veux que toi, toi et toi, pour toujours… Hugo, je dois rentrer ! Il est sûrement très tard, la nuit tombe. Mon Dieu, que va dire papa ?

Louise remit de l'ordre dans sa toilette, sans parvenir à échapper au jeune homme. Dès qu'elle tentait de se relever, Hugo l'attrapait à bras-le-corps et la forçait à s'allonger de nouveau sur l'herbe.

— J'aimerais tant que tu restes, ma chérie. Tu es ma femme à présent, ma petite femme toute neuve !

— Et moi, comme je voudrais passer la nuit ici… Quand nous serons mariés, je ne te quitterai plus, je te suivrai sur le fleuve. J'aménagerai ta cabine en nid d'amour ! Avec une alcôve de rideaux rouges, où je te retiendrai prisonnier…

— Tais-toi, coquine, ou je t'enlève ! répliqua Hugo. Tu me rends fou !

Louise enlaça Hugo, l'embrassant passionnément.

— Je reviens demain ! souffla-t-elle.

Tous deux connaissaient le caractère acariâtre de Bertrand Figoux. Pas question de provoquer une de ses fameuses colères. Louise se sauva enfin, en faisant promettre à Hugo de la retrouver au Pas du Loup, à midi. Il l'escorta jusqu'au quai. Leurs mains se séparèrent à regret.

Une fois seul, le jeune homme monta à bord de la *Marie-Flavie* et se jeta sur sa couchette. Le bonheur le suffoquait. Combien Louise s'était montrée ardente, douce, amoureuse… Sa peau avait le velouté des pêches de vigne, sa bouche un goût de framboise. Ce qu'il préférait, cependant, c'était leur profonde entente. Ainsi qu'elle l'avait toujours fait, la jeune fille se confiait à lui, demandait sa protection, tout en veillant sur le moindre de ses états d'âme. Elle l'avait surpris par sa gaîté, sa liberté de paroles et de gestes.

Il découvrit que sa véritable épouse l'attendait là, à Saint-Simon. Il se rappela, après réflexion, quelques paroles étranges de Claude. Son ancien matelot, Hugo en était à présent persuadé, avait essayé à plusieurs reprises de lui faire comprendre à quel point Louise l'aimait.

J'étais aveugle ! Et sourd. Ma Louisette a dû bien souffrir, surtout quand je lui parlais d'Alexandrine.

Il se releva pour contempler le fleuve où les étoiles se reflétaient. À voix basse, il déclara gravement :

— Louise, je te donnerai tout ! Je veux te voir toujours aussi joyeuse, comblée. J'en fais le serment.

Hugo bâtissait déjà son avenir avec Louise, sûr de lui et sûr d'elle. Fort de son amour tout neuf, il se sentait à l'aube de la vie dont il avait si souvent rêvé.

Louise courut tout le chemin, cherchant comment expliquer à son père sa longue absence. Sa mère ne la contredirait pas, mais il leur fallait être prudentes. Son cœur battait très fort, autant de joie délirante que de peur. Elle entra dans la cuisine, l'air préoccupé. Bertrand Figoux se dressa aussitôt, les poings aux hanches :

— Ah ! Quand même ! Où étais-tu, Louise ? Ta mère m'a dit qu'elle t'avait envoyée à l'épicerie, mais j'y suis allé, personne ne t'a vue à Saint-Simon.

Hortense jeta un regard affolé à sa fille. Louise se mordit les lèvres, prise au piège. Soudain, elle en eut assez de trembler devant cet homme coléreux et tyrannique. Depuis des années, elle travaillait pour lui, obéissait, s'égratignait les bras, les mains, se levait à l'aube, sans jamais se plaindre.

— Vas-tu répondre, Louise !

— Bien sûr, papa. J'étais avec Hugo. Hugo Roux, le patron de la *Marie-Flavie* ! Oui ! Lui ! Il est revenu. Figure-toi que nous avions à parler tous les deux. Il veut m'épouser. Je l'ai rencontré devant l'église. Alors je ne suis pas entrée à l'épicerie. Nous nous sommes promenés longtemps, car nous avions beaucoup de choses à mettre au point. Hugo a de l'argent, un métier. Et je l'aime.

Hortense se signa, certaine que son mari se mettrait à hurler, à menacer. Mais Bertrand, déconcerté, prit le temps de réfléchir. Enfin, il marmonna :

— Comme ça, Hugo Roux est revenu au pays. Et il

t'a parlé mariage. Il aurait dû m'en causer en premier. Ce sont bien des manières de vagabond. Je les connais, les patrons de gabare, une femme dans chaque port ! Trousser les belles filles, ils ne se gênent pas. Il ne doit pas être plus sage que les autres, ton Hugo ! Il ne t'a pas touchée, au moins ?

Louise hésita, rougissante. Le calme et le sourire malin de son père l'inquiétaient. Elle choisit de lui mentir :

— Non, papa ! Pense ce que tu veux, moi je t'assure que c'est un garçon honnête, et puis je suis une fille sérieuse.

Bertrand se servit un verre de vin. S'apercevant des airs gênés des deux femmes, il leur lança :

— Eh bien ! Ne faites pas ces mines de poires blettes ! Buvons un coup ! Belle comme tu es, ma fille, tu pouvais espérer un meilleur parti, mais je te connais, tu serais capable de te sauver avec ton cher Hugo. Dis-lui de venir me voir, demain soir. Il soupera chez nous. À ma connaissance, ses oncles n'ont pas eu d'enfants. Ils possèdent encore des terres sur le coteau voisin… Ce maudit phylloxéra m'a ruiné à demi, alors je dois planter plus de maïs !

Louise, soulagée, comprit enfin ce qui trottait dans la tête de son père. Il n'avait qu'une idée, agrandir son domaine, grignoter à tous une parcelle. Ce n'était pas le moment de lui reprocher son avidité. Elle traversa la pièce et vint l'embrasser.

— Merci, papa ! Tu me rends tellement heureuse.

Hortense respira mieux. Elle tendit les bras à sa fille unique et la serra contre sa maigre poitrine.

— La soupe doit être froide, Louise, soupira-t-elle. Je la remets sur le feu ! Allez, assieds-toi et trinque avec ton père. Nous voici tous bien contents, ce soir !

Louise se coucha dans un état de fébrilité qui l'empêcha de dormir. Elle resta des heures allongée, nue entre ses draps, à se remémorer chaque expression de son bien-aimé, pendant qu'ils faisaient l'amour... Chacun de ses mots aussi. À évoquer ces instants d'intimité, dont elle gardait intact le souvenir tout récent, elle se sentait tour à tour glacée ou brûlante. Elle trouva le sommeil au premier chant du coq, et s'éveilla à neuf heures. Ce n'était pas dans ses habitudes, mais ses parents ne lui firent aucun reproche.

Bertrand Figoux semblait disposé à l'amabilité. Lorsqu'il vit sa fille prête à descendre au bourg, il tapa sur la table en lançant d'un ton faussement bourru :

— Et n'oublie pas ! J'attends Hugo Roux ce soir, à six heures, pour causer du mariage.

— Me donnerais-tu ma journée, papa ? Je pourrai déjeuner sur la gabare, avec mon fiancé... Nous n'avons pas besoin de nous cacher, puisqu'il va m'épouser !

— Hum ! fit son père. Fais donc à ta tête !

Hortense adressa à Louise un sourire complice. La jeune fille quitta la ferme en courant. Jamais elle ne s'était sentie aussi pleinement heureuse. Ses rêves d'enfant prenaient corps, réalité. Elle avait tellement imaginé ces heures de joie, l'annonce des fiançailles, de la noce, sa robe blanche, l'église parée de fleurs et de cierges.

En passant devant la maison du père Martin, Louise hésita. Les volets étaient mi-clos, la barrière, fermée. Son vieil ami se reposait, sans doute. Puis elle eut honte.

Et s'il était souffrant. Hier, je l'ai trouvé bien fatigué.

Avec ses manières discrètes, Louise entra dans le jardin envahi de roses et de chèvrefeuille. Elle toqua à la porte, trois petits coups. Ne recevant aucune réponse, la jeune fille tourna le loquet. La pièce était vide.

Il doit s'être levé à l'aube pour cueillir ses plantes... Nous le saluerons ce soir, au retour, Hugo et moi.

Louise fit demi-tour, émerveillée par l'association de leurs deux prénoms. Maintenant, le jeune gabarier et elle formaient un couple. Au village, on lui donnerait très bientôt du « madame Roux », et cette certitude la plongea dans une exaltation enfantine.

— Merci, mon Dieu ! s'écria-t-elle en joignant les mains quelques secondes. Merci d'avoir écouté mes prières.

Hugo guettait l'arrivée de Louise, debout sur le pont de sa gabare. Il avait reçu la visite de Claude, son ancien matelot, à qui il s'était empressé d'apprendre son bonheur.

— Je vais épouser Louise !

— Il était temps que tu te décides ! Une fille pareille, belle et futée !

En fait, le jeune homme avait bien du mal à ne pas crier la grande nouvelle d'un bout à l'autre du bourg de Saint-Simon. Il savait qu'il lui fallait patienter un peu, car Bertrand Figoux pouvait encore s'opposer à leur union, Louise étant mineure.

Mais quand Hugo aperçut sa promise sur le quai, elle arborait un tel sourire qu'il cessa de se tourmenter.

— Ohé ! Puis-je monter à bord ? demanda la jeune fille en riant.

— Je viens te chercher, ma belle ! s'exclama-t-il.

Louise se souvint, en posant le pied sur le pont de la *Marie-Flavie*, du jour déjà lointain où elle avait baptisé la gabare, dont elle était la marraine.

— Tu es chez toi, ici ! chuchota Hugo en la prenant par la taille. J'ai acheté de quoi casser la croûte. Des grillons, du pain frais, une bonne bouteille de vin blanc, celui qui fait briller tes beaux yeux !

Louise soupira, troublée. Les doigts du jeune homme

enflammaient sa chair à travers le tissu léger de sa robe.

— Viens donc ! murmura-t-il. Je parie que tu n'as jamais visité ma cabine.

— Je ne sais pas si je peux descendre dans un endroit qui doit être bien sombre ! plaisanta-t-elle.

À peine furent-ils hors de vue, en bas des marches raides menant sous le tillac, qu'ils échangèrent un baiser fou. Hugo s'était langui de Louise depuis la veille et il n'avait qu'une idée, l'allonger sur sa couchette…

— Regarde, ma Louisette, voilà où j'ai passé de bien mauvaises nuits, seul, toujours seul. J'ai fait le ménage ce matin, en ton honneur.

La jeune fille fronça le nez, inspectant du bout des doigts l'étagère et le rebord de l'étroite fenêtre qui surplombait à peine la surface du fleuve. Puis elle se laissa tomber sur le lit, les bras ouverts.

— Hugo ! Mon père t'accepte pour gendre. Mais il t'attend à la ferme, ce soir. À six heures.

— Oh ! ma chérie ! cria Hugo. Comme je suis fier ! Oui, fier de t'épouser.

Louise garda les yeux grand ouverts lorsque son amant se pencha sur elle, le visage tendu par un désir intense, exigeant. Elle le fixait avec ardeur, tout en déboutonnant son corsage de soie. Sa chair nacrée apparut dans la pénombre nuancée d'un rai de soleil. Il faisait chaud, ils se retrouvèrent nus tous les deux, à l'abri des flancs de bois de la *Marie-Flavie*.

Personne ne songea à venir les chercher là.

— Hugo ! Écoute ! Le clocher sonne cinq heures. Il faut se mettre en route.

Louise s'étira, gracieuse. Hugo posa sa joue contre un sein rond et tiède.

— Faisons un peu de toilette, ma mie, sinon ton père se doutera que nous avons passé l'après-midi au lit !

— Et après ! répliqua Louise. Nous ne serons pas les premiers fiancés à coucher ensemble avant la noce.

— Petite folle ! s'étonna Hugo. J'ai hâte de te présenter à Alexandrine. Elle aussi a son franc-parler. Je plains son futur mari, parfois. Il aura du fil à retordre avec sa femme.

Louise avisa une cruche d'eau fraîche. Elle en versa un peu dans le creux de sa main et aspergea Hugo.

— Je te mènerai la vie dure, sais-tu ! Tu verras ! On craindra la patronne de cette gabare, d'amont en aval, foi de Louise.

Les deux amoureux rirent beaucoup en s'habillant. Cependant, la jeune fille fut soudain prise d'une hâte inattendue.

— Vite, Hugo ! Nous devons passer chez le père Martin ! Le vieux guérisseur… Il n'était pas là, à midi.

— Qu'avons-nous à faire de ce sorcier ? rétorqua le jeune homme, un peu surpris.

— Ce sorcier, comme tu dis, est mon ami ! Il m'a consolée bien souvent, et il m'a appris ses secrets. Tout le monde le juge mal. Mais, ce qui me révolte, vois-tu, c'est la fausseté des gens. Ceux qui le consultent chaque jour de la semaine sont les mêmes qui l'accusent de diablerie.

Louise avait les joues rouges de colère. Hugo la serra contre lui :

— Allons, calme-toi ! Si tu aimes le père Martin, c'est sûrement un brave homme. Partons, ma Louisette.

Le guérisseur reçut les fiancés avec gentillesse. Si Louise avait été plus attentive – mais la présence d'Hugo la rendait distraite –, elle aurait peut-être remarqué les regards tristes, presque mélancoliques, que le vieillard posait sur eux. Il les raccompagna jusqu'à sa porte, une simple claie de planches.

— Mariez-vous vite, mes petits ! Même si vous

avez déjà uni vos âmes et vos cœurs. Les hommes ont besoin de documents officiels, de témoins, de signatures. Y a tant de méchanceté, derrière les sourires...

— Père Martin ! protesta Louise, vous allez me rendre grave, à dire des choses comme ça.

Un élan poussa la jeune fille à serrer très fort la main de son vieil ami. Hugo, qui conservait un fond de méfiance à l'égard de celui que la rumeur désignait comme un sorcier, se contenta d'un signe de tête. Pourtant, lorsqu'ils entrèrent dans la cour de la ferme, les paroles du père Martin étaient déjà oubliées...

Bertrand Figoux les attendait, debout sur le seuil du corps d'habitation. Il donna l'accolade à son futur gendre et le fit entrer. On « causa » longtemps ce soir-là. Hugo céda l'exploitation de ses lopins de terre à son beau-père, juste avant d'apprendre que Louise disposait d'une dot fort convenable.

— Oui, jeune homme ! expliqua Hortense, amadouée par les sourires du solide gaillard au teint doré. Louise apporte deux coffres de linge, du beau lin et du coton, des couverts d'étain et de la vaisselle...

Louise fit taire sa mère d'une pression de main. Elle n'avait pas encore annoncé à ses parents sa décision de mener la dure existence des femmes de gabarier. Jamais son trousseau ne logerait sur la *Marie-Flavie*, et il n'était pas question d'embarquer dans la cale la lourde armoire aux portes sculptées dont elle avait hérité.

Hugo reprit le chemin du fleuve en dansant de joie, puisque personne à cette heure de la nuit ne pouvait le surprendre. Il reviendrait dans huit jours, le dimanche prochain, pour le « repas d'accordailles », comme disait Bertrand Figoux.

15

Le sang des braves

Louise et Hugo connurent une semaine de grand bonheur. À Saint-Simon, la nouvelle se répandit : le fils Roux allait épouser la fille Figoux. Colin s'en réjouit franchement, ainsi qu'Alcide. Les frères de François avaient revendu leur gabare, la *Vaillante,* et s'étaient établis comme marchands de sel et d'épices.

Les deux amants se retrouvaient souvent au Pas du Loup, pour se perdre ensuite dans les taillis des alentours. Ils ne se lassaient pas de savourer leur passion toute neuve. Au bourg, on les félicitait, en se réjouissant à l'avance d'une belle noce. Claude vint manger avec eux sur la *Marie-Flavie*, déjà pavoisée de fleurs de tissu blanc et rose.

L'ancien matelot se montrait très respectueux avec Louise, aimant répéter :

— C'est une vraie demoiselle, qui a de l'instruction ! Moi, ça m'intimide !

Émile en profitait pour courtiser de plus près sa Lucienne. Le mousse lança un soir qu'il aurait bien pu se marier le même jour que son patron, mais il n'avait pas fini son apprentissage et ses parents le jugeaient un peu jeune pour convoler. Il se consola vite, en bon gourmand, car il était invité au repas offert par les Figoux.

Louise et sa mère travaillèrent durant deux jours à la préparation du festin. D'un commun accord, elles avaient décidé de montrer ce soir-là leurs talents de cuisinière. Il leur fallait battre du beurre, pétrir de la pâte à pain et à brioche, mais aussi nettoyer la cour, dresser une grande table sous le tilleul. Hugo avait proposé son aide, sachant bien qu'on le renverrait sur sa gabare.

— C'est l'affaire des dames ! avait crié Hortense, que sa fille n'avait jamais vue aussi gaie et charmante.

Maintenant, Louise guettait l'arrivée des convives. Elle vérifiait d'un œil inquiet la blancheur du drap qui servait de nappe, le niveau du vin dans les carafes, le moelleux de ses clafoutis aux cerises.

— J'espère que les fruits auront gardé du goût ! souffla-t-elle à sa mère.

— Je n'aurais pas osé cuire des clafoutis avec des cerises conservées dans du sirop. Toi et tes lectures, aussi !

Louise, en effet, essayait souvent des recettes qu'elle découvrait dans les almanachs que vendaient les colporteurs.

— Je suis sûre que ce sera très bon ! répliqua-t-elle en secouant ses tresses blondes. Et les cagouilles, maman ? As-tu activé le feu ?

Hortense se précipita vers la cheminée où mijotaient, sur les braises, dans un gros chaudron, des escargots en sauce. Louise avait haché elle-même les gousses d'ail, les tomates et les oignons, ajoutant du poivre gris, du sel de mer et des herbes du jardin.

— Je monte me changer, maman ! Hugo sera sûrement le premier. Sers-lui un verre de vin, mais ne parle pas des cagouilles, c'est une surprise. Je sais qu'il n'en a pas mangé depuis des mois.

— Même si je me taisais, coupa Hortense, je ne pourrai pas ôter l'odeur de la pièce. Et ça sent si bon, ma fille ! Ah ! Ton mari ne sera pas à plaindre…

Louise se sauva à l'étage en pouffant.

C'est trop de bonheur ! songea-t-elle. Vite, ma robe bleue, mes rubans…

Par superstition, la jeune femme tenait à porter pour son repas de fiançailles la même toilette que le jour du retour de la *Marie-Flavie*, cette robe d'un bleu léger, en satin. Hugo l'avait vue ainsi, alors qu'il accostait à Saint-Simon.

Lorsqu'elle redescendit, coiffée d'un chignon et de bandeaux bien lisses, comme l'impératrice Eugénie, plusieurs sifflements retentirent. Une partie des invités s'était installée à la table, dans le crépuscule doux et rose : Hugo, Claude, sa femme Catherine, Émile le mousse, ses parents et ses frères, Colin et Alcide, les oncles du fiancé. La sœur cadette de Bertrand Figoux, une certaine Adèle, et son mari avaient fait le déplacement depuis Ruffec, dans le nord du département. C'était la marraine de Louise, mais la jeune fille ne l'avait pas vue depuis sa communion.

Le repas dura des heures. Catherine donna un coup de main pour débarrasser. Elle en profita pour glisser à l'oreille de Louise :

— Regarde un peu nos hommes ! Dès que nous avons le dos tourné, ils parlent bas, le front plissé. Il paraît que l'empereur prépare ses troupes, pour mener la vie dure aux Prussiens.

— Napoléon III se soucie surtout des toilettes de sa femme, s'écria Louise, qui se moquait un peu de ce qui se passait à Paris, si loin de sa chère Charente. J'aimerais bien, moi aussi, porter une crinoline. J'ai vu des gravures, qu'est-ce que c'est joli, ces grandes jupes...

Catherine, les yeux brillants, se mit à parler chiffons et dentelles. Louise, que cette femme haute en couleur et au caractère violent gênait un peu, se réjouit de trouver un sujet de conversation.

— Je te souhaite bien du bonheur avec Hugo ! lui chuchota Catherine au moment de quitter la ferme. C'est un beau gars, et tellement brave.

Louise eut un sourire contraint. Elle n'avait pas oublié qu'il y avait des années, Catherine était la maîtresse épisodique du jeune gabarier. Hugo devina son malaise. Il la prit par l'épaule et lui dit tout bas :

— Ma mie, comme il me tarde de pouvoir dormir près de toi, toutes les nuits que Dieu fera. Ce soir, je dois m'en aller, mais quand je t'aurai épousée, je ne te laisserai plus...

La jeune fille, en guise de réponse, l'entraîna à l'ombre de la grange. Ils s'étreignirent, fous de désir.

— Mes parents sont montés se coucher, chuchota Louise. Viens dans le verger... L'herbe y est si douce.

— Si ton père nous cherche ?

— Il a trop bu, trop mangé ! Il ne se lèvera pas. Viens, mon amour.

Hugo ne put qu'obéir. Il suivit sa belle promise en espérant de tout son être que rien ne les sépare...

Le mois de juillet 1870 était déjà bien entamé. Quelques jours avant la date prévue pour les noces de Louise et d'Hugo, tel un oiseau de malheur, se répandit une sinistre rumeur. Napoléon III levait une armée pour combattre les Prussiens. Dans toute la France, les hommes en âge de défendre leur patrie devaient rejoindre les troupes impériales. Le nom de Bismarck sortait de milliers de bouches, tandis que les gazettes représentaient ce redoutable ennemi dans leurs pages, coiffé de son casque à pointe, la face impitoyable.

Un matin, Hugo monta à la ferme des Figoux, le visage sombre, la bouche durcie par un rictus de chagrin. Louise lui sauta au cou, refusant de voir l'expression torturée de son fiancé. Il lui murmura quelque chose à l'oreille. D'abord, Louise n'y crut pas.

— Comment, tu as tiré un mauvais numéro ? Tu pars à la guerre ? Hugo, ce n'est pas possible... Tu ne vas pas me quitter, quand même ! Je m'en moque, moi, de la guerre !

— Si, ma Louise, je dois m'en aller ! Je n'ai pas eu de chance. Paul, le fils du maire, non plus. Mais ses parents ont payé le gars Victor qui ira se faire trouer la peau à sa place. Je vais rejoindre la marine, comme le font les gabariers.

Louise, encore en chemise de nuit, les cheveux fous, se tordit les mains de terreur.

Quand elle l'avait vu sous sa fenêtre, de si bonne heure, elle était descendue en courant et l'avait entraîné au fond du verger. L'herbe humide de rosée mouillait ses pieds, les oiseaux, merles, mésanges, pinsons, lançaient des trilles mélodieux. Ce décor tranquille, riche en couleurs, en parfums, contrastait cruellement avec l'affreuse nouvelle.

— Hugo ! supplia-t-elle. Mon père a de l'argent de côté, je sais où il cache ses louis d'or. Il nous aidera. Nous allons te trouver un remplaçant. Tu dois rester ici, avec moi.

— Non, ma Louise, pas de ça ! Je ne suis pas un lâche... Le sort m'a désigné, je pars. Je ne pourrais plus dormir, si je faisais une chose pareille. Je n'ai jamais triché !

Elle s'accrocha à son cou, le baisa sur les lèvres, en chuchotant :

— Et si j'attendais un enfant… Nous ne sommes pas encore mariés. Papa me tuerait ! Tu ne peux pas m'abandonner ! Attends au moins le jour des noces. Si je suis ton épouse, j'aurai plus de courage !

Hugo faillit céder. Dans les bras de Louise, il avait découvert le vrai bonheur. Et elle était si jeune… Mais il lui parut impossible de rester au pays, alors que tant d'autres hommes se battraient.

— Ma chérie, Dieu veillera sur nous. Si tu portes notre enfant, et que ton père te cherche querelle, tu pourras demander refuge à Colin ou à Claude, ils te protégeront. Claude t'admire. Lui, il a charge de famille, il ne risque pas d'être soldat. Et puis ta mère t'aidera, elle aussi. Je serai vite de retour, je te le promets.

Louise, tremblante de désespoir, se serra contre lui, prit sa bouche. La douleur de perdre son bien-aimé, après seulement quelques semaines de joie, la rendait folle. Quoi, ils devaient se marier, vivre ensemble, voyager sur la *Marie-Flavie*, Hugo avait promis de l'emmener jusqu'à l'île d'Aix, dans le pertuis d'Antioche ! Et la guerre éclatait, comme un orage soudain. Une fois de plus, on lui arrachait son bonheur.

— Hugo, je t'aime ! Je t'aime. Ne pars pas. Je t'ai attendu des années, nous étions enfin réunis…

— Ma petite Louisette, aie pitié de moi ! Te voir aussi triste me rend faible ! Allons, je t'en prie, donne-moi des forces.

Hugo, les larmes aux yeux, allongea Louise sur le sol. Ils firent l'amour avec fièvre, entre sanglots et soupirs d'extase. Ensuite, incapables de s'arracher l'un à l'autre, ils s'accordèrent de longues minutes, enlacés, baignés du premier rayon de soleil.

— La vie est injuste, ma Louise ! soupira enfin Hugo. Nous donner tant d'épreuves et si peu de bon temps. Je t'en prie, pense à ce que je t'ai promis. Je te chérirai jusqu'à la fin de mes jours.

— Il n'y a pas, dans tout le pays, une femme plus malheureuse que moi ce matin… gémit la jeune fille. Hugo, si tu meurs, je mourrai ! N'oublie pas ça !

— Je te le défends, Louisette. Je t'ai vue grandir, je t'ai connue enfant, et tu n'as pas encore dix-sept ans. Alors, même si je ne reviens pas, tu dois vivre… Fonder une famille, avec un honnête homme. Jure-le ! En souvenir de moi…

— Non ! Ne me demande pas ça ! Par pitié !

— Jure-le, Louise, sinon je serai trop triste.

En sanglotant, elle jura. Soulagé, Hugo lui embrassa les mains.

— Ma chérie, ne pleure plus. Si tu pouvais écrire à ma mère et à ma sœur… Leur dire que j'ai été tiré au sort.

Hugo sortit une bourse en cuir de sa veste.

— Tiens, je te confie mes économies. Veille sur ma gabare, je te charge de payer leur dû aux charpentiers. Sois courageuse, ma Louise, comme tu l'as toujours été… Maintenant, je vais me lever, et vite sortir du verger. Je préfère garder cette image de toi, si jolie sous les arbres, avec ta bouche rose, tes beaux yeux !

Hugo tendit la main, effleura la joue de sa fiancée qui sanglotait sans bruit. Un dernier baiser passionné, une ultime étreinte et le jeune homme s'en alla. Louise demeura assise sur l'herbe que leurs ébats avaient couchée. Là, elle pleura pendant plus d'une heure. Sa mère, inquiète de ne la trouver ni au lit ni à l'étable, l'appela.

En marchant vers la ferme, Louise fit une courte prière :

— Mon Dieu, faites que je porte un enfant ! J'avais peur de la honte, de la solitude, maintenant je vous demande ce miracle. Un bébé de lui, à aimer. Si mon père me chasse, je saurai bien où me réfugier…

Hortense vit tout de suite que sa fille souffrait. Elle la saisit par le poignet :

— Il a tiré un mauvais numéro, dis…

— Oui, maman ! Il part, vois-tu ! Je lui ai proposé d'acheter un remplaçant, il a refusé. Bien sûr, les hommes ont de l'orgueil. Plus que nous, les femmes. Moi, si j'étais Hugo, je me cacherais dans les bois, juste pour ne pas quitter celle que j'aime… Mais non, il part, il part !

Louise répéta encore ces mots, l'air hébété. Hortense la conduisit jusqu'à la cuisine et lui fit avaler une goutte d'eau-de-vie.

— Calme-toi, petite ! Voudrais-tu vraiment d'un gars qui reste dans les jupes de sa promise alors que les autres vont défendre le pays ! Il reviendra, ton Hugo…

Plus bas, sa mère ajouta :

— As-tu été sage, Louise ? Que dirait-on, au bourg, si tu es grosse sans avoir de mari… ?

Louise releva la tête, farouche.

— Maman, si j'ai la joie d'avoir un enfant d'Hugo, je saurai bien m'arranger. Et les commères pourront parler, je leur clouerai le bec !

Hortense se moucha, les yeux brillants de larmes. Quand Bertrand Figoux apprit que son futur gendre avait dû rejoindre l'armée impériale, il haussa les épaules et tapa un fort coup de poing sur la table. Puis il commença à épier la silhouette de sa fille, en grommelant :

— Si seulement la noce était faite…

En septembre 1870, la guerre s'était mal terminée pour les Français.

Aux premiers frimas d'octobre, Louise ne douta plus. Elle était enceinte. Hugo n'avait pas écrit, mais Dieu avait exaucé ses prières de femme.

C'est un signe ! songea-t-elle. Mon amour reviendra vite, il sera là avant la naissance du petit, j'en suis sûre...

Redoutant l'œil perspicace de sa mère, Louise joua les frileuses et s'enveloppa d'un grand châle, malgré une taille encore fine et svelte. Durant huit jours, elle savoura son bonheur secret, imaginant l'enfant à venir, fille ou garçon.

Je voudrais une fillette aux yeux noirs comme Hugo, ou un chérubin qui aurait mes cheveux blonds... Non, un robuste garçon, et brun...

Parfois, elle posait son ouvrage et rêvassait, le regard perdu, ce qui exaspérait son père.

— Qu'as-tu donc ? hurlait-il. Tisonne le feu, il n'y a plus que des braises.

Mais Louise ne semblait pas entendre. Elle continuait à sourire aux anges, ce qui inquiétait beaucoup sa mère.

— Petite, lui dit-elle ce soir-là, tu n'es pas malade ?

— Non, maman, j'attends Hugo. Il va rentrer, je le sens. Il montera le chemin, il frappera à la porte. Alors je guette le moindre bruit.

Hortense poussa un gros soupir et reprit sa couture.

Le lendemain, qui était un dimanche, Louise profita du ciel dégagé pour descendre au village. Elle avait décidé de se confier au père Martin. Le vieux guérisseur serait bien le seul à ne pas la juger. Elle s'habilla chaudement et quitta la ferme de bonne heure, sans même prévenir ses parents.

La campagne avait pris son visage dépouillé : arbres

noirs, champs bruns labourés que survolaient les corbeaux. Des toits de Saint-Simon montaient des volutes de fumée grise, s'échappant de chaque cheminée. Louise jeta un regard amer au ruban sombre du fleuve.

Je préférerais attendre le retour de la Marie-Flavie, *des années s'il le fallait, mais savoir Hugo à la guerre, quelle horreur !*

Le père Martin mit longtemps à lui ouvrir. La jeune femme constata avec chagrin que la maison de son vieil ami était mal chauffée et très humide. Une odeur étrange flottait, celle des plantes séchées près de la cheminée, mêlée au fumet peu appétissant d'un maigre ragoût.

— Père Martin, avec ce mauvais temps, il faudrait vous soigner un peu mieux... Avez-vous assez de bois ? Et que faites-vous cuire ? Cela ne sent pas bon !

Le guérisseur, emmitouflé dans un grand châle noir, s'était vite rassis au coin du feu.

— Ne t'occupe pas de mon confort, petite ! Dis-moi plutôt ce qui t'amène ? Je te vois bien triste... C'est ton mari qui te manque ?

Louise prit place sur une vieille malle.

— Hugo ne m'a pas épousée, père Martin ! Vous ne vous en souvenez plus ? demanda-t-elle, inquiète pour la raison de son ami.

— Eh ! Je ne perds pas la tête ! Mais Hugo est ton mari, Louise, puisque tu portes son enfant. Enfin, moi, je raisonne comme ça...

— Comment le savez-vous ? Je venais vous l'annoncer et vous demander conseil !

Le vieil homme plissa ses yeux clairs. Il toussa un peu, tisonna les braises et déclara d'un air grave :

— Prends bien soin de toi, petite ! Et ne pleure pas tant, tu dois être courageuse, pour lui... Ton bébé a besoin de t'entendre rire et chanter.

Le père Martin toussa encore. Louise s'agenouilla sans souci de salir sa jupe et souleva le couvercle de la marmite.

— Mais qu'est-ce que c'est ? murmura-t-elle avec une mine dégoûtée.

— Du hérisson ! Dame, je n'ai plus de lapins, on me les a empoisonnés. Un vilain tour. Comme mes poules ! Alors je mange ce que je trouve !

Louise se redressa, les yeux brillants de colère.

— Les gens sont trop stupides ! Qui a osé empoisonner les poules que je vous avais données ?

— Je sais les noms, Louise ! Toujours les mêmes. Ceux qui viennent me demander de jeter des sorts à l'un ou à l'autre et qui, après ça, ont peur que je les trahisse. Ne te fais pas de souci, ils paieront un jour…

Louise repartit encore plus triste. Sur le chemin du retour, elle revoyait son vieil ami, assis près de son pauvre feu, dans sa misérable masure.

On le dit sorcier, il est juste plus savant que les autres… Mon Dieu, protégez-le !

Et les jours continuèrent à couler, lentement, apportant vents glacés, pluies et grêles, un peu de neige en janvier. Louise bénissait le froid qui lui permettait de dissimuler sa taille qui commençait à s'arrondir.

Hugo avait donc quitté le pays en juillet 1870 en compagnie de Victor, le fils du bourrelier. C'était ce brave garçon qui partait à la place de Paul, l'unique rejeton du maire. Victor avait confié au jeune gabarier qu'il se réjouissait de laisser un beau magot à ses parents.

— Si tu avais vu ma mère ! lui avait-il raconté dans le train pour Bordeaux. Elle pleurait de joie devant l'argent, puis elle pleurait de chagrin parce que j'allais à la guerre. Bah ! Dans la marine, on ne risque pas de tomber sur les sabres des Prussiens.

En partageant leur casse-croûte, du pain bis et des rillettes, les deux soldats avaient évoqué leur fiancée.

— Moi, avait dit Victor, je courtisais la fille Jeanne, de Juac. Elle louche un peu, mais on s'aime fort. Quand je rentrerai au village, je l'épouse.

Le cœur serré, Hugo avait murmuré :

— Tu connais Louise Figoux ? Elle est belle, n'est-ce pas ? Je l'ai laissée tout en larmes, les cheveux défaits, ses beaux cheveux blonds. Nous couchions ensemble… Si elle a un petit, je ne serai pas là pour la protéger.

Presque admiratif, Victor avait hoché la tête. Hugo était resté un long moment silencieux après avoir parlé de Louise. Son image le tourmentait. Il la revoyait couchée sur l'herbe du verger, sa chair nacrée, son cou gracile, sa poitrine menue et si douce. Et il lui prenait des envies de sauter du train en marche pour courir jusqu'à Saint-Simon, la revoir, la toucher, sa Louise.

À Bordeaux, Hugo, Victor et quelques autres gabariers furent renvoyés vers le nord-ouest de la France, avec une compagnie d'infanterie. L'empereur avait besoin de ses troupes et les régiments se regroupaient sur les postes avancés, près de la frontière. En fait de marine, ils rejoignaient les simples soldats, sur la terre ferme et les champs de bataille.

Durant le voyage, Hugo souffrit le martyre, tant Louise lui manquait. Dès qu'il fermait les yeux, son visage menu surgissait, les joues pâles marbrées de rose, quand elle avait pleuré de joie, son ventre plat et velouté, ses sourires lumineux. Il tentait de se souvenir de sa voix chantante et basse, mais il n'y parvenait pas. Bientôt, en même temps qu'il découvrait le chaos et le carnage des champs de bataille, la vision apaisante de sa fiancée s'effaça, comme un dessin sur la buée d'une vitre que l'on fait disparaître du plat de la main.

Plus de Louise rose et blanche, mèches blondes autour du front, mais des hommes ensanglantés, déchiquetés ; plus de murmure amoureux à l'oreille, mais le fracas des armes, les coups de canon et les cris des hommes blessés.

Victor fut tué le premier. Hugo vit ensuite s'effondrer Michelot, un de ses camarades de régiment, né du côté de Ruelle en Charente, comme lui.

Les Prussiens, bien équipés, mieux préparés à la guerre, ne faisaient pas de quartier. Dans un combat au corps à corps, Hugo reçut un coup de sabre en pleine tête et un à la gorge. Il s'affala sur le sol boueux. Il pleuvait. Un cheval affolé, dont le cavalier hurlait, le piétina. L'enfant du fleuve qui aimait tant sentir son bateau glisser sur l'eau verte ferma les yeux, hurlant un seul nom : « Louise ! » Puis il plongea dans les ténèbres.

16

L'absent

Des mois s'écoulèrent durant lesquels Louise ne reçut aucune nouvelle d'Hugo. Pourtant, la guerre était terminée depuis septembre 1870. La France avait perdu l'Alsace et une partie de la Lorraine. L'empire de Napoléon III s'était écroulé comme un château de cartes après la défaite de Sedan.

Bien des hommes étaient rentrés au pays, racontant l'horreur des batailles acharnées. Les soldats français, mal armés, mal préparés, avaient eu à lutter contre des Prussiens mieux exercés.

Louise interrogea ceux qu'elle rencontrait au bourg, mais en vain. Elle eut bientôt l'impression qu'Hugo avait disparu, emporté par le souffle des canons. Souvent elle l'imaginait, cadavre perdu au milieu d'autres corps inertes, sans visage, sans nom.

Les premiers temps, Bertrand Figoux, dont la colère couvait depuis le départ du jeune homme, répétait à qui voulait l'entendre :

— C'est-y pas un malheur, ces guerres ! Me voilà flanqué d'une fille à demi folle. Elle ne fait que descendre au bourg et remonter, et redescendre et encore remonter. Comme si son Hugo allait revenir. Il est mort, je lui dis, comme Victor, comme tant d'autres.

Et l'hiver s'écoula, triste, froid et douloureux pour Louise.

Au mois de juin 1871, Michel, le fils de l'institutrice qui s'apprêtait à prendre ses fonctions au village de Saint-Simeux, croisa Louise devant l'église.

Les jeunes gens se connaissaient de longue date, ils discutèrent un bon moment. Les vieilles du bourg, assises devant leur porte, commencèrent à causer. Il en courait des rumeurs sur Louise Figoux. Certaines chuchotaient que, l'hiver dernier, elle cachait un ventre bien rond. D'autres prétendaient qu'un enfant était né, mais n'avait pas survécu. Ou bien Hortense l'élevait en grand secret, en un lieu sombre de la ferme.

Louise se moquait de ces ragots. Privée d'Hugo, de son amour, elle avait cru mourir de chagrin. Parfois, elle se revoyait, enfermée dans sa chambre du matin au soir, pleurant à étouffer sur son lit. Son père venait frapper, car il avait besoin d'elle aux champs ou ailleurs. Elle ne répondait pas.

Même cet enfant qui avait pris vie en son sein, elle l'avait perdu. Une nuit de janvier, terrassée par des élancements atroces dans tout le corps, elle avait hurlé. Hortense, effrayée, était venue l'aider à se délivrer d'un tout petit garçon mort-né. Elles l'enterrèrent au fond du verger, là où peut-être il avait été conçu.

Louise avoua ce deuil au père Martin. Le vieux guérisseur lui tapota la main, en marmonnant d'un air triste :

— Ma pauvre mignonne, je le savais qu'il ne vivrait pas, ton petit. Ne me demande pas comment, ce sont des choses qui me viennent à l'esprit, d'un seul coup. Des visions… Je ne t'ai rien dit, pour que tu gardes l'espoir. Et puis, je pouvais me tromper.

— J'aurais été si heureuse d'avoir un fils de lui. De mon Hugo. Je l'aurais élevé dans le souvenir de son père.

Le vieil homme n'avait rien répondu. Il avait tenté

de « voir » ce qu'il était advenu du jeune gabarier, mais aucune image ne se présentait. De l'ombre, toujours de l'ombre.

Louise, d'ailleurs, ne lui avait posé aucune question à ce sujet. Elle avait trop peur de la réponse. Et dans le secret de son cœur de femme, elle continuait à espérer le retour de son amour.

Depuis un mois, grâce aux charmes de l'été renaissant, Louise reprenait goût aux promenades le long du fleuve en compagnie de Michel. Une autre chose l'occupait beaucoup et l'avait aidée à ne pas désespérer : la correspondance qu'elle entretenait avec Alexandrine et Marie-Flavie.

De La Rochelle à Saint-Simon, bien des lettres circulaient, dont le sujet principal demeurait Hugo. Sans s'être jamais vues, Louise et Alexandrine avaient noué ainsi des liens d'amitié. Lorsque la jeune fille perdit son bébé, la sœur d'Hugo la consola, avec des mots aussi tendres que sincères, en lui proposant de venir habiter chez elle.

Mais Louise refusait de s'éloigner de son village, du fleuve… Si son bien-aimé réapparaissait, ce serait ici, où l'attendait sa gabare. Et souvent elle chantonnait, en retenant ses larmes :

Je te salue, paisible et sereine rivière
Charente dont la vie secrète et altière

Fait renaître le soir de mon mystique éveil
Du golfe de mon rêve au rivage éternel.[1]

Michel Laurent était blond, mince, à peine plus grand que Louise. Ce jeune homme timide, très instruit,

---

1. Extrait d'un poème rédigé par Emmanuel Eydoux. Tiré du livre *Gabariers de la Charente*, de Bruno Sépulcre.

avait porté comme un fardeau durant son enfance le fait d'être l'unique rejeton de l'institutrice. Les garçons de son âge à cette époque lui jouaient mille tours, le ridiculisaient. Les filles se moquaient souvent de lui parce qu'il habitait au-dessus de l'école et n'avait pas le droit de gambader comme les autres.

Heureux de revoir la seule élève qui, jadis, se montrait gentille avec lui, il s'empressa de parler littérature, un domaine où il excellait. Louise avait toujours aimé les livres. Ils eurent plaisir à comparer leurs lectures, à citer leurs auteurs favoris.

Ainsi se lia une relation toute simple dont se réjouissait Hortense. Trois fois, celle-ci invita le jeune homme à déjeuner à la ferme, quand il passait par là, comme au hasard d'une promenade.

Louise retrouva le plaisir d'être sous le feu d'un regard attentif, de discuter au pied du tilleul du jardin. Pas un instant elle ne compara Michel à Hugo – compare-t-on un moineau à un beau merle ? – mais elle prit goût à la présence du jeune instituteur.

Au cœur de l'été, un soir de bal, enhardi par les sourires moins tristes de Louise, Michel domina sa timidité et osa la demander en mariage, alors qu'il n'en avait jamais parlé. Leur danse cessa tout net.

— Mon pauvre Michel ! s'écria la jeune fille. Mes parents vous ont sans doute permis d'espérer mais moi, je vous le dis franchement, je n'épouserai personne. Mon cœur est à Hugo. Voilà une longue année qu'il est parti mais, même s'il ne devait jamais revenir, je continuerai à l'attendre.

Ils s'écartèrent de la foule. Louise près de pleurer, Michel bien décidé à la convaincre.

— Enfin, vous avez dix-huit ans, chère Louise, nous pouvons au moins nous fiancer. Je vous aime tendrement… Réfléchissez, j'ai un logement de fonction, un bon salaire. Vous n'aurez plus à travailler à la ferme. Malgré tout le respect que je porte à votre père, je n'apprécie pas la façon dont il vous traite. Et vous méritez mieux que de battre le beurre ou de rentrer les foins.

Assise sur un talus, Louise contemplait les étoiles. Il lui sembla entendre la voix d'Hugo quand il l'implorait de vivre, de fonder une famille s'il ne revenait pas de la guerre. En souvenir des jours si brefs où ils s'étaient aimés, elle devait se montrer honnête.

— Michel ! dit-elle d'une voix ferme. Je ne veux pas vous mentir. Si mon cœur était libre, je serais fière d'être votre femme. Nous nous comprenons, je vous sais doux et patient. Mais Hugo Roux, à qui je suis fiancée, est parti se battre contre les Prussiens, l'été passé. Il m'a promis de revenir et je l'aime comme jamais je ne vous aimerai.

— Je connaissais un peu Hugo ! répondit le jeune homme. Il n'y avait pas de garçon plus loyal. Louise, jamais il ne vous abandonnerait. Je vous admire de lui rester fidèle. Cependant, je doute qu'il soit encore vivant. Sinon il serait là, près de vous !

Louise jeta à Michel un regard courroucé.

— S'il était mort, je le saurais, je le sentirais. Imaginez qu'il revienne et me trouve mariée ! Je ne me le pardonnerais pas.

— Faites selon votre cœur, ma chère Louise. Mais je ne pense qu'à vous. J'attendrai le temps qu'il faudra.

Exaspérée, la jeune fille déclara froidement :

— J'ai dit que je ne mentirais pas. Est-ce que vous m'attendrez des années, Michel, si vous apprenez que je me suis déjà donnée à Hugo ? Que j'ai porté un enfant de lui ?

L'instituteur eut un sourire mystérieux. Il se leva, salua Louise en murmurant :

— Tout cela, je le savais déjà, par votre mère. Mais je vous remercie d'avoir eu l'honnêteté de me l'avouer. L'amour que j'ai pour vous ne s'embarrasse pas d'un orgueil mal placé. Vous étiez sûre d'épouser Hugo, votre conduite me prouve juste que vous êtes une personne entière et généreuse. Au revoir, Louise. Je n'abandonnerai pas !

À partir de cette soirée-là, la jeune fille ressentit le besoin de rencontrer Michel plus souvent. Sous ses allures fragiles, le jeune homme possédait un atout important au goût de Louise : il était intelligent et instruit. Quand elle lui parlait de son vieil ami le père Martin, il ne protestait pas d'un air méfiant. Il écoutait avec intérêt le récit des médications du guérisseur, posant même des questions.

Bientôt, Michel devint pour Louise un refuge, un confident. Il lui prêtait des romans, des traités de géographie. Leurs conversations, variées et fort animées, égayaient Louise qui peu à peu se mit à accepter l'idée de la disparition d'Hugo.

Les conseils du père Martin l'aidèrent aussi à se résigner. Le vieux guérisseur, de plus en plus chenu, lui avait dit de vivre, de contempler les beautés de la nature afin d'oublier le mal qui ravageait le monde des hommes…

On lui en avait tant dit, à Louise, sur cette guerre : les corps laissés sur place, au creux d'un vallon, dans un bois, les visages ensanglantés, tailladés à coups de sabre. Hugo avait dû lui aussi payer de sa vie son dévouement à une cause bien vaine. Sinon, il serait revenu. Tant de mois s'étaient écoulés depuis la fin de cette guerre. Elle ne savait plus que penser.

Par ses lectures, Louise apprit beaucoup de choses sur le siège de Paris, sur le mouvement de révolte populaire que l'on avait appelé la Commune. Un matin, elle dit à sa mère :

— Tu te rends compte, maman ! Les Parisiens ont mangé du rat pendant le siège, et des animaux du Jardin des Plantes…

Hortense leva les yeux au ciel d'un air dégoûté.

— Heureusement que nous avions de quoi tenir, ici. Avec les poules, les cochons, nos légumes ! Jamais je n'aurais goûté du rat, moi ! J'ai continué à frire de bons cornions pour ton père et toi !

Louise éclata de rire. Hortense la regarda, surprise.

— Tu es gaie aujourd'hui, ma fille ! Cela fait plaisir.

— Je ne peux pas toujours pleurer…

— Hier aussi je t'ai entendue rire dans la cour, avec Michel. Quand un homme vous rend joyeuse, le reste suit… Louise, épouse-le ! C'est un bon parti pour toi et un charmant garçon.

Ce fut la première fois que la jeune fille répondit par un « peut-être » songeur. Elle était lasse d'attendre un fantôme et son existence monotone à la ferme lui pesait. Le sourire de Michel commença à se superposer au regard sombre de son premier amour.

Ce matin-là, Louise rêvassait à sa fenêtre, contemplant le lever du soleil. Elle pensait à Michel qui avait passé beaucoup de temps à la ferme pour aider aux vendanges. Plusieurs fois, en effleurant la main de l'instituteur, la jeune femme avait senti une vague chaleur et l'envie confuse de se retrouver dans ses bras.

Pourtant, de tout son être, elle attendait encore Hugo. Prête à sortir, car sa mère lui avait demandé de descendre à Saint-Simon acheter un pain de sucre, Louise s'attardait à détailler le paysage dont elle connaissait pourtant chaque arbre. Mais les parfums du verger montaient jusqu'à elle, lui rappelant cruellement les derniers baisers de son amant.

— Hugo ! gémit-elle. Tu m'as abandonnée. Si tu avais accepté de rester ici, d'acheter un remplaçant, mon enfant vivrait et moi, je serais la plus heureuse des femmes.

Elle tapota d'un geste nerveux le tissu de sa robe, une toilette beige rebrodée de dentelles roses que sa mère avait confectionnée le soir, à la veillée, d'après une gravure de mode.

Pauvre maman ! songea Louise. Elle voudrait tant que j'épouse Michel. Mais je ne peux pas me décider. J'ai l'impression que je tuerais Hugo pour de bon en devenant l'épouse d'un autre.

Les pensées se bousculaient dans sa tête, augmentant son malaise.

Elle rectifia une mèche échappée de son chignon. Il était temps de partir. L'épicerie ne tarderait pas à ouvrir et elle avait promis à sa mère d'être de retour avant dix heures. Soudain, en bas de la colline, un peu avant le bourg, Louise crut voir la lueur orange d'un brasier.

— Mon Dieu ! Un incendie ! s'écria-t-elle.

Une angoisse affreuse lui broya le cœur. Ces hautes flammes jaunes, elle en était sûre, s'élevaient près de la maison du père Martin.

Jamais Louise n'avait couru aussi vite. Elle croisa son père sur le chemin et lui hurla au visage :

— Le feu, papa ! Il y a le feu... Là-bas...

Bertrand Figoux resta planté, sa fourche à l'épaule. Puis il cria aussi à un de ses employés :

— Le feu, près du village ! Ils n'ont qu'à se débrouiller ! J'ai les betteraves à sarcler...

Le père Martin s'était réveillé plus tard que d'habitude. L'âge lui jouait des tours. Il ne pouvait plus, comme naguère, se lever avant l'aube pour courir les sous-bois, en quête des plantes qu'il connaissait mieux que quiconque.

Ce jour-là, en ouvrant l'œil, il avait longuement détaillé son pauvre logis en se répétant :

Je n'en ai plus pour longtemps...

La douleur familière au côté gauche l'empêcha de quitter son lit. Il aurait bien voulu se préparer une tisane, ouvrir l'unique volet de la fenêtre étroite donnant sur les collines. Puis il avait senti cette odeur de fumée, perçu des crépitements le long du mur que recouvrait une vigne grimpante.

Le feu... s'était-il dit.

Le vieil homme avait tourné la tête vers le foyer. Les braises n'étaient plus que charbons noirs. L'incendie n'avait pas pu prendre de l'intérieur. Péniblement, le guérisseur avait repoussé son édredon. Un ronflement terrifiant s'amplifiait, tandis que le volet de bois s'enflammait, jetant une clarté dorée dans la pièce sombre.

— Les chiens ! marmonna le père Martin. Ils veulent m'enfumer, comme les renards ! Me faire sortir du terrier !

Les jambes molles, la poitrine oppressée, il avait perdu du temps à s'habiller.

Je ne veux pas crever en chemise ! Bon sang ! Qu'il fait chaud ! Je vais rôtir là-dedans...

À cet instant, la porte s'était effondrée. Les vieilles planches brûlaient aussi bien que du papier. Une épaisse fumée s'engouffra par cette brèche, tel un souffle venu de l'enfer. Déjà des gens arrivaient, tirés de leur lit par le ronronnement du brasier. Mais ils se tenaient à l'écart, effrayés par la violence de l'incendie.

Louise débula parmi eux, la bouche ouverte sur un cri de terreur impuissante. Dès qu'elle put reprendre sa respiration, elle appela :

— Père Martin ! Père Martin !

Puis elle se tourna vers ceux qui assistaient au drame, à prudente distance :

— Il faut le sortir de là ! Écoutez, il me répond.

C'était vrai. Le vieil homme avait entendu la voix de Louise et lançait des au secours déchirants. La jeune femme fixa Lucas, le charron, un costaud de quarante ans qui se vantait de ne craindre ni le feu ni l'eau.

— Lucas ! Aidez-moi…

Le charron fit un geste de dénégation. Une vieille commère qui habitait sur les quais se signa en grommelant :

— C'est avec ses diableries qu'il a mis le feu !

Révoltée par tant de lâcheté, Louise tenta d'approcher en hurlant de toutes ses forces :

— Courage, père Martin ! Sortez ! Enroulez-vous dans une couverture…

Les flammes montaient à six mètres au moins, attaquant la charpente. Les tas de fagots que le guérisseur entreposait à l'abri d'un toit couvert de paille avaient dû aider à l'embrasement. La chaleur était telle que la jeune femme dut reculer. Folle de rage et de chagrin, Louise attrapa par le bras André, un gosse de quinze ans qui riait stupidement, et le supplia :

— André, va au puits, tire un seau d'eau ! Tu m'arroseras, que je puisse entrer.

L'adolescent jeta un coup d'œil à sa mère. Celle-ci discutait âprement avec sa voisine et n'avait pas écouté. Il fila vers le puits. Louise se tordait les mains, désespérée : le père Martin ne criait plus. Quelqu'un la saisit par la taille au moment où elle s'élançait vers la maison changée en un monstrueux brasier.

— Louise ! Je t'en prie !

Elle reconnut la voix de Michel. L'instituteur la retenait avec une vigueur surprenante. Il la lâcha quand il vit André qui revenait le seau d'eau à bout de bras. Il lui fit signe.

— Asperge-moi la tête et le torse !

Une fois trempé, Michel fonça vers le brasier, en hurlant à Louise :

— J'y vais, moi...

Une rumeur d'admiration et d'effroi parcourut la foule assemblée. Une femme déclara, très pâle :

— Faut prévenir le curé !

Elle partit en trottinant. Louise attendait, le souffle court. L'intervention de Michel l'avait plongée dans un état proche de la stupeur. En le voyant disparaître au cœur de l'incendie alors que le toit menaçait de s'écrouler, elle avait pensé :

Mon Dieu, il va mourir, lui aussi, comme Hugo !

Mais déjà il ressortait, le corps noirâtre du père Martin sur les bras. Les gens reculèrent d'un seul mouvement. Louise se précipita et aida Michel à étendre le guérisseur sur l'herbe.

— Il vit encore ! murmura-t-elle. Oh ! Michel... Merci, merci !

La jeune femme, à genoux près de son vieil ami et avec précaution, souleva sa tête sanguinolente.

— Père Martin ! C'est moi, Louise !

Il ouvrit péniblement ses paupières. Son regard clair, voilé par la souffrance, s'attacha à celui de sa seule amie.

— Petite... réussit-il à geindre.

— Le docteur va venir ! mentit Louise dont les joues ruisselaient de larmes.

Le père Martin ferma les yeux. Il fit un effort surhumain pour dire encore :

— Petite, il n'est pas... il ne faut pas que...

Puis son pauvre corps décharné eut un sursaut et

s'amollit. Michel caressa le dos de Louise en chuchotant :

— C'est fini, le malheureux s'est éteint.

Louise éclata en sanglots. Ce n'était pas seulement du chagrin mais une profonde révolte contre l'injustice, contre l'ignorance des gens de la région. Elle en avait le sentiment intime, cet incendie n'était pas dû au hasard. Sans que Michel ait pu prévoir son geste, la jeune femme se redressa et fit face aux témoins du drame.

— Vous pouvez être contents ! hurla-t-elle. Le sorcier a brûlé ! Il vous gênait, n'est-ce pas, parce qu'il connaissait vos mauvaises pensées, vos maladies, vos jalousies ! Il en savait trop, voilà ! Et c'était plus simple de mettre le feu chez lui…

Personne n'osa répondre. Louise, qu'ils avaient tous vue enfant, leur semblait pareille ce matin-là à un ange justicier, avec ses cheveux blonds décoiffés par le vent, sa robe rose souillée de sang et de suie. Son regard, surtout, brillant de colère, les intimidait.

— Moi, j'étais son amie ! Je lui avais offert des lapins, des poules, pour qu'il se nourrisse mieux car, je vous le dis, ce n'était qu'un vieillard, qui avait besoin de soins, d'affection ! Mais ces bêtes, on les lui a empoisonnées ! Je suis sûre qu'une main criminelle a mis le feu à cette maison, et je vous préviens, je vais aller de ce pas chercher les gendarmes…

Un long murmure de protestation parcourut la foule. Une femme leva les bras en criant :

— Le feu a pris tout seul, Louise Figoux, parce que ce vieux fou appelait le diable toutes les nuits ! Il n'a eu que ce qu'il mérite !

Michel entoura Louise d'un bras protecteur. Certains visages affichaient un rictus menaçant. Il s'en fallait de peu que tous s'emportent et se retournent contre eux.

Mais l'arrivée du curé escorté du sacristain ramena le calme.

— Que se passe-t-il ? demanda le prêtre d'une voix forte.

Il découvrit aussitôt le cadavre du père Martin. Certes, le guérisseur était son adversaire au pays, car chacun, à sa manière, servait de confesseur aux paroissiens. Pour l'heure, le religieux ne vit à terre qu'un mort privé des saints sacrements. Il s'agenouilla et traça le signe de la croix sur le, front du défunt. Le sacristain étendit une couverture sur le corps.

— Dispersez-vous donc ! ordonna-t-il ensuite. Ce n'est pas un spectacle pour les enfants.

Louise pleurait toujours, blottie contre Michel. Elle n'avait pas pris conscience immédiatement du réconfort que lui apportaient ses bras câlins, ses paroles apaisantes. Maintenant, elle ne se décidait pas à mettre fin à cette étreinte si douce. Le curé l'appela d'un geste :

— Louise, viens par ici, ma chère enfant…

La jeune femme se dégagea à regret et s'approcha du prêtre.

— Je t'ai entendue accuser mes paroissiens d'un acte criminel. C'est grave, très grave et tu n'as aucune preuve. Il faudrait une enquête, et je ne crois pas que la maréchaussée se déplacera pour la mort accidentelle d'un homme qui se vantait d'être sorcier…

Louise toisa le curé d'un air méprisant :

— Vous aussi, vous vous voilez la face, mon père ! Le feu a pris à l'extérieur, Michel a pu le constater quand il est entré pour ramener mon pauvre ami Martin… On lui avait empoisonné ses lapins et ses volailles, il y a quelque temps. Les gens avaient peur de lui, pour la bonne raison qu'il savait tout de leurs petites combines, de leurs ruses. Même moi, si je voulais, je pourrais en raconter, car le père Martin m'aimait et il me faisait partager ses secrets.

Michel préféra intervenir. Il saisit le bras de Louise et lui souffla à l'oreille :

— Venez, Louise, je suis désolé, mais je crois que votre colère ne servira à rien ! Monsieur le curé veillera aux obsèques. Et le père Martin n'aimerait pas vous voir aussi triste... Venez !

Louise perçut dans la voix de l'instituteur un appel plus intense qu'une simple prière de quitter les lieux. Elle alla cueillir trois grosses fleurs de dahlias épargnées par la fournaise et les déposa sur la poitrine du vieux guérisseur. Puis elle suivit Michel qui lui avait pris la main.

— Louise, ces gens ne comprenaient pas que vous puissiez défendre le père Martin ! Ils étaient prêts à vous tomber dessus comme si vous étiez une sorcière... Vous, ma chérie !

Louise s'arrêta et dévisagea Michel. Il avait des mèches de cheveux brûlées, une marque rouge au front. Son costume gris était maculé de taches sombres.

— Michel ! Emmenez-moi ! Gardez-moi... Mon père, que j'avais prévenu pour l'incendie, n'est même pas venu à mon secours ! J'ai besoin de vivre avec quelqu'un qui me comprend, qui pense comme moi... Je ne veux plus être seule, toujours seule ! Vous avez été si courageux tout à l'heure.

Michel songea très vite qu'il allait profiter du choc qu'avait éprouvé Louise, qu'elle cédait uniquement à un élan de détresse, mais il se sentait incapable de la raisonner. Il l'attira contre lui et l'embrassa avec passion sur le front et les joues.

— Louise, je ferai de mon mieux pour vous rendre heureuse !

17

Retour au pays

Michel et Louise se marièrent à l'église de Saint-Simeux, en présence de leurs parents respectifs. Ce fut une noce discrète, bien différente de celle qu'avait imaginée la jeune femme, avant la guerre. Elle avait refusé de porter la robe de satin blanc qui était soigneusement rangée dans un carton, sur son armoire.

Pour l'occasion, Hortense lui avait acheté à Angoulême, chez une modiste de la rue de Paris, une toilette bleu et blanc, assortie d'un chapeau à voilette. Louise était vraiment contente de quitter la ferme, d'habiter un appartement clair et neuf au premier étage de l'école. Elle avait bien sûr écrit à Alexandrine, pour lui annoncer sa décision. La sœur d'Hugo avait répondu très vite.

Ma chère petite Louise,

Je comprends bien ton désir d'unir ton destin à celui de Michel, dont tu m'as beaucoup parlé dans tes précédentes lettres. À ton âge, tu ne peux pas vivre avec un fantôme. Chaque jour, je pleure la disparition de mon frère chéri, mais je profite aussi des distractions de la ville et de mon mari. Tu as assez souffert, je te donne ma bénédiction, en regrettant de ne pas pouvoir être à tes côtés. Je suis là par le cœur et je t'enverrai bientôt, en cadeau de noce, une coupe de tissu de qualité. J'ai hâte de faire ta connaissance, et j'espère que tu me rendras visite, accompagnée de Michel. Maman se joint à moi pour t'adresser tous nos vœux de bonheur.

Alexandrine.

Ces mots avaient réconforté Louise. C'était un peu pour elle comme si Hugo lui pardonnait cette ultime trahison. Malgré tout, pendant la cérémonie et le repas, la jeune femme parut aux convives un peu triste. Mais Michel lui réservait une surprise. Après le déjeuner qu'avait offert la mère du marié, le jeune instituteur désigna à son épouse une calèche dont le cocher semblait somnoler.

— J'avais un peu d'économies. J'ai loué ce fiacre pour qu'il nous conduise jusqu'à Angoulême. De là, nous prendrons le train pour Limoges, et ensuite Clermont-Ferrand. Un petit voyage d'une semaine pour vous faire découvrir la montagne. Je vous donne juste le temps de préparer votre valise !

— Oh ! Michel, je n'ai jamais dépassé les collines de Charente… Comme c'est gentil !

En choisissant dans la hâte ses vêtements, Louise pensa avec douleur à Hugo, au père Martin. Elle comprit qu'une page de sa vie se tournait. Elle était la compagne d'un autre homme dont elle aurait sûrement des enfants. Le passé était bien mort.

Pendant cette brève lune de miel en Auvergne, Louise fit de louables efforts pour répondre à l'amour de Michel. Le jour, elle appréciait leur complicité, tissée d'affection et de tendresse, mais la nuit, lorsqu'ils se couchaient côte à côte, son corps se révoltait, car la jeune femme n'avait connu que les caresses d'Hugo.

— Pardonne-moi, Michel ! disait-elle tout bas, des larmes au visage. Je suis sotte !

Patiemment, son mari tentait de l'apprivoiser, et peu à peu il crut y parvenir. Louise s'obligea en effet à faire taire en elle les comparaisons. Avec Hugo, l'amour la brûlait, la transportait. Le moindre baiser du beau gabarier la soumettait, l'enfiévrait. Elle devait oublier. Un soir enfin, elle succomba au plaisir délicat, respectueux que Michel lui prodiguait.

— Je suis tellement heureux de t'avoir pour femme ! avoua-t-il très ému. Je ne demande rien d'autre. Ta présence, ta voix le matin, ta main dans la mienne.

Ils rentrèrent à Saint-Simeux, bien décidés à fonder une famille où régnerait l'harmonie et la bonté. La mère de Michel l'avait remplacé pendant son congé exceptionnel. Il reprit son poste d'instituteur avec le sourire des hommes comblés.

Souvent, pendant la classe, il distinguait le pas léger de Louise, à l'étage. Il pensait alors qu'elle préparait le repas de midi ou mettait un peu d'ordre et il remerciait la vie de lui avoir accordé ce grand bonheur.

Hugo descendit du train en gare d'Angoulême. Il respira avec volupté l'air frais du matin. Pendant plus de deux ans, il avait rêvé de ce retour au pays. Il aurait pu marcher les yeux fermés jusqu'à la Charente, en rejoignant la rue de Paris, puis le port L'Houmeau, tant il connaissait bien le quartier. Mais un jour pareil, pas question de jouer les aveugles. Encore quelques ruelles encombrées de brouettes, une vingtaine de pas, et son fleuve lui apparaîtrait…

Il avait tellement hâte de le revoir, son fleuve. Ce

fut à l'instant où il vit ses eaux glisser contre la berge qu'il respira enfin à son aise. Rien n'avait changé. Le port frémissait comme naguère d'une activité fébrile, sous le soleil blanc du matin.

En toile de fond, le dessin harmonieux de la haute ville, Angoulême, avec ses clochers, ses toitures, semblait veiller, de ses remparts, par ses mille et une fenêtres, sur le fleuve et ce quartier de L'Houmeau où battait encore le vrai cœur du pays.

Rien n'a changé... se répéta-t-il. Les pêcheurs guidaient leur barque vers l'ombre des frênes, les lavandières chantaient en battant leur linge. Il y avait parmi elles de simples ménagères et des laveuses de profession. Cette joyeuse compagnie emplissait le lavoir couvert qui possédait trois compartiments empierrés, peu profonds et ceints d'une margelle de pierre. Une fontaine fournissait une eau limpide.

Hugo s'approcha, fasciné par ces gestes qu'il avait si souvent vus accomplir par les femmes de Saint-Simon.

— Ohé ! mon gars ! cria l'une d'elles. Veux-tu que je lave ta chemise ?

Un concert de rires s'ensuivit. Hugo fit non de la tête, mais il continua à les observer. Les lavandières se tenaient à genoux, bien calées sur leur selle posée à côté d'elles, et maniaient le battoir, le savon, tordaient, rinçaient avec énergie. Certaines prirent le temps de sourire à cet homme encore jeune qui semblait un peu perdu.

Hugo s'éloigna enfin. Il erra un bon moment des quais à la rue longeant le port, se grisant de toute l'agitation qui y régnait. La vraie vie était là, avec ces marchands de fer, de bois, de sel. Des auberges s'échappaient déjà de tentantes odeurs de graisse chaude et de viande rôtie. Chaque mètre parcouru le réjouissait. Il regarda un maréchal-ferrant remettre un fer à un solide cheval, sûrement employé au halage, salua un tonnelier de ses amis. Le va-et-vient incessant des diligences, les appels de colère ou de reconnaissance entre passants, rien ne le dérangeait. Tout le revigorait !

Le port L'Houmeau l'accueillait, telle une ruche active et colorée. Hugo savoura longuement ces retrouvailles, puis il se tourna vers le fleuve.

La chance lui sourit. Il croisa Jacques, le patron d'une gabare dont le port d'attache était à Cognac. Les deux hommes discutèrent un moment, puis Hugo embarqua. Il voulait rentrer à Saint-Simon en descendant la Charente, sentir sous la coque le mouvement profond de l'eau. Pendant le voyage, il parla peu, gêné par son timbre de voix devenu rauque, voilé. Mais quand le matelot entonna d'une belle voix grave, à hauteur de Fleurac, une vieille chanson du pays, Hugo se mit à pleurer, sans honte.

> *Sur le fleuve Charente,*
> *Les gabares s'en vont,*
> *Emportant dans leur ventre*
> *Mille trésors sans nom.*

> *Chante, gabarier, chante*
> *Ton fleuve est ta maison,*
> *Et les villes de Charente*
> *Vivent dans tes chansons*[1]...

Personne à bord n'osa l'interroger sur la cause de ces larmes. Hugo ignorait combien il avait changé. Barbu, le front barré d'une profonde cicatrice, le cou enveloppé d'un foulard rouge, les cheveux aux épaules, il ressemblait à un bohémien.

Quand ils approchèrent de Saint-Simon, Hugo demanda pourtant :

1. Paroles de Cathy Rabiller.

— Jacques, as-tu des nouvelles du bourg ?

— Ma foi, non ! répliqua l'homme. J'ai croisé ton mousse, Émile, il y a deux mois. Il s'ennuyait ferme. Ses parents voulaient le placer chez le père Figoux.

Hugo tressaillit. La ferme des Figoux, Louise… Il revit leurs adieux dans le verger, à l'aube. Son jeune corps tiède, ses larmes, ses baisers désespérés. Elle devait le croire mort, après si longtemps.

En vérité, il était resté des mois, agonisant, dans un hôpital de Toul. Un soldat prussien lui avait tranché à demi la gorge et ouvert le crâne avec son sabre. Hugo avait survécu à ces terribles blessures, et il ne comprenait pas pourquoi. On le crut muet pour le restant de ses jours. Sa blessure au front cicatrisait mal, son esprit encore plus. Égaré au fond d'un monde obscur, privé de ses souvenirs, le patron de la *Marie-Flavie*, lorsqu'il dormait, rêvait parfois de reflets miroitants que le soleil jetait sur un fleuve immense, tandis qu'une jeune fille blonde le caressait. Mais au réveil, ces images s'effaçaient.

La patience des religieuses et du médecin qui le soignaient, leur volonté de le ramener à la conscience avaient eu gain de cause. Hugo avait retrouvé la mémoire, mais il ne pouvait pas s'exprimer. Épuisé, il passa des mois à se reposer, car on le nourrissait avec peine, sa gorge le faisant terriblement souffrir.

Un beau jour de juin, enfin, il s'était senti guéri, mais une crainte étrange l'avait empêché d'écrire à Louise ou à sa sœur Alexandrine, comme si celles qu'il aimait n'existaient peut-être pas… Il préférait les revoir, pouvoir les toucher, les embrasser.

— Tu es arrivé, Hugo ! cria Jacques. À bientôt, sur le fleuve. Je parie que je te revois à Tonnay d'ici les moissons.

— Merci bien, Jacques. Pose-moi au chantier de radoub, que je vérifie l'état de ma gabare !

Hugo franchit la planche jetée entre le bateau et la berge. Bien sûr, il allait reprendre son métier de gabarier, dès qu'il aurait revu Louise et qu'ils seraient mariés. Soucieux d'avoir un toit à lui offrir, même flottant, il se dirigea vers le hangar où l'attendait la *Marie-Flavie*, soigneusement entretenue. Un homme se trouvait à bord, occupé à laver le pont. Hugo le rejoignit, tout joyeux.

— Claude ! Quelle bonne surprise !

— Hugo !

L'ancien matelot ne posa pas de questions. Il ne fallait pas être malin pour deviner les épreuves qu'avait traversées le jeune homme dont le visage au teint livide portait les traces.

— Mon brave Claude… Dis-moi, tu as blanchi. C'est ta Catherine qui te mène la vie dure ?

Claude se mit à rire, un peu gêné. La voix bizarre d'Hugo lui donnait envie de pleurer. Et ce qu'il savait, aussi…

Hugo parcourut sa gabare, ébloui. Elle était prête à repartir, sur l'heure au besoin.

— Je parie que c'est ma Louise qui a veillé sur ce bateau. Mais la cale n'a pas été aménagée, j'avais pourtant laissé l'argent… Je voulais agrandir la chambre et qu'il y ait une petite cuisine. Rien n'est fait !

Le matelot baissa la tête. Son ami ne semblait pas avoir vu le temps passer. Hugo perçut une menace dans le silence qui s'établissait.

— Comment va ma Louise, Claude ?

— Eh bien…

Soudain, Hugo imagina le pire. Louise enceinte, puis mourant de ses couches tandis qu'il se battait là-haut, pour un empereur à présent en exil.

— Parle, Claude ! Il ne lui est pas arrivé malheur…
Dis-le vite, si elle est au cimetière, que je me jette à
l'eau, une pierre contre le cœur.

— Non, Hugo, Louise est vivante. Elle t'a attendu
durant des mois. Elle t'a bien pleuré, croyant que tu
étais mort. Faut pas lui en vouloir ! Les gars qui revenaient de la guerre, elle les a tous interrogés, et ils
lui racontaient bien des horreurs. Son père la traitait
comme une domestique, elle travaillait autant que les
valets. Vois-tu, elle était si malheureuse qu'elle a fini
par épouser Michel Laurent, le fils de l'institutrice. Il
y a six mois. Ils habitent à Saint-Simeux, au-dessus
de l'école.

Hugo poussa un profond soupir. Puis il chercha à
s'asseoir, assommé par la nouvelle.

— Mon Dieu ! gémit-il seulement. Ma pauvre petite
Louise… Je l'ai perdue ! Oh, connaissant son père, il a
dû la pousser à ce mariage de peur qu'elle reste fille !

Claude haussa les épaules. Hugo lui faisait pitié.
Lui, à sa place, aurait hurlé et cogné, mais voir son
ami accablé, résigné, le torturait. Il le prit par un bras,
en déclarant d'un ton ferme :

— Allons, Hugo ! Remets-toi ! Et si on redescen-
dait le fleuve, tous les deux. On engage un mousse,
tiens, Émile, il se languit du voyage, et on file vers
l'océan. Des gabariers comme toi, il n'y en pas beaucoup. Les affaires ont repris ! Pour tout dire, j'en ai
assez de travailler la terre, de m'esquinter pour deux
sous. Catherine est servante chez le maire, et sa sœur
garde les petits. Elle n'a pas besoin de moi tous les
jours que Dieu fait ! Embauche-moi et je te suis.

Hugo releva la tête. Claude avait raison. Seul le
fleuve pourrait apaiser cette grande douleur qui le rendait stupide. Seule sa Charente pourrait le consoler.

— Alors, va prévenir ta femme et chercher Émile. Je ne bouge pas d'ici. Je m'occupe du reste.

Les deux hommes s'étreignirent, les yeux humides. Au milieu de la journée, la *Marie-Flavie* quittait Saint-Simon. L'événement ne passa pas inaperçu. La rumeur du retour d'Hugo Roux s'était à peine répandue que déjà il reprenait le fleuve… Certains coururent au quai pour le saluer, mais ils ne purent même pas lui serrer la main. Le bateau glissait vers l'aval.

Colin et Alcide, les oncles du gabarier, prévenus, avaient tenté de retenir leur neveu, mais il n'avait rien voulu entendre. Quant à Lucienne, qui espérait se fiancer à Émile, elle apprit avec rage et stupeur que son promis remontait à bord de la *Marie-Flavie*, tirée de son long sommeil par le patron en personne. Tout s'était déroulé très vite.

Louise tricotait, assise à la fenêtre de sa chambre. Son logement lui plaisait : quatre belles pièces bien éclairées, orientées à l'ouest. Délivrée de la férule de son père, la jeune femme appréciait son existence paisible, entre les livres, le ménage et la cuisine.

Souvent, après le départ des écoliers, elle descendait rejoindre son mari dans la classe, s'attardant à respirer l'odeur de la craie et de l'encre. Michel ne manquait pas, alors, de lui voler un baiser.

L'instituteur était toujours très amoureux et Louise lui témoignait en retour une vive affection. La nuit, elle se laissait aimer, caresser, avec l'espoir infini d'avoir enfin un enfant. La dernière lettre d'Alexandrine, qui venait de mettre au monde une petite fille et lui racontait les joies de la maternité, l'encourageait à être mère à son tour. La sœur d'Hugo habitait maintenant à Saintes, dans une rue proche des Arènes. Son mari avait un poste plus intéressant qu'à La Rochelle. Louise devrait donc à l'avenir écrire des courriers séparés, d'une part à Alexandrine, d'autre part à Marie-Flavie, ce qui l'intimidait un peu.

Louise entendait, à travers le plancher, la voix de Michel dictant une leçon de géographie à ses élèves. Soudain, on frappa à la porte de la cuisine. La jeune femme n'eut pas le temps d'aller ouvrir. Lucienne apparut, rouge, en sueur tant elle avait couru.

— Louise ! Mon Dieu !

— Que se passe-t-il ? Lucienne, dis-moi !

— Hugo est revenu ! Personne ne l'a reconnu, tout d'abord. Une tête à faire peur, paraît-il ! Barbu, défiguré… Et puis, ils sont repartis tous les trois : Claude, Hugo et mon Émile ! Colin a essayé de les raisonner, qu'ils attendent demain, mais ils n'ont rien voulu savoir !

Louise, stupéfaite, répéta :

— Hugo est revenu ! Hugo est revenu…

Elle ajouta aussitôt :

— Hugo était à Saint-Simon aujourd'hui… Il a dû demander de mes nouvelles et on lui a dit que j'étais mariée ! Oh ! Mon Dieu, comme il doit souffrir ! Lucienne, à quelle heure sont-ils partis ?

— Il y a un bon moment… Déjà, le temps que je vienne chez toi !

Louise se rua vers la porte, sans même prendre un châle. Michel, d'une fenêtre, l'aperçut qui courait comme une folle. Il n'osa pas interrompre sa leçon, mais, ce soir-là, la cloche sonna plus tôt.

— Hugo ! Mon amour, mon chéri ! Il faut que je le voie, que je le touche, que je lui explique !

Louise enjambait des clôtures, dévalait des prés, impatiente d'arriver au bord du fleuve. Ses bas, son jupon et sa robe étaient déchirés, mais elle s'en moquait. Enfin elle fut sur la berge. Là-bas, en aval, la *Marie-Flavie* continuait sa route, tirée par les haleurs du poste de Juac.

La gorge en feu, haletante, la jeune femme se remit à courir. De toutes ses forces, elle hurla :

— Hugo ! Attends ! Hugo !

Ce fut Émile qui l'entendit le premier. D'un geste, il montra à son patron cette silhouette féminine, vêtue de bleu.

— Louise ! gémit Hugo. Claude, dis aux bouviers d'avancer plus vite. Émile, mets la voile, le vent se lève. Par chance, il souffle de l'est.

— Mais, patron ! marmonna Émile. Vous ne pouvez pas la laisser courir comme ça !

Un destin capricieux vint au secours de Louise. Un des bœufs trébucha avec un meuglement de douleur. Son maître s'arrêta pour examiner sa patte engluée de boue. Émile hissa la voile trop tard, la gabare ralentit, dévia vers la rive.

— Hugo ! Attends !

Louise venait de s'écrouler, épuisée, au moment où elle touchait au but.

Voyant Hugo manœuvrer pour regagner le milieu du fleuve, Claude le secoua durement :

— C'est pas bien beau de la laisser couchée sur le talus, la malheureuse. Elle t'aime encore, Hugo. Elle t'a attendu longtemps. Quelqu'un l'aura prévenue ! Va donc écouter ce qu'elle veut te dire…

Hugo céda à l'œil furieux de son matelot. Il prit la gaffe à crochet pour rapprocher le bateau de la berge. Émile lança la planche. Louise se redressa à demi. Son amour marchait vers elle. Dans un dernier effort, elle se leva, les coudes en sang, le visage maculé de terre et de larmes.

— Hugo ! Tu es vivant ! Mon Dieu ! Merci ! Tu es vivant !

— Eh bien, oui… Et toi, Louise, tu es mariée ! Quand j'ai su ça, que voulais-tu que je fasse ? Je suis parti. Je n'ai plus ma place à Saint-Simon.

— Ne sois pas cruel, Hugo ! supplia-t-elle. Imagines-tu ce que j'ai souffert ?

— Et moi, tu crois que je reviens du paradis…

Ils se regardèrent longuement. Elle avait remarqué le son rauque de sa voix, la cicatrice au front et la pâleur de son ancien fiancé, mais ni la barbe ni l'air hagard d'Hugo n'auraient pu la faire reculer.

— Mon amour, comme je regrette ! dit-elle tout bas. On m'a tant répété que tu étais mort. Et je t'avais juré de vivre, d'avoir une famille. Souviens-toi donc ! C'est toi qui m'as obligée à te faire cette promesse ! Alors, quand ma mère m'a conseillé d'épouser Michel, j'ai fini par céder. Mais c'est toi que j'aimais, que j'aime encore ! Et Michel le sait.

Hugo l'écoutait, les bras derrière le dos. Louise avait changé aussi. C'était une femme à présent, épanouie, désirable, adorable. Il brûlait d'envie de la prendre dans ses bras et de l'emmener au bout du monde.

— Je te pardonne, Louise ! se força-t-il à déclarer. J'avais oublié cette promesse que tu m'avais faite. Mais je ne volerai pas l'épouse d'un autre. Tu vas rentrer chez toi, et moi je reprendrai ma vie sur le fleuve. Ce sera mieux pour tout le monde. Au moins, je te saurai bien installée, comme une dame.

Louise fit un pas en avant. Le regard sombre de son bien-aimé la fascinait. Elle se languissait depuis des années de ces yeux-là, des mains de cet homme.

— Hugo, accorde-moi un peu de temps. J'ai tant de choses à te raconter. Viens, je t'en prie, asseyons-nous. Je suis quand même ton amie, n'est-ce pas ? Tu sais, ta sœur, Alexandrine, elle a eu une petite fille, baptisée Huguette en souvenir de toi. Et tu pourras leur rendre visite, elles sont à Saintes, je te donnerai l'adresse. Ta mère est restée à La Rochelle. Je leur écris souvent. Elles t'ont bien pleuré, elles aussi.

— Ah ! En voici une bonne nouvelle... fit-il sans joie. Ma sœur, une petite Huguette...

Louise hésita. Pourtant les mots se pressaient à sa bouche. Elle ne voulait pas attendrir Hugo, il avait dû endurer de terribles épreuves, mais il lui était impossible de garder le secret.

— Et moi, murmura-t-elle, j'ai porté ton enfant, durant cinq mois, mais j'étais si malheureuse que je ne mangeais rien, je ne faisais que pleurer. Je l'ai perdu, Hugo. Ma mère est au courant, pas mon père. Au bourg, les vieilles s'en doutaient, elles passent leur temps à épier la taille des filles. Je me suis confessée. Si Dieu m'avait permis d'élever ce petit, mon amour, jamais, je te le jure, jamais je n'aurais épousé Michel.

Hugo prit la main de Louise et la porta à sa bouche pour y déposer un baiser. Il murmura d'un ton apaisant, las et résigné :

— Là, ma douce amie ! Ne pleure pas. Tu as eu bien du courage. Ce n'est pas notre faute, ni à toi ni à moi. La guerre a tout détruit. Regarde, je ressemble à un vieil homme, je ne peux plus chanter, ni siffler. Les gosses m'évitent, car je leur fais peur. Laisse-moi repartir, Louise. Quand je passerai à Saint-Simon, si je te croise, causons comme de vieux camarades. On ne peut pas revenir en arrière, ma Louisette.

— Non ! hurla Louise, mais on peut avancer ! Je suis prête à te suivre, là, tout de suite ! Si tu me le demandes, je pars. Tu m'as faite femme, je suis à toi, pas à Michel ! Il comprendra, Hugo, je te jure qu'il me pardonnera… Je l'avais mis en garde lorsqu'il a voulu m'épouser. Il savait la vérité. Même pour l'enfant…

Hugo se leva. Il était tenté de céder à la passion de Louise. Combien il aurait aimé l'emmener, la coucher à la nuit tombée dans sa cabine à l'arrière de la *Marie-Flavie*. La voir sourire quand le fleuve, large et agité de vagues contraires, se jette dans l'océan. Ils auraient pu vivre tant de choses, tous les deux. Mais cela signifiait faire de Louise une femme adultère, reniée par sa famille, jugée par tout un village. Il l'avait déjà déshonorée une fois, il ne recommencerait pas.

— Non, Louise ! Tu ne me suivras pas. Et puis, même si je te suppliais, tu refuserais au fond, parce que tu es une honnête femme. C'est bête, je suis quand même heureux, parce que tu m'aimes toujours. Adieu, ma Louisette…

— Non, Hugo ! Pas adieu ! Nous nous reverrons, tu l'as promis. En bons amis…

Louise fit demi-tour, pour ne plus voir le regard tragique d'Hugo. Il avait raison, elle n'avait pas le droit de se couvrir de honte, ni celui de faire souffrir le pauvre Michel.

Elle rentra à pas lents, épuisée par cette entrevue. Le fleuve emportait son seul amour loin d'elle et de sa vie. Pas une fois, la jeune femme ne se retourna. Les collines resteraient son domaine. Jamais elle ne connaîtrait la vie des gabariers, ni le vent salé du large ni le bruissement de l'eau contre la coque. Jamais elle ne partagerait le lit de son bien-aimé.

Michel savait, car Lucienne lui avait tout raconté. Durant l'absence de Louise, il avait subi le supplice de la jalousie, et surtout il avait tremblé de la perdre. Il la connaissait bien, si entière, si franche. Quand il la tenait sous lui, la nuit, elle riait et gémissait, mais jamais il n'avait cru la posséder vraiment. Lucide et intelligent, l'instituteur savait que sa femme aimait toujours Hugo. La preuve ! Comme elle s'était élancée vers le fleuve, dans l'espoir de le revoir.

Pour toutes ces raisons, Michel fut presque étonné de voir Louise revenir. Il s'était promis de ne poser aucune question, de ne faire aucun reproche. Elle entra dans leur cuisine, s'affala sur une chaise, avec une expression hagarde.

— Hugo ! Je l'ai revu ! dit-elle simplement.

— Je sais. Ainsi, il est enfin revenu de la guerre.

— Oui ! Michel, il voulait quitter Saint-Simon sans me saluer, sans chercher à me parler. Je devais y aller, moi. Car je suis la fautive ! Te rappelles-tu, quand je t'ai crié que je l'attendrais des années. J'ai menti ! Je n'ai même pas tenu un an. Et maintenant, ma place est là, avec toi.

Louise cacha son visage meurtri entre ses mains et se mit à pleurer. Michel n'osa pas la consoler. Il comprenait ce qu'elle éprouvait. Pourtant il se réjouissait de sa loyauté. La jeune femme aurait pu fuir, le rejeter. Non, elle était là, brisée, en larmes, mais présente. Fidèle à ses engagements.

Il se leva et lui caressa les cheveux.

— Louise ! Sache que je respecte ton chagrin… Mais tu n'es pas coupable. Tant d'hommes sont morts sous les coups des Prussiens. Hugo n'avait pas écrit, ni donné de nouvelles. Il ne peut pas t'en vouloir.

Michel allait s'éloigner, afin de laisser sa femme en paix, cependant elle se redressa, lui tendit les bras.

— Mon pauvre ami ! Serre-moi fort ! J'ai si mal ! Je n'ai plus que toi, le meilleur des maris, le meilleur des hommes. Ne crains rien, va, je ne te trahirai pas. Et Hugo, brave comme il est, ne prendrait pas la femme d'un autre.

Cela, l'instituteur s'en doutait. Il se souvenait du

fils Roux, à l'école. Un garçon sage et studieux, toujours à protéger le plus faible, à défendre les filles. Lui, Michel, était dans les petites classes, quand Hugo préparait le certificat d'études, et combien de fois il avait rêvé d'un grand frère aussi gentil, aussi honnête.

Louise se réfugia dans les bras doux de Michel. Dès le lendemain, la vie reprit son cours, simple, sans heurts ni passion. La jeune femme se consacra entièrement à cet homme si bon qui partageait son existence, mais souvent ses pensées s'envolaient vers la Charente. En imagination, elle suivait le cheminement d'une gabare de bois doré à la voile beige, qui portait dans ses flancs son premier amour.

18

Si Dieu le veut...

Trois ans s'écoulèrent ainsi. Hugo séjournait une fois par mois à Saint-Simon, sans s'attarder. Il dormait sur son bateau, mangeait à l'auberge du Bouif. Le grand air et les voyages le long du fleuve l'avaient transfiguré. La peau dorée, rasée de près, les cheveux courts, il était de nouveau ce bel homme costaud aux muscles longs que les femmes admiraient lorsqu'il passait sur sa gabare. Sa cicatrice ajoutait à son charme de pirate.

En août 1874, Louise accoucha d'une petite fille qui mourut aussitôt. Le médecin appelé à son chevet décréta qu'elle ne pourrait sans doute plus avoir d'enfant. Ce deuil l'accabla. Elle regretta alors de ne plus pouvoir demander conseil au père Martin. Cependant, alors qu'elle pleurait dans son lit, le ventre endolori, elle adressa un message d'amour à son vieil ami, dont la mort cruelle la hantait encore.

Certains disent encore que vous aviez le mauvais œil, père Martin, mais moi je sais que vous étiez un homme très bon. Je ne vous oublierai jamais...

Michel fut très affligé en voyant ses espoirs de paternité réduits à néant, mais cela n'empêcha pas le couple de recevoir, un peu plus tard, la visite d'Alexandrine et de la petite Huguette.

Pour Alexandrine, découvrir la région où avait grandi son frère fut un vrai plaisir, mêlé d'émotion. Au bras de Louise, elle se promena le long des chemins, jusqu'au Pas du Loup. Les deux jeunes femmes avaient l'impression de se connaître depuis toujours, grâce à toutes ces lettres qu'elles avaient échangées.

— Que tu es belle, Alexandrine ! Je comprends pourquoi Hugo était tombé amoureux de toi. Mais il manque de discernement, car tu lui ressembles tant qu'il aurait dû deviner tout de suite que tu étais sa sœur.

Alexandrine, magnifique dans une large robe mauve, éclata de rire.

— Dans ce cas, assure-toi que Michel n'est pas ton frère caché, car vous avez un air de famille.

Plus grave, elle ajouta en fixant Louise :

— Sais-tu que je vois Hugo très souvent. Il vient déjeuner à la maison, quand sa gabare mouille à Saintes. Un jour, il m'a demandé tes lettres, celles que tu m'envoyais pendant la guerre. Je les lui ai confiées. Un mois plus tard, il me les a rendues, l'air heureux. Il a dit : « Louise m'aimera toujours, n'est-ce pas, parfois je voudrais l'enlever à son Michel... »

Ces paroles murmurées firent un étrange effet à Louise. Elle se sentit à la fois heureuse et désespérée. Hugo ne l'oubliait pas, mais elle s'attachait de plus en plus à son mari.

— Alexandrine, dit-elle d'une voix tremblante, si tu connais une fille sérieuse, présente-la à Hugo. Je ne quitterai jamais Michel. Alors, il devrait se trouver une femme. Que veux-tu, ce n'était pas notre sort de vieillir ensemble...

La petite Huguette qui marchait devant elles trébucha sur une pierre. Elle se mit à pleurer. Les jeunes femmes se précipitèrent pour la consoler.

— Qu'elle est mignonne ! soupira Louise. Si tu savais combien je suis malheureuse de ne pas pouvoir être mère ! Enfin, je m'occupe des plus petits, dans la classe de Michel. Il y en a un, Gérard, qui m'appelle maman Louise, alors je me sens utile.

Alexandrine et son mari repartirent le lendemain. Huguette s'accrocha au cou de Louise. Elle ferma les yeux, en songeant que cette fillette si jolie était du même sang que son bien-aimé. La nièce d'Hugo. Lorsqu'il passait à Saintes, il jouait avec l'enfant, il l'embrassait, comme elle le faisait à l'instant.

— Revenez souvent ! glissa-t-elle à l'oreille d'Alexandrine. Votre visite m'a redonné du courage.

— Et vous, faites le voyage jusqu'à Saintes, en patache !

Louise promit, en retenant ses larmes. Alexandrine allait lui manquer. Mais leur correspondance reprit de plus belle après cette première rencontre, renforçant une affection mutuelle.

Un beau dimanche de mai 1875, Louise et Michel partirent tôt chez Hortense, qui les avait invités à déjeuner. C'était pour eux une agréable habitude de passer ensuite la journée à la ferme, après un repas fidèlement copieux. Le jeune couple savait aussi combien ses visites étaient précieuses pour Hortense, qui se sentait bien seule depuis le départ de sa fille.

Les cerises étaient mûres et le plus vieil arbre du verger ployait sous le poids des fruits. Louise entreprit d'en remplir quelques paniers.

— Je ferai des confitures, Michel, puisque tu les aimes tant.

Son mari lui répondit d'un large sourire. Chaque geste de sa jolie épouse, chaque éclat de gaieté lui semblaient un don du ciel.

— Je vais chercher l'échelle, ma Louise ! Regarde, les plus beaux fruits sont en hauteur...

La jeune femme approuva distraitement. Revenir dans son ancien foyer lui laissait toujours le cœur en déroute. Partout rôdait le souvenir de son amour d'enfant. Dans ce verger, elle avait rêvé d'Hugo tant de fois... Il lui avait annoncé son départ à la guerre, ils s'étaient aimés là-bas, près du pommier.

— Je ne dois plus penser à lui ! se répéta-t-elle. Je n'arrive pas à l'oublier... Pourtant je suis heureuse avec Michel.

Justement, Michel revenait. Il cala l'échelle contre le tronc, ôta son gilet. En chemise, ses cheveux clairs volant au vent, il se mit à grimper les barreaux, puis à s'élever de branche en branche. Louise le regardait, attendrie par son attitude presque enfantine.

— Pour toi, ma mie ! criait-il en lui lançant des cerises. Elles sont aussi rouges que tes lèvres !

— Tu ne les as même pas embrassées, mes lèvres, avant de jouer les merles en haut de cet arbre ! plaisanta Louise.

— Ne t'en fais pas ! Je redescendrai vite.

Ils se sourirent, soudain heureux de l'air tiède, parfumé de menthe et de fruits. Hortense les rejoignait sans hâte, un large panier sur la hanche.

— Alors, la jeunesse ! La cueillette est bonne ?

Louise se retourna vers sa mère. À cet instant précis, un craquement sec résonna au-dessus d'elle, suivi d'un cri de surprise, et d'autres bruits de bois brisé.

Les deux femmes hurlèrent en même temps, car Michel venait de tomber lourdement sur le sol. Louise se précipita et, avec précaution, lui souleva la tête, afin de la caler sur ses genoux.

— Michel ? Parle-moi… Michel !

Hortense se pencha, toute pâle. Elle crut d'abord son gendre évanoui ou assommé.

— Il faudrait de l'eau fraîche ! murmura-t-elle. Je vais en chercher au puits.

Mais Louise fit non d'un geste. L'immobilité de son mari, la position bizarre de son cou l'effrayaient. Elle refusait encore de penser, bien qu'une terrible certitude l'envahît.

— Va prévenir papa ! souffla-t-elle. Je crois que Michel ne respire plus…

Quand elle fut seule, Louise ferma les yeux en songeant que le destin s'acharnait sur elle. Pendant des années, elle avait cru Hugo mort sur un champ de bataille. Maintenant, son époux devant Dieu et les hommes gisait contre sa poitrine. Il n'avait même pas pu lui dire un mot d'adieu, ni embrasser ses lèvres. Le tenir ainsi, sans vie, la ramena à des années en arrière, à ce tragique matin où son vieil ami, le père Martin, s'était éteint dans ses bras. Michel l'avait sorti du brasier qui consumait sa pauvre maison. Ce geste héroïque avait achevé de conquérir le cœur et l'âme de Louise.

— Mon cher Michel, si vaillant, si patient ! Je ne veux pas te perdre ! Ouvre les yeux, je t'en supplie ! Parle-moi, je suis là, ta Louise… Et je t'aime, tu entends, je t'aime !

Doucement, elle lui offrit un dernier baiser, étonnée de sentir la chaleur de sa chair, alors qu'il reposait inerte, fauché par la mort en pleine jeunesse. Ses parents la trouvèrent ainsi, muette et blême de chagrin. Pas une larme ne coulait sur son visage.

Bertrand se signa avant d'enlever son chapeau.

— Le malheureux ! marmonna-t-il. Je lui avais pourtant dit d'être prudent. Tout le monde sait que les branches de cerisier cassent comme du verre !

— Il n'y a donc plus rien à faire ? demanda Hortense en sanglotant.

— Non ! fit Louise. Me voici veuve. Mais qu'ai-je fait pour être punie comme ça ! Maman, dis-moi ! Est-ce que je mérite de souffrir autant ? Et lui, mon Michel ! Tout à l'heure, il riait en me jetant des cerises... Et maintenant, il m'a quittée...

Louise suffoquait de terreur et de révolte. Elle put enfin pleurer, couchée sur le corps de son mari.

Louise dut annoncer elle-même la mort de Michel à sa famille, qui habitait Saint-Simeux. Ce fut une dure épreuve pour elle. Son père l'accompagnait, en voiture à cheval. Le corps de l'instituteur reposait à l'arrière sous une couverture.

Après l'enterrement, la jeune femme s'habilla en noir, ferma leur logement, n'emportant que ses effets personnels.

Un nouveau maître d'école et son épouse allaient s'installer sous peu. Un homme de Saint-Simeux chargea sur une charrette des caisses de livres et trois meubles qui appartenaient à Louise. Celle-ci lui indiqua le chemin de la ferme des Figoux. Hortense accueillit sa fille à bras ouverts.

— Ta chambre est prête. Je l'ai aérée et j'ai bien ciré le plancher. Ma pauvre petite, que vas-tu devenir ? Enfin, ici tu auras toujours à manger, et un toit sur ta tête...

— Je garderai le deuil pendant plusieurs mois, répondit Louise avec un sourire mélancolique. J'avais une profonde affection pour Michel et je ne l'oublierai jamais. Oh ! maman, pourquoi tant de malheurs… ? mais tu sais, mon cœur a toujours appartenu à Hugo. Plus tard, j'attendrai au Pas du Loup… Quand je verrai la voile de la *Marie-Flavie*, je ferai signe à mon bien-aimé, et s'il veut toujours de moi, il m'emportera sur le fleuve, si Dieu a enfin pitié de nous !

Une longue année passa. Un soir d'été, une gabare accosta au port du milieu, à Saint-Simon, les flancs chargés de sel. Louise sortait de la boucherie, perdue dans ses pensées. Soudain, des vivats et des cris l'alertèrent. Elle tourna la tête en entendant le nom de la *Marie-Flavie*. Tout son corps eut un frisson de joie, un élan vers le fleuve. Il était peut-être temps de se précipiter comme les autres, vers les quais, et au moins de contempler la silhouette d'Hugo… L'air sentait bon le foin et les fleurs, les hirondelles criaient en survolant les toits du bourg. Une douce et tiède soirée s'annonçait, et Louise, soudain, en eut assez d'être raisonnable, de fuir l'inévitable, de se cacher. Alors, elle se mit à courir en direction du port.

Ce n'était pas la première fois qu'Hugo accostait à Saint-Simon depuis que Louise était veuve, mais il restait fidèle à ses habitudes, dormant à bord de sa gabare et ne restant à quai que le temps nécessaire. Il avait appris par sa sœur Alexandrine la mort accidentelle de Michel. Cependant il n'avait pas fait un geste vers Louise.

— Ce sera elle qui décidera de me faire signe ou non ! répétait-il souvent à Claude. Je n'ai pas revu Louise depuis quatre ans. Elle m'avait demandé de rester bons amis, en tout bien tout honneur, mais je crois qu'elle m'évite.

Le matelot, informé du moindre ragot par son épouse

Catherine, se contentait de hausser les épaules, la pipe au coin de la bouche. Il savait que Louise avait perdu une petite fille à la naissance et que depuis la mort de son mari elle ne quittait guère la ferme de ses parents.

Ce fut lui qui aperçut la jeune femme le premier. Il donna un coup de coude à son patron, avec un geste du menton.

Hugo, qui se tenait à la proue du bateau, la repéra tout de suite parmi la foule, belle et blonde, les cheveux au vent. Louise se glissait entre les badauds, le visage illuminé par une tendre espérance. Elle n'aurait pas cherché son passage ainsi, vers la gabare, juste pour le saluer. Il reconnut dans cette attitude le signe qu'il espérait depuis ces quatre années.

Il franchit la passerelle en deux enjambées, sauta sur le quai. Là, solide, souriant mais grave aussi, il l'attendit, les bras ouverts en un geste de bienvenue. Louise faillit se jeter à son cou. Gênée par tous les gens qui les entouraient, elle se contenta de l'embrasser plusieurs fois sur les joues, en le tenant fort aux épaules.

— Alors, tu as su, pour Michel ? murmura-t-elle les larmes aux yeux. J'avais demandé à Alexandrine de t'annoncer mon deuil, j'ai eu tant de chagrin…

Hugo, à cet instant, redevint le grand frère, le protecteur de jadis. Sa petite Louisette avait eu de la peine, il n'était plus que compassion.

— Quand elle m'a dit ça, j'ai eu un sacré choc ! J'ai bien pensé à toi. Ce n'était pas convenable que je te rende visite à cette époque, pourtant je me doutais que tu étais malheureuse. C'était quelqu'un de bien, Michel…

Louise n'osait pas le regarder. Maintenant il la tenait par le coude, en l'entraînant à l'écart. La jeune femme craignait de succomber trop vite. Déjà les doigts d'Hugo sur sa peau, le son de sa voix la replongeaient dans ce qui avait été son rêve, son bonheur, durant des années.

— Je n'ai pas voulu t'écrire ! bredouilla-t-elle... Je suis retournée travailler à la ferme. Avec mon père, je n'ai pas volé mon pain... J'ai honte de mes mains. Je voulais laisser passer du temps ! Être prête pour te retrouver ! Enfin, si tu es libre, si tu veux encore de moi, Hugo ?

— Pareil pour moi, Louise ! J'ai attendu. Mais là, quand j'ai revu le Pas du Loup, les quais de Saint-Simon, je me suis dit : elle sera là, enfin... Et tu étais là ! Si tu veux de moi...

— Si je veux toujours de toi ? Depuis que je te connais, Hugo, je n'ai qu'un rêve, être ta femme. À dix ans, je t'aimais déjà ! Tiens, peut-être depuis ce jour où tu m'as empêchée de gober un escargot, sur la place du bourg ! Maman m'a raconté ça, un soir.

— Alors, ma Louise, pourquoi tu demandes si je veux encore de toi ! J'ai l'impression qu'on est bien d'accord, tous les deux... On est peut-être au bout de notre temps d'épreuve ?

Ils s'enlacèrent avec passion, sans souci des regards qui les observaient. Claude, qui amarrait la *Marie-Flavie*, eut l'impression qu'on lui ôtait un poids du cœur. Enfin ces deux-là étaient réunis.

Si le deuil de Louise n'avait pas été aussi récent, il aurait volontiers crié un retentissant :

— À quand la noce ?

Ce soir-là, les gens de Saint-Simon virent passer un couple qui se tenait par la main. Ils marchaient en souriant, elle mince et blonde, ses yeux bleus pétillants de joie, lui brun et droit, le visage déterminé.

Louise et Hugo montaient à la ferme. La jeune

femme voulait prendre quelques affaires et passer la nuit sur la *Marie-Flavie*.

Bertrand et Hortense Figoux, qui prenaient le frais sur un banc devant la ferme, comprirent aussitôt, en apercevant leur fille et son ancien fiancé, ce qui se passait.

— Papa, maman, Hugo et moi nous nous marierons cet hiver. Je ne veux pas choquer les parents de Michel en brusquant les choses. Ils sont encore en deuil. Mais je vous préviens, à partir de ce jour, je ne quitterai plus Hugo.

Hortense, dont les cheveux avaient blanchi, serra sa fille contre son cœur. Elle s'écria :

— Ah ! Quelle bonne nouvelle ! Je suis bien contente, ma Louisette, toi aussi tu as droit au bonheur.

Curieuse, elle ajouta :

— Mais dis-moi, habiteras-tu sur le bateau comme le font certaines femmes de gabariers ?

Malgré les chagrins endurés, Louise rayonnait. Elle pressa ses mains sur sa poitrine et contempla Hugo avec amour :

— Oui, maman ! C'est cela que je veux ! Hugo avait déjà tracé les plans sur un papier. Je devais commander les travaux aux menuisiers, les surveiller, mais avec la guerre... Te rends-tu compte, j'aurai ma cuisine, un fourneau en fonte, des casseroles de cuivre. Et aussi une chambre peinte en bleu, avec des rideaux à fleurs, et nous serons toujours ensemble.

— Tu n'as pas honte ! gronda Bertrand, d'aller coucher avec Hugo alors que tu n'es pas mariée ? Vous avez attendu cinq ans, vous pouvez patienter six mois encore... Que fais-tu de ta réputation, Louise ?

Hugo était si heureux qu'il s'inclina devant la volonté de son futur beau-père et persuada Louise de dormir sagement sous le toit des Figoux.

— Bien ! fit-elle. Une bonne épouse doit obéir à son mari ! Va pour ce soir, mais demain je ne promets rien ! Et toi, papa, au lieu de jouer les gendarmes, va donc chercher une bouteille de cidre...

Ils trinquèrent sous le tilleul, tandis que les grillons chantonnaient dans les hautes herbes le long des haies. Le cœur de Louise vibrait à l'unisson de cette délicieuse nuit d'été. Et quand Hugo prit congé, elle lui chuchota quelque chose à l'oreille. Il fit oui d'un clignement de paupières et s'éloigna à pas nonchalants.

Louise se coucha dans son lit de jeune fille dans un état de bonheur exalté. Elle joua à imaginer leur vie de couple au fil du fleuve, sans oublier aucun détail. À minuit, le chien de son père aboya. Des cailloux vinrent frapper ses vitres. Elle pensa :

— Hugo ! Il est un peu en retard...

Elle se leva, en chemise, et descendit le rejoindre. Comme une petite fille craignant de réveiller ses parents, elle se glissa par la porte de derrière dans le jardin baigné d'une clarté bleue, celle de la pleine lune.

Deux bras vigoureux la saisirent, et un souffle chaud chatouilla son cou.

— Alors, ma Louise, on me donne rendez-vous à la barbe de son père ! Je crois bien que si tu ne m'avais pas demandé de revenir un peu plus tard, j'y aurais pensé tout seul...

Hugo la souleva et l'emmena au fond du verger, sous un vieux pommier. Il connaissait les lieux depuis longtemps et n'oubliait pas que Michel était mort ici. Sans doute était-ce pour cette raison que Louise gardait les yeux fermés. Elle parut soulagée de se retrouver ensuite loin du cerisier qui avait coûté la vie au jeune instituteur.

Il l'allongea sur l'herbe, après avoir étalé sa veste de marin.

— Ma belle chérie ! J'avais tellement envie de te sentir contre moi ! Je ne voulais que toi... aucune autre que toi, je t'ai tellement attendue !

Tout en s'abandonnant aux caresses de son bien-aimé, Louise songea avec chagrin qu'elle ne pouvait pas en dire autant, puisqu'elle s'était offerte à Michel.

— Mon amour ! chuchota-t-elle. Efface le passé, efface mes erreurs, mes peurs ! Et faisons comme si j'avais seize ans, comme si j'étais toute neuve. Je t'aime ! Je t'aime tant et je n'ai jamais aimé que toi. Tu m'as eue vierge, n'oublie pas, je ne suis qu'à toi...

Hugo l'étreignit à lui faire mal. Louise soupira, en pleurant presque.

— Une fois, tu me manquais tant, Hugo, que je me suis baignée, la nuit, dans le fleuve. Je me disais que c'était toi qui me caressais, toi qui me prenais toute.

— Petite folle ! fit-il. Je t'aime, ma Louise ! Je t'aime !

Ce furent des heures magiques, celles qui unissent à jamais le cœur et le corps des amants. Lorsqu'elle reprenait conscience entre deux étreintes, Louise sentait avec intensité le parfum de la menthe, du serpolet, des fruits parvenus à maturité. Hugo se laissait bercer par le murmure du vent dans les feuillages, par le souffle haletant de la femme qui reposait contre lui.

Après toutes ces années de chasteté, il en perdait la tête. Caresser le ventre de Louise, sa poitrine plus ronde qu'avant, poser sa joue sur ses cuisses fines, la découvrir, la parcourir d'une main timide et audacieuse à la fois. Il baisa son cou, ses bras, enfouit son visage dans sa chevelure soyeuse.

— Ma Louisette, ma petite fille devenue la plus belle des femmes, rien que pour moi !

Elle le faisait taire d'un rire d'extase :

— Hugo ! Je n'ose pas, moi, te faire de tels compliments. Mais je te trouve beau, fort, magnifique et puissant...

Il la serrait à l'étouffer, lui demandait :

— Puissant ? Pourquoi ça ?

— Tu le sais bien, bandit !

Ils n'en finissaient pas de s'avouer leur amour, et de se raconter leurs malheurs... Hugo put parler des horreurs de la guerre, puisque les lèvres de Louise effleuraient son torse. Elle se résigna à évoquer la mort de sa petite fille, la tête appuyée sur le cœur de son bien-aimé.

— Elle a vécu si peu de temps. Juste celui de la chérir, de la cajoler, de l'imaginer grande et belle.

— Victor, tu te souviens, lui qui était si fier de partir se battre contre les Prussiens... Il s'est fait tuer sous mes yeux.

Quand l'émotion les terrassait, ils demeuraient silencieux un long moment à contempler le ciel étoilé. Puis l'un des deux cherchait la bouche de l'autre, le désir se ranimait, le plaisir se déchaînait, jusqu'au miraculeux oubli...

L'aube se levait lorsque Louise regagna sa chambre. Elle s'allongea sur son lit et sombra dans un sommeil d'enfant. Hugo descendit sans hâte vers le fleuve. Après ces sombres années de solitude et de souffrance, il avait l'impression d'avoir passé une nuit au paradis.

19

Le temps du bonheur

Hugo séjourna longtemps à Saint-Simon, jusqu'à l'automne. Il veilla lui-même à l'aménagement de la *Marie-Flavie*, qui allait entrer ainsi dans la « famille » des gabares capables d'abriter un ménage, et surtout une femme. Louise ne se lassait pas de passer vérifier la bonne marche des travaux. Elle arrivait à midi, un lourd panier d'osier à bout de bras.

— Regarde, Hugo ! J'ai emporté de la couture, les rideaux ne vont pas se faire tout seuls ! Et je t'ai cuit une tarte aux pommes. J'ai aussi de la crème fraîche que j'ai battue moi-même. Maman m'a donné deux pots en terre, je vais semer des bulbes ; au printemps, nous aurons des fleurs sur notre bateau.

Hugo riait, l'aidait à déballer ses trésors, l'admirait tandis qu'elle prenait des mesures ou faisait briller de vieilles casseroles qui avaient servi à bord depuis des années.

— Laisse donc ! Je t'en achèterai des neuves, à Saintes. Ma sœur connaît une boutique qui vend ce qu'on veut pour trois sous.

— Rien ne vaudra celles-ci ! répliquait la jeune femme. C'est du beau cuivre rose, mais Émile ne les a jamais frottées, alors elles sont noires comme du charbon !

Bien souvent, les deux amants se retrouvaient seuls dans la cale. Louise se jetait au cou d'Hugo et ils s'embrassaient à perdre haleine.

Au début du mois de novembre, les bans furent publiés. Hugo devait livrer du bois et des barriques à Cognac. Louise se résigna à ne pas l'accompagner. Elle avait pris froid et toussait beaucoup.

— Guéris vite, ma mie ! lui dit le jeune homme en la quittant. Je reviens dans cinq semaines, le temps de descendre jusqu'à La Rochelle voir ma mère. Je vais l'inviter à notre mariage, mais je pense qu'elle ne viendra pas. Nous lui rendrons visite ensuite, ne te tracasse pas.

Louise s'accrochait à son bien-aimé, prête à pleurer. Il y avait une chose qu'elle ne lui avait pas confiée et, ce jour-là, alors qu'il allait embarquer, elle se lança, les joues rouges et l'air malheureux.

— Hugo ! J'ai honte ! Vois-tu, j'ai accepté de t'épouser, mais depuis ton retour, je ne t'ai pas dit toute la vérité. Je t'aime tant, au début, je n'ai pas jugé cela important. Ma mère m'a grondée, comme si j'étais encore une gamine. Elle m'a traitée de folle de ne pas t'avoir prévenu.

Hugo, très inquiet, la serra contre lui en murmurant :

— Vas-y, parle, ma chérie. Les haleurs attendent le signal du départ. Tu n'es pas gentille de me causer du souci à un moment pareil.

La jeune femme éclata en sanglots nerveux.

— Eh bien, quand j'ai perdu ma fille, le docteur m'a assuré que je ne pourrais plus avoir d'enfant. Je me suis habituée à cette idée, mais toi, sans doute que tu en voudrais, des petits… J'ai pleuré toute la nuit dernière en songeant à ta déception. Je ne suis plus une vraie femme, comprends-tu !

Le gabarier soupira de soulagement. Sur l'heure, ne pas être père lui parut contrariant, mais il se ferait une raison. Il cajola Louise, l'embrassa dans le cou en soufflant, attendri :

— Si je t'épouse enfin, toi, ma Louisette, je suis comblé, je te l'ai déjà dit ! Et je peux te dire, étant le mieux placé pour ça, que tu es une vraie femme, belle comme tout ! Alexandrine attend un autre bébé, nous serons oncle et tante…

Rassérénée, Louise laissa partir Hugo. Pendant son absence, elle ne resta pas inoccupée et se consacra à d'interminables travaux de couture, de broderie, de tricot. Pour celui qui allait devenir son mari, elle voulait une écharpe neuve, bien chaude, un gilet de laine et, pour sa cuisine flottante, de nombreux napperons, torchons, serviettes.

Jamais la jeune femme n'attendit le retour de la *Marie-Flavie* avec tant d'impatience. Souvent elle posait un instant tissus et aiguilles et fixait les flammes du foyer d'un air absent. Elle se revoyait fillette, lorsqu'elle courait jusqu'au Pas du Loup afin d'être la première à apercevoir la voile de la gabare des oncles d'Hugo, sur laquelle il était mousse.

Sans cesse, durant son enfance, son adolescence, Louise avait guetté le fleuve, que parcouraient tant de bateaux, barques et gabares. La seule chose qui comptait pour elle, c'était de revoir Hugo, son visage, la moustache naissante, le pli de sa bouche, le regard sombre de velours noir.

— À quoi rêves-tu, ma fille ? criait Hortense qui le savait très bien.

— À lui, maman ! Depuis des années… À lui…

Louise et Hugo se marièrent en hiver, juste avant Noël. L'église de Saint-Simon avait un air de fête, toute parée de branches de sapin et de houx.

Claude et Catherine, ainsi que leurs trois enfants, étaient assis au premier rang. Hortense Figoux reniflait beaucoup mais, à ses côtés, Bertrand affichait un sourire de circonstance. Les oncles d'Hugo, Colin et Alcide, ne cachaient pas leur joie. Vêtus de neuf, rasés de près, ils surveillaient d'un œil paternel les moindres gestes de leur neveu. Entre eux régnait désormais une franche entente, et les heurts du passé n'étaient plus que de mauvais souvenirs...

Quant à Émile, il paradait au bras de sa Lucienne, qu'il avait enfin épousée après les vendanges. L'ancien mousse de la *Marie-Flavie* avait choisi de rester sur la terre ferme et d'ouvrir un commerce de vins fins à Angoulême. Lucienne se montrait d'ailleurs très fière de partir jouer les dames en ville.

Sur un des bancs, les gens de Saint-Simon eurent le loisir de contempler une très belle femme, qui n'était pas du pays ; cela, chacun en était sûr. Elle portait une toilette à la dernière mode de Paris et son mari aussi avait belle allure. Mais une vieille de Saint-Simeux la reconnut. C'était cette dame qui avait rendu visite à Louise et à Michel Laurent, l'instituteur. On causa beaucoup et une rumeur circula de bouche à oreille. Il s'agissait d'une certaine Alexandrine, une magnifique créature, qui serait aussi une amie d'Hugo Roux. Seuls Colin et Alcide connaissaient sa véritable identité, grâce aux confidences de Louise.

Marie-Flavie, elle, avait refusé d'assister à la noce, comme le pressentait son fils, car elle craignait de revoir des visages du passé. Elle voulait éviter à Hugo de pénibles explications qui, de plus, auraient pu salir la mémoire de François Roux.

Louise vivait enfin son beau rêve de petite fille.

Elle avançait, comme il convient, au bras de son père, parée d'une jolie robe de cotonnade bleu ciel ainsi que d'un châle de la même couleur. Une petite couronne de fleurs blanches relevait sa somptueuse chevelure d'un blond chaud. Puis Hugo rejoignit sa promise. Il avait revêtu son unique costume, un trois pièces de velours noir confectionné en secret par sa mère.

— Cette tenue sera ma manière d'être à tes côtés, mon enfant, avait confié Marie-Flavie à Hugo.

Après l'échange des anneaux, les enfants de chœur entonnèrent à pleine gorge un chant bien connu dans les campagnes : le Noël de Thévet.

> *Thévet était dans sa boutique,*
> *Qui travaillait, une nuit,*
> *Quand une troupe angélique,*
> *À l'heure de plein minuit,*
> *Annonça que le Messie*
> *Était venu, et de la Vierge Marie*
> *Était né...*

Puis ils entonnèrent, à la surprise générale, une chanson devenue une mélodie de Noël que l'institutrice leur avait apprise.

> *Mon beau sapin, roi des forêts,*
> *Que j'aime ta verdure !*
> *Quand par l'hiver, bois et guérets*
> *Sont dépouillés de leurs attraits,*
> *Mon beau sapin, roi des forêts*
> *Tu gardes ta parure*[1]*...*

1. *Mon beau sapin*, devenu une mélodie de Noël connue de tous, servit à l'origine de chant de ralliement aux Français restés en Alsace pendant la domination allemande (1871-1919).

Le banquet eut lieu à l'auberge du Bouif, et l'on but tant, on mangea si bien, que les fantômes du passé s'enfuirent à jamais. Louise savourait chaque plat, le coq au vin, dont la sauce brune avait un parfum d'herbes sauvages, les cornions frits, ces beignets à la farine de maïs que l'on sucrait abondamment.

Alexandrine dansa avec Colin, et même au bras de Bertrand Figoux. De l'avis général, le fermier fut subjugué par la beauté de sa cavalière, car jamais on ne le vit aussi gai, aussi aimable. La salle de l'auberge résonnait de rires, de chansons. La jeune femme, qui avait bu du vin blanc et même un peu d'eau-de-vie, se laissa emporter vers son avenir. Tout bas, alors que son époux, le bel Hugo, dansait avec Lucienne, Louise adressa un message à ceux qu'elle avait chéris :

— Adieu, père Martin ! Je me demande si vous le saviez, que mon Hugo reviendrait... C'est peut-être ça que vous avez tenté de me dire, juste avant de mourir.

Louise n'avait pas pu oublier les derniers balbutiements du vieux guérisseur :

« Il n'est pas... Il ne faut pas... »

Quand Hugo était rentré au pays et l'avait trouvée mariée à Michel, elle avait parfois pensé que le père Martin voulait la prévenir, comblant elle-même, en larmes, les blancs de ces paroles mystérieuses : « Il n'est pas mort. Il ne faut pas épouser Michel ! »

Trop bouleversée par l'incendie qui avait coûté la vie à son vieil ami, soupçonné à tort d'être un redoutable jeteur de sorts, Louise n'avait pas pris garde aussitôt aux mots d'un agonisant. Plus tard, la mémoire lui avait rendu, intacts, ces instants tragiques.

Pauvre père Martin ! Et pauvre Michel ! J'espère que j'ai su le rendre heureux, le peu de temps que nous avons passé ensemble.

Louise avait la larme à l'œil. Claude qui l'observait, l'invita alors pour le « quadrille des lanciers », une danse joyeuse, à plusieurs partenaires. Hugo en était, et son sourire chassa les dernières ombres errant dans le cœur de sa femme.

Le lendemain, Hugo conduisit Louise sur sa gabare qui, pour la circonstance, était parée de fleurs en papier roses et jaunes, comme au temps de son baptême...

Une foule joyeuse s'était regroupée sur les quais de Saint-Simon et sur la berge voisine où se tenaient rassemblés pour l'occasion les employés des chantiers, charpentiers-calfats, scieurs de long et menuisiers.

Pour son premier départ sur le fleuve, Louise ne pouvait pas rêver d'une plus chaleureuse ambiance. Cependant, elle ne respira à son aise qu'après l'écluse du Pas du Loup.

Blottie contre son mari, elle chuchota un mot dont elle abusait et abuserait désormais :

— Hugo, comme je suis heureuse ! Cette fois, je laisse le Pas du Loup loin derrière moi. J'ai tant pleuré à cette place, là, sur la berge ! J'ai tellement espéré ton retour. Aujourd'hui, je sens le fleuve sous ton bateau, je connais enfin ce que tu as connu pendant des années ! Dis, c'est bien vrai que tu m'emmèneras jusqu'à l'océan... Je ne rêve pas !

— Oh ! ma Louisette, quand tu me regardes comme ça, j'ai l'impression que tu portes encore des tresses et un vieux sarrau d'écolière. Nous irons où tu voudras mais, avant la nuit, nous jetterons l'ancre. Aucun gabarier ne voyage dans le noir. Ceux qui ont leur femme à bord, ils sont encore plus pressés de manger la soupe, et le reste...

Louise éclata de rire, car le regard de son mari brillait de désir.

— Eh bien, avant cette nuit, je vais faire la cuisine... le ménage, la vaisselle. Mais attention, ton nouveau mousse aura intérêt à être discret et à ne pas écouter à la porte de notre chambre !

De son poste au gouvernail, Claude les regardait plaisanter, rire, s'embrasser. Il alluma sa pipe et cria au mousse, un dénommé Jeannot, blond et maigre :

— Hé, gamin ! Tu as entendu la patronne ! Tu vas souffrir sur ce bateau, mon pauvre ! Veux-tu débarquer tout de suite ?

— Non, m'sieur ! La patronne, elle est bien trop jolie pour être méchante... Alors, je reste à bord. Et le patron est sérieux, ce n'est pas un saute-en-barque[1].

Claude éclata de rire à cette repartie.

Louise soupira de bonheur, enlaçant plus étroitement Hugo. Le fleuve Charente l'emportait enfin...

Louise et Hugo, à bord de la *Marie-Flavie*, allèrent ensemble au bout de leurs rêves d'enfance, parcourant le fleuve à chaque saison.

Tout au long de la Charente et jusqu'aux ports sur l'océan, on les connaissait et on les aimait. Les haleurs reprenaient des forces quand ils apercevaient le chignon blond de Louise et le fichu rose qu'elle croisait sur sa poitrine.

La jeune femme découvrait le monde, sans presque jamais quitter le pont de la gabare. D'un naturel curieux et avide d'instruction, Louise s'intéressait à tout. Cela allait du fonctionnement du mât de charge à la rude existence des gabariers, des mœurs du martin-pêcheur, ce bel oiseau bleu dont elle guettait les allées et venues, aux châteaux qu'elle apercevait en haut des collines.

---

1. Expression locale employée pour désigner un gabarier peu sérieux.

Lors des escales, elle se réjouissait de descendre à terre, de courir au marché du bourg pour acheter un bouquet de fleurs ou une tranche de pâté. Hugo s'étonnait toujours de la voir si active, si gaie, si charitable aussi.

Il avait tenu promesse, allant caboter dans le pertuis d'Antioche, entre les îles de Ré et d'Oléron. Tous deux, ils visitèrent Tonnay, Rochefort, Saint-Martin-en-Ré. Quand Louise vit l'immensité grise de l'Atlantique, elle eut envie de pleurer et de rire devant un spectacle aussi fascinant.

— Et toi, avoua-t-elle à son mari, pendant que je t'attendais à la ferme, tu partais sur ces grosses vagues, si loin !

La jeune femme admirait le vol des mouettes blanches, se grisait de l'odeur particulière du littoral, souvent envahi d'algues. Puis ce fut le grand jour. Ils étaient mariés depuis un mois à peine, lorsqu'ils frappèrent à la porte de Marie-Flavie, à La Rochelle.

Louise avait soigné sa toilette, mais elle redoutait cette rencontre. Hugo la rassura :

— Maman est une femme charmante, tu verras ! Elle a hâte de te connaître, de t'embrasser.

Dès qu'elle eut reçu son fils et son épouse à bras ouverts, Marie-Flavie leur confia ses propres appréhensions.

— Ma chère Louise, vous faites le bonheur de mon fils, et j'en suis ravie. Cependant, croyez-moi, je redoutais votre regard car je l'ai fait souffrir, mon Hugo !

Ce dernier protesta en prenant la main de sa mère :

— Oublions le passé ! J'aurais pu être orphelin, n'est-ce pas ! À présent, dès que j'aperçois les tours de La Rochelle, mon cœur bondit de joie car j'ai une maman qui m'attend là !

Louise les observait. Marie-Flavie avait légué à ses deux enfants la même prestance, la chevelure brune, le teint mat... Mais la jeune femme fut sûre d'une chose et, le soir même, l'annonça à Hugo :

— Mon amour, à quinze ans, ta mère devait être la plus belle fille de toute la Charente. Je comprends François Roux, ton père, de l'avoir aimée aussi fort.

— N'en parlons plus ! Maman est remarquable à son âge, et tu as raison, elle a dû être superbe, mais moi, je tiens dans mes bras la plus ravissante patronne de gabare, et j'ai hâte de me coucher près d'elle...

Le couple prit l'habitude de rendre visite à Marie-Flavie. Mais ils s'arrêtaient fréquemment, à Saintes aussi, où ils étaient invités à déjeuner, voire à dîner, chez Alexandrine, mère de trois beaux enfants.

Ces réunions familiales enchantaient Louise. Elle pouvait jouer avec ses neveux et nièces, les faire sauter sur ses genoux, rectifier une natte défaite, réparer le bras d'une poupée. La petite Huguette l'adorait, ainsi que son oncle Hugo.

Il y avait également les retours à Saint-Simon. Comment ne pas être content de reconnaître les toits et le clocher de son village... Claude s'empressait d'aller se faire tirer les oreilles par sa Catherine que le temps changeait en une vraie mégère. Jeannot, le mousse, courait embrasser sa mère et son père, un charpentier-calfat du chantier Meslier.

Louise, elle, prenait son temps avant de descendre sur le quai. Son foyer, son royaume, c'étaient les deux pièces aménagées dans la cale de la gabare. Elle se faisait un devoir de monter à la ferme, mais sa mère l'accueillait avec tant de joie qu'elle revenait le lendemain.

— A-t-on jamais vu une femme qui voyage autant ! grognait souvent son père, qui n'admettait pas cette façon de vivre pour une ménagère...

Un jour, Louise se fâcha et lui déclara :

— Mais papa, si tu savais tous les gens que je rencontre sur le fleuve, dans les ports ! Et je suis deux fois plus instruite qu'avant. À Tonnay, à Jarnac, j'ai des amies, chez qui je déjeune… Tiens, à Rochefort, j'ai causé avec un très vieux gabarier ! Lui, sa vie durant, il a transporté des pièces de canon, qui venaient de la Fonderie de Ruelle… Et cette fonderie dont tu parlais pendant la guerre, elle aurait été créée par un monsieur Montalembert, et les rois de France vantaient les mérites de la fonte fabriquée chez nous, en Charente…

— Bah ! Tais-toi donc ! marmonna Bertrand Figoux, qui écoutait en hochant la tête.

— Attends un peu, reprit Louise, tu parles des femmes qui voyagent, bien, moi, je peux te dire qu'il y a deux cents ans une Marguerite de Logivière, dont le père était marquis et propriétaire des forges de Rancogne, installa un entrepôt de canons et boulets destinés à l'arsenal de Rochefort. Ils étaient embarqués sur sa propre gabare : la *Marguerite-de-Logivière*.

Hugo assistait à la discussion. Il plaisanta, amusé par la mine triomphante de sa jolie épouse :

— Vous verrez, beau-père, votre fille m'obligera bientôt à rebaptiser ma gabare la *Louise-Roux* !

Bertrand Figoux évita par la suite de reprocher à Louise sa vie vagabonde, mais le récit de cette scène fit beaucoup rire Alexandrine et Marie-Flavie quand elles en eurent connaissance.

20

Victorine

Ainsi, pendant quatre ans, Hugo et Louise connurent un bonheur simple dont ils n'étaient jamais rassasiés. Les soirs d'été, lorsque le soleil couchant scintillait derrière les grands frênes, le couple, toujours aussi amoureux, évoquait mille souvenirs, assis à l'avant du bateau.

Ils savouraient chaque instant de leur existence, comme pour rattraper le temps perdu.

— Mes plus belles heures de femme, je les aurai vécues sur l'eau paisible de notre fleuve ! disait-elle souvent à Hugo.

— Et il t'en reste encore beaucoup ! répliquait-il en riant.

La cinquième année de leur mariage commençait, quand un destin malicieux leur réserva une grande surprise. Contre toute attente et alors qu'elle ne l'espérait plus, Louise s'aperçut qu'elle attendait un enfant.

— Dieu a eu pitié de nous, Hugo ! s'écria-t-elle. Nous allons avoir un bébé... Nous l'avons conçu sur le fleuve ! Oh ! mon chéri, il aimera notre Charente, j'en suis sûre !

Hugo était bien trop ému pour répondre. Il prit Louise contre lui avec délicatesse. La promesse nichée dans ce fragile corps de femme le bouleversait. Après tant de souffrances, de peurs, de chagrins, la vie lui offrait le plus merveilleux cadeau, un enfant de leur amour.

Claude et Jeannot, mis au courant, empêchèrent leur « patronne » d'accomplir les tâches habituelles. Mieux, ils préparèrent le soir même un repas de fête, et débouchèrent une bouteille de ce petit vin blanc du pays qui rend le cœur si gai.

Louise avait si peur de perdre cet enfant inespéré qu'elle s'accorda de longs moments de repos. Pendant que la gabare remontait le fleuve ou le descendait, elle restait allongée. Hugo lui procura des livres, malgré la dépense, et la jeune femme, bien que contrariée de « paresser », ne tarda pas à apprécier sa nouvelle qualité de future maman.

— Nous l'annoncerons à mes parents un peu plus tard, Hugo, je t'en prie ! supplia Louise alors qu'ils accostaient à Saint-Simon. Je connais ma mère, elle voudra me garder sur la terre ferme, et moi je ne veux pas te quitter.

Hugo céda, mais il était si inquiet pour sa femme qu'il tremblait dès que le bateau s'agitait. Trois mois plus tard, au début de l'été, Hortense Figoux apprit l'extraordinaire nouvelle et en pleura de joie.

— Tu vas rester chez nous, Louise ! Tu as perdu deux petits, déjà. Alors, que tu le veuilles ou non, je t'ai à l'œil.

Hugo se montra ferme lui aussi. Il promit, quand la naissance approcherait, de rester plusieurs semaines à Saint-Simon, la gabare ayant besoin de réparations.

— J'aurais voulu que notre enfant naisse sur le fleuve ! murmura Louise d'un air déçu.

— Le plus important, ma mie, c'est qu'il vienne au monde, sain et fort ! répliqua Hugo.

À l'automne, Louise donna le jour à une fille de six livres, qui semblait saine et forte, comme le souhaitait son papa. Hugo avait caché à sa femme combien il redoutait l'épreuve de l'accouchement, car Louise était restée mince et gracile. La naissance eut lieu sous le toit ancestral de la ferme des Figoux. Hortense s'était assuré les services de la meilleure sage-femme de la région, puisant pour cela dans ses propres économies.

Louise souffrit beaucoup, mais quand elle put serrer son bébé dans ses bras, elle s'exclama :

— Hugo, appelons-la Victorine ! Ce prénom lui ira bien, car ce bout de chou a triomphé du mauvais sort, comme notre amour !

Hugo, fou de bonheur en voyant Louise hors de danger et leur enfant bien vivante, accepta ce prénom avec enthousiasme. Au contraire de bien des hommes, il passa les heures suivantes au chevet de sa femme et ce n'est que le lendemain qu'il alla fêter l'événement à l'auberge.

Ils la baptisèrent à l'église du bourg : Victorine Martine Hortense. La petite poupée souriante se trémoussait dans sa jolie tenue blanche ornée de dentelles. Elle gazouilla de plaisir lorsque l'eau bénite coula sur son front.

Après la cérémonie, Louise s'agenouilla pour remercier la Vierge Marie et tous les saints du Ciel. Puis elle se releva, pressée de rejoindre Hugo qui l'attendait sur le seuil de l'église, Victorine dans les bras.

Le repas de baptême eut lieu à la ferme Figoux. Bertrand, assez content d'être un « pépé », servit beaucoup de vin et sacrifia deux beaux canards gras. Quant à Hortense, dont les cheveux ressemblaient à de la neige, elle posa la question qui la tourmentait depuis des jours :

— Et maintenant, que vas-tu faire, Louise ? Tu vas

rester là, avec la petiote ! J'ai nettoyé ton berceau, celui en osier, je peux le repeindre. Victorine y serait bien…

Louise avait pris sa décision.

— Maman, nous repartons tous les trois. J'allaite mon bébé, et je suis bien installée sur la *Marie-Flavie* ! Le mouvement du bateau la bercera… et puis je dois la présenter à son autre grand-mère, à sa tante Alexandrine.

Hortense baissa la tête, se frotta les yeux. Louise eut pitié de sa mère, mais elle se contenta d'ajouter :

— Plus tard, nous verrons ! Quand elle ira à l'école…

Victorine vécut sa première année sur le fleuve. Louise ne s'était pas trompée, le bébé apprécia la vie à bord de la gabare. Durant les mois d'hiver, Louise la garda bien au chaud, à l'abri de l'humidité, dans la cuisine et la chambre, que chauffait la cuisinière en fonte. Au printemps, elle la faisait dormir dans son couffin d'osier, sous un voile de tulle qui la protégeait des mouches et des moustiques.

Quand revint l'été, Victorine prenait le sein en plein air, en regardant d'un œil curieux le vol des hérons et des buses.

Claude et Jeannot, d'abord hostiles au projet, se changèrent en nounous dès qu'il le fallait. Hugo ne manquait pas de montrer sa fille à tous ses collègues du fleuve.

Après avoir félicité les parents, Alexandrine s'enticha de cette poupée au duvet blond, aux prunelles rondes et sombres.

— Ce sera une beauté, digne de la famille ! lança-t-elle en riant.

Marie-Flavie, en prenant le bébé contre sa généreuse

poitrine, déclara la même chose. Elle écrivit plus tard à Louise, n'ayant pas osé le lui avouer de vive voix :

Ma chère petite Louise,

Je garde encore en moi le joli tableau que vous formiez tous les trois, Hugo, toi et Victorine. Cette enfant est magnifique et je me réjouis de voir mon fils oublier auprès de vous deux les années de chagrin que mes fautes lui ont infligées. Votre fille grandira dans un foyer uni et paisible, entre son vrai père et sa vraie mère, et cela me console de tout, même de ma solitude. Je voulais donc te remercier, Louise, d'avoir montré tant de constance, de fidélité dans l'amour que tu vouais depuis ton plus jeune âge à Hugo. Soyez heureux, mes chers enfants, et sachez que je vous aime tendrement.

Marie-Flavie

Louise montra ce courrier à Hugo, dont les yeux s'embuèrent. Il avait depuis longtemps pardonné à sa mère et il l'aimait beaucoup.

Lorsque l'automne roussit les bois et les haies, Louise séjourna deux semaines à Saint-Simon, car Victorine ne cessait de se mettre debout, se tenant à tout ce qui lui tombait sous la main.

Hortense accueillit sa fille et sa petite-fille avec joie. Pour l'occasion, elle les accompagna tous les jours en promenade, et bientôt Victorine fit ses premiers pas sur les bords du fleuve. Louise lui tenait fermement la main, car la petite était irrésistiblement attirée par l'eau. Robuste, les cheveux d'un blond roux, les yeux noirs, la fillette qui gazouillait de mystérieux discours faisait l'admiration de toute sa famille.

Colin et Alcide lui offraient des sucres d'orge. À

leurs heures perdues, ils lui fabriquèrent un cheval à bascule dans des chutes de bois.

Quant à Hugo, il l'adorait. Il ne pensait pas être père un jour et se réjouissait de voir grandir sa fille. Les gabariers n'avaient pas coutume de garder leurs enfants à bord, mais Victorine fut l'exception jusqu'à sa cinquième année. Déjà elle savait nager et, à la moindre halte, elle implorait ses parents de la laisser patauger sur la berge.

Entre Claude, Jeannot et Louise, la petite s'amusait d'un rien. La gabare était sa maison, elle en connaissait le moindre recoin. Pourtant, son père lui expliqua un soir d'automne qu'elle allait habiter un peu chez sa mémé Hortense.

— Tu t'es cognée l'autre matin, dans la cale, et maman a eu peur. Souvent tu te caches derrière les marchandises et tu ne nous réponds pas. Je dois livrer des pierres et du sable à Rochefort. Cette fois, nous devons te confier à tes grands-parents.

Victorine pleura beaucoup. Louise faillit céder devant ce premier gros chagrin. Pourtant, ce fut elle qui conduisit sa fille à la ferme, lui promettant un petit cadeau à son retour.

Hortense jubilait. Elle s'évertua à distraire l'enfant, qui réclamait souvent ses parents. Bertrand Figoux s'en mêla. Sa chienne avait des petits, il en offrit un à Victorine. Quand la fillette eut dans les bras cette boule de poils noirs, elle retrouva sa gaieté et son entrain. Le chiot, nommé Fido, ne la quitta plus.

Quand Louise et Hugo revinrent, Victorine courut à leur avance, son chien sur les talons. La petite déclara d'une voix nette qu'elle voulait emmener Fido sur la gabare.

Louise lui répondit avec douceur :

— Je crois que tu vas rester encore un peu chez

mémé Hortense. Papa et moi, nous reviendrons vite. Et l'année prochaine, nous habiterons au bourg, tu sais, l'ancienne maison de papa que je t'ai montrée.

— Pourquoi ? demanda Victorine. Je veux habiter ici, moi, avec mémé et pépé. Et Fido.

— Mais Fido pourra rester avec nous, dans notre maison. L'année prochaine, ma chérie, tu iras à l'école...

La fillette était d'un caractère aimable. Elle ne discuta pas. Sa mémé Hortense lui cuisinait de délicieux gâteaux et du millas. Pépé Bertrand l'emmenait chercher les vaches au pré et elle l'aidait à soigner les agneaux.

Les mois passèrent bien vite pour Louise, qui savait qu'elle ne pourrait plus suivre son cher Hugo sur le fleuve dès que leur fille entrerait à l'école. Comme elle l'avait annoncé, à l'automne suivant, la jeune femme s'installa dans la petite maison de François Roux et, de nouveau, elle guetta les retours de la *Marie-Flavie*. Mais quelque chose avait changé. Victorine accompagnait sa mère au Pas du Loup pour attendre l'homme qu'elles chérissaient toutes les deux.

Hugo promettait parfois à ses femmes de s'établir à Saint-Simon mais, gabarier dans l'âme, il était lié au fleuve, au vent d'ouest, à l'appel du large.

Pourtant, il était le premier à se réjouir quand, dans les grandes occasions, Louise et Victorine, suivies du chien Fido, embarquaient et reprenaient leurs anciennes habitudes. Cela arrivait surtout durant l'été, pour naviguer jusqu'à Saintes où les avait invités Alexandrine. La famille se retrouvait alors au grand complet, car Marie-Flavie s'était décidée à quitter La Rochelle. Elle avait loué une maison proche de celle de sa fille et profitait pleinement de ses petits-enfants.

Huguette et Victorine, l'une brune et calme, l'autre

blonde et vive, s'aimaient beaucoup. Ensemble, elles jouaient dans le jardin, échangeant bien des secrets.

Les gens heureux n'ont pas d'histoire, c'est un dicton bien connu. Louise et Hugo une fois mariés auraient pu le confirmer à qui voulait l'entendre. Leur fille grandissait en sagesse et en beauté. Ils n'étaient pas riches, car les métiers du fleuve n'étaient pas de ceux qui permettent de faire fortune. Cependant, pour l'époque, ils jouissaient de revenus convenables. Louise était la seule héritière de la ferme, Hugo possédait une maison et des terres.

Cela permit à la *Marie-Flavie*, une des plus belles gabares sorties des chantiers de Saint-Simon, de parcourir la Charente pendant de très longues années : elle était entretenue avec soin. Hugo, quand il commença à éprouver de vagues malaises, le cacha à tous, même à Louise. Il ne voulait pas quitter le fleuve, jeter l'ancre de ses aventures...

Victorine avait vingt et un ans quand le cœur de son père cessa de battre. Il s'effondra sur le pont de sa gabare, alors qu'elle venait de dépasser le Pas du Loup. Claude hurla aux haleurs de s'arrêter. Louise, qui avait assisté au départ de son mari et gardait sur ses lèvres encore lisses et douces le baiser de son bien-aimé, comprit qu'il se passait quelque chose d'anormal.

Elle courut sur le chemin, appela Hugo de toutes ses forces. Le matelot et le mousse jetèrent une planche qui se cala de justesse contre la berge.

Louise grimpa comme une folle. Claude l'empêcha de basculer en arrière.

— Le patron ! Il est tombé, d'un seul coup ! Il étouffe !

Hugo semblait lutter contre la mort, dans l'espoir de

revoir Louise. Elle se jeta sur lui, l'étreignit, l'embrassant sur la bouche. Il ouvrit les yeux, eut un faible sourire :

— Ma mie... ma femme... ma Louisette, mon tendre amour !

Louise sanglotait en silence. Elle sentit Hugo s'en aller, mais il continuait à lui sourire d'un air extasié.

— Je t'aime, je t'aime tant ! chuchota-t-elle. Je te suis, mon amour ! N'aie pas peur, surtout n'aie pas peur.

Claude ôta son chapeau. Le mousse, un gamin de treize ans, se mit à renifler. Il s'appelait Gilles et vouait une vraie adoration à Hugo.

La *Marie-Flavie* rentra au port. Il sembla à Victorine, éperdue de chagrin, que tout le pays prenait le deuil. Hugo s'était éteint à cinquante-six ans, en 1901, abandonnant encore une fois celle qu'il appelait souvent « sa petite Louisette ».

Le fier gabarier Hugo Roux avait eu malgré tout le chagrin de voir le chemin de fer détrôner peu à peu, avec ses voies ferrées, le règne du trafic fluvial. Les gabares avaient encore quelques belles heures de navigation devant elles, mais un jour prochain, un long et triste silence s'établirait sur le fleuve où, depuis des siècles, frémissait tout un monde actif et laborieux. Les progrès du train qui supprimait par son avancée le travail des gens du fleuve provoqueraient un vent de tourmente, et certains gabariers se suicideraient, incapables d'admettre ce grand changement.

Louise, le premier choc passé, se montra digne et courageuse.

— Je ne pensais pas avoir droit à tant d'années de bonheur, ma Victorine. Je t'ai raconté, déjà, combien ton père et moi avons dû souffrir avant de nous marier. Mais Dieu a été bon, il nous a réunis, et tu es née, toi ma chérie, alors que je ne devais plus avoir d'enfant. De quel droit me plaindrais-je ? Et puis, tant que je verrai les eaux du fleuve, ton père sera près de moi, ton père, mon seul amour…

La jeune fille veilla dès lors sur sa mère avec amour et tendresse. Ravissante, elle ne manquait pas de prétendants, mais elle rêvait d'un amour aussi fort et romantique que celui qui avait uni ses parents. Cela la rendit distante et patiente.

Louise perdit ses parents à quelques mois d'écart. Elle loua la ferme à un jeune couple, et ses revenus lui permirent d'envoyer Victorine chez sa grand-mère Marie-Flavie qui, très éprouvée par le décès d'Hugo, fut ravie de l'accueillir.

Ce séjour à Saintes fut l'occasion, pour Victorine, d'apprendre la couture et la confection, tout en voyant quotidiennement ses cousines et cousins, surtout Huguette, mariée et maman d'un bébé de deux mois.

Alexandrine lui confia, la veille de son départ, un carton à chapeau enrubanné de satin rouge.

— Victorine, n'en parle pas à ta mère, mais je te donne les lettres qu'elle m'a écrites pendant plus de quatre ans, de 1870 à 1875 environ. Louise a une façon de raconter sa vie de tous les jours, de parler de ton père… Je pense que tu seras heureuse de les lire. Ils s'aimaient tant, si tu savais, ma chérie !

Victorine remercia, très émue et intriguée. En embrassant sa tante, elle ajouta :

— Tu sais, ils s'aiment encore. Maman passe des heures assise sur un banc du quai à regarder l'eau couler. Et souvent elle monte dans sa chambre, et je crois qu'elle écrit… À mon avis, tante Alexandrine, elle continue à lui écrire, à papa !

Un mois après son retour, Victorine reprit la mercerie de Saint-Simon, proposant aux dames des environs des travaux soignés et des « robes à façon ». Louise se partagea entre sa maison et la boutique, fière des talents de sa fille.

En 1904, Victorine rencontra sur le port de Saint-Simon, alors qu'elle entrait à la boulangerie, un grand jeune homme aux boucles couleur de bois brûlé. Elle reconnut Baptiste, le second fils de Claude et de Catherine, qui venait de terminer son service militaire.

Claude s'était reconverti en ouvrant une taverne au bout des quais. L'ancien matelot d'Hugo et son meilleur ami veillait toujours sur Louise et Victorine.

Baptiste fut ébloui par la beauté de la jeune fille. Son regard sombre pétillait d'intelligence, ses cheveux blonds coulaient sur ses épaules rondes. D'abord muet, il la raccompagna jusqu'à son magasin. À partir de ce jour, ils ne se quittèrent plus et se marièrent deux mois plus tard.

Le jeune couple habita Saint-Simon. Louise s'attacha vite à Baptiste, car elle avait de l'estime pour Claude. Lors des visites quotidiennes que Claude rendait à Louise, ils bavardaient du bon vieux temps, de leurs voyages sur la *Marie-Flavie*, qu'un gabarier avait rachetée et débaptisée. Pourtant, lorsque Louise et Claude se trouvaient au port et que passait la *Belle-Marine*, ils savaient tous deux qu'il s'agissait là de leur bateau, de la gabare du patron Hugo, construite avec passion par un des meilleurs charpentiers-calfats du pays, François Roux. Ce merveilleux artisan dormait maintenant au cimetière, sous une pierre ornée d'une ancre.

— Comme nous avons été heureux, murmurait Louise à Claude. Oui, grâce à Hugo, j'ai eu mon temps de joie sur la terre et sur l'eau…

Louise connut le bonheur d'être grand-mère à son tour. Quand elle se promenait sur le quai ou sur le chemin de la ferme, ses petits-enfants cramponnés à ses jupes, elle leur racontait d'une voix attendrie ses plus doux souvenirs.

Mais seules Alexandrine et Victorine connurent l'existence d'un gros cahier d'écolier, dans lequel Louise, la femme du bel Hugo, avait écrit chaque jour de sa vie, en grand secret.

Ce cahier disparut avec elle. Il faut imaginer que ces pages, couvertes d'une fine écriture à l'encre violette, racontaient l'histoire d'un grand amour, né au bord du fleuve Charente, dans le cœur d'une fillette rêveuse et passionnée, pour un jeune homme épris de voyages et de liberté. L'histoire d'une époque aussi, d'un pays où l'on vivait de peu, en travaillant beaucoup, mais où les mots fête, devoir, patrie avaient encore un sens.

L'histoire des gabariers, sans doute, mais surtout l'histoire d'une passion, car Louise n'avait toujours vu dans l'eau du fleuve que le reflet d'un seul visage...

Remerciements

Mme Pierre Giraud et Mme Raymonde Chamard-Chalvignac, descendants de gabariers, pour leurs précieux témoignages sur la vie et l'activité du village gabarier de Saint-Simon. Ils m'ont conté leurs souvenirs avec gentillesse et enthousiasme et grâce à eux, j'ai passé des moments formidables et j'ai beaucoup appris.

Mes plus sincères remerciements à Jean-Jacques Delage pour la qualité de son écoute, sa connaissance admirable du monde gabarier, et son action pour la renaissance du fleuve Charente et du village de Saint-Simon.

Toute ma gratitude aussi à :

La bibliothèque municipale d'Angoulême ainsi qu'à Monique Bussac, conservatrice du musée d'Angoulême.

Jean-Louis Quériaud avec qui je partage un vif intérêt pour les traditions.

Cathy Rabiller, Georges Coupaud, Christian Panissaud pour leur charmant concours.

Que toutes les personnes que j'aurais oubliées ou qui n'ont pas souhaité être citées trouvent ici l'expression de toute ma sympathie.

Imprimé en Espagne par:
CPI Black Print
en avril 2023

Pocket – 92 avenue de France, 75013 PARIS

Dépôt légal : janvier 2015
S25458/11